青雲臺
第一部 洗襟無垢
中卷
沉筱之——著

目錄
CONTENTS

第十章 瘟疫

扶冬清楚地記得，徐述白離開那日是七月初七。

昭化十三年七月初七，離洗襟臺建成還有兩日。

扶冬沒有等回徐述白，等來的卻是一個驚天噩耗。

洗襟臺塌了，許多登臺的士子，建造洗襟臺的工匠，還有平頭百姓死在了洗襟臺下。

彷佛剎那間天就變了，陵川崇陽縣一帶哀鴻遍野，朝廷震動，昭化帝帶著朝臣親自趕來柏楊山，下令徹查坍塌原因。

第一個被查出來的就是木料問題，工部郎中何忠良與州尹魏升以次充好的消息震驚四野，人還在柏楊山下就被昭化帝下令斬了首，販售給他們次等鐵梨木的徐途畏罪自盡，一家二十七口，一個活口都沒留。

飄香莊也亂了。

莊上的嬤嬤草木皆兵——在洗襟臺出事前，何忠良、徐途一干人等可是莊上的常客——她們唯恐大禍殃及己身，一個接著一個把莊中妓子賣了出去，連夜出逃。

好在何忠良這些人尋歡作樂的地方不只飄香莊一處，洗襟臺之禍千頭萬緒，官府查不到這些下九流的妓子身上，於是扶冬就在這一片兵荒馬亂中離開飄香莊，到了大戶人家的宅院。

她最終沒能如徐述白期望的那般留存自身潔淨，而是回歸了輾轉承歡，風塵打滾的宿命。她在那些宅院裡被百般嬌寵，又被漸漸厭棄，最後如同物件兒一般，待價而沽，轉手下家。

只是偶爾在月光都照不透的深夜，她還會想起當初徐述白對她說的話。

那個青澀又年輕的書生，最開始說話的時候，總是漲紅了臉：「不是這樣的，有的買賣可以做，有的買賣不能做。」

什麼買賣不能做呢？經過這幾年，扶冬多多少少想明白了。

那幾瞬的璀璨浮華如果是靠出賣自己獲得的，最後不過水中月罷了。

人之所以是一個人，正因為她不是一個可以待價而沽的物件。

想明白這一點後，扶冬就存了一個念頭，她要為自己贖身，然後去洗襟臺下，為徐述白收屍。

她不知道他明明說要上京最後為何死在了洗襟臺下——在樓臺坍塌的半年後，她在喪生的士子名錄中找到了他的名。

扶冬去柏楊山為徐述白收屍時，已經是嘉寧二年的春天了，說是收屍，實則在一場防止瘟疫的大火過後，留下的只有逝者的遺物。

扶冬看到徐述白的遺物，一下子就愣住了。

這是一個秀才牌符，上頭刻著他的名，他的籍貫，他的秀才功名。

與當初徐述白送給她的那個一模一樣。

扶冬很快反應過來，官府的人交給她的牌符是假的，真正的牌符在她這裡。

回想起彼時徐述白離開陵川前的種種，扶冬剎那間覺得背脊發寒——

「這個洗襟臺，不登也罷！」

「我上京為的就是洗襟臺！是要敲登聞鼓告御狀的！」

「這個案子牽涉重大，刻不容緩。」

「知道得太多，一個不慎只怕招來殺身之禍，妳只當是什麼都沒聽說，待事態平息前，別告訴任何人妳認識我。」

徐述白是個說一不二的人，他既說了不願登臺，必然不會反悔。

也就是說，徐述白消失在了上京的路上，而他死在洗襟臺下的消息，是有心人刻意偽造出來的假象。

扶冬道：「我得了真假牌符，知道事情不簡單，誰也沒透露，一個人回了住處。回過頭來想，或許這事從頭就透露著古怪。徐途這個人旁人不知道，我卻清楚得很，他素來貪名逐利，貪生怕死，當時洗襟臺塌，他不逃也就罷了，怎麼會畏罪自盡呢？就算自盡，為何要拖上一家二十七口全部陪葬呢？而最重要的一點，卻是我一直忽略的。」

「什麼？」青唯問。

「做官。」江辭舟說道。

「是，做官。」扶冬頷首：「江公子是貴胄子弟，熟悉朝廷中的那一套，想必一眼就能看出這其中蹊蹺。而我彼時不過飄香莊的一名妓子，聽那些恩客說先生不久後要去京裡做官，並沒有放在心上。」

「後來仔細求教打聽，在京中做官，如果不是世家出身能得蔭補，必然要舉子以上出身，先生彼時不過一名秀才，便是登了洗襟臺，有何忠良、魏升這樣的人物保舉，不過是仕途會順當許多，如何這麼快就有京官做？」

「還是說，朝中有更厲害的人物，能越過種種規矩儀制，將一名秀才提拔上來，任由他先做官，再慢慢考學？」

扶冬查明白這一點，便找到當初莊上的嬤嬤，跟她打聽。

嬤嬤離了莊子，過得很不好，短短幾年重疾纏身，已到了就木之際，或許是人之將死，其言也善吧，她說：「妳問那個書生啊。那個書生，是個好孩子。嬤嬤活了這些歲數，見的好人太少，他算一個。不過我勸妳，莫要找他了，他不可能活著，徐途得罪的人物，那可厲害著哩。」

「是誰？」扶冬問。

嬤嬤道：「我也不知道，只是有回聽他們提起，像是那個何什麼……哦，何忠良，他的遠親。叫老何大人還是小何大人來著？說他厲害得很，能給書生官做。」

宮中何姓的大臣不少，但是被稱作老何大人與小何大人的只有兩位——

當朝中書令何拾青，與工部郎中何鴻雲。

青唯道：「如果嬤嬤說的是真的，徐途透過次等鐵梨木的買賣，真正搭上的人是何拾青與何鴻雲，那麼一切就說得通了。」

「利用木料差價，貪墨銀錢的是二何。何忠良、魏升只是為二何與徐途牽線的橋梁。二何允諾徐途，事成之後，讓徐述白上京做官，沒想到洗襟臺塌，木料的內幕暴露，二何唯恐被大禍殃及，於是滅口殺害徐途一家，讓魏升、何忠良做了頂罪羔羊。」

「還有徐述白，他本來要登洗襟臺，後來忽然反悔，或許正是因為從徐途口中得知二何替換木料的內情，想要上京告御狀。但這事被二何洞悉，派人找到徐述白，加害於他，做成人已死在洗襟臺下的假象。」

扶冬道：「姑娘說的是，我也是這麼懷疑的。」

「我流落半生，被人視作足下塵，風中絮，只有先生一人以真意待我，且不論情之一字，當初先生教我詩書，便是希望我能立身磊落，而今我孑然一人，無親無故，既知道先生為那高門權貴所害，此事斷不可以就這麼揭過去。」

「我沒有先生那般志向高潔，想要以一己之力揭發何家父子的大罪，但我至少要知道先生人在哪裡，是否被害。」

扶冬跟著一戶酒商學來釀酒的手藝，冒用一個寡婦的身分來了京城。打聽到京中貴胄子弟常去東來順擺席吃酒，她盤下折枝居，開了酒舍，藉著去東來順送酒，刻意接近何鴻雲。

何鴻雲有個私人莊子，五年前扶夏病重，莊上已許久沒來過可人的美人兒了。扶冬貌美，加之這二十年魅惑人的功夫不是白學的，他有所需，她有所求，兩人一拍即合，她於是一夜之間從折枝居消失無蹤，更名為扶冬，搖身一變，成了祝寧莊上新到的花魁。

扶冬說到這裡，已是淚水漣漣，「該說的，奴家知無不言，已經全說了，姑娘手裡既有這支雙飛燕玉簪，想必定是有了先生的下落，還望……」她抿抿唇，竟是伏身與青唯行了個大禮，「還望姑娘無論如何都告訴我……」

青唯連忙將扶冬扶起。

她將薛長興留給她的玉簪與扶冬的斷簪一併拿出，實話說道：「對不住，這支玉簪是一個前輩留給我的，我並沒有徐先生的消息，在妳提起他之前，我甚至沒有聽說過這個人。不過妳放心，等我找到前輩，我一定第一時間跟他打聽徐先生的下落。」

扶冬聽了這話，並沒有失望，她抹乾淚，很淺地笑了一下，「有人找到這支玉簪，對我來說已經是很好的消息了。該說對不住的是奴家，那日在折枝居，奴家並不知道何鴻雲為何要對付姑娘。佯作刺殺姑娘，是為了獲取何鴻雲進一步的信任，望姑娘千萬見諒。」

青唯沒多在意，把兩支玉簪一併還給扶冬：「物歸原主，妳留著當個念想。」

扶冬看著玉簪，眼淚又落下來，她很快抬袖拭乾，低聲說了句：「多謝。」取出一個錦盒，將簪子收好。

江辭舟見她心緒平復，問道：「妳接近何鴻雲這些日子，可有查到什麼？」

扶冬仔細想了想，搖頭道：「沒有。有樁事說來古怪，我雖懷疑利用木料差價，真正貪墨銀錢的是何家父子，但是五年前，洗襟臺修建之初，無論是何拾青還是何鴻雲都不在陵川。何拾青在京中養病，何鴻雲接到聖命，去寧州治疫了。他治疫治得好，聽說因為這，事後來還升了官……」

五年前，去寧州治疫？

江辭舟眼下查扶夏，不正是為了五年前的瘟疫案？

青唯她正待細問，屋外忽然傳來腳步聲。

閣樓小院的巡衛每一炷香便會巡視一圈，半個時辰一過，還會到院舍內部檢視。

定是那些巡衛又到了！

扶冬警覺，掀了燈罩，立刻要掐斷燭火。

江辭舟攔住她：「別滅！」

適才還點著燈，眼下守衛剛到，燈就滅了，豈不是此地無銀？

可這屋子雖大，卻一覽無遺，他們活生生兩個人，究竟該怎麼藏？

青唯目光落在圓榻，三步併作兩步便朝榻上奔去，江辭舟卻在她腰間一攬，低聲道：「這邊。」環臂抱著她，掠至竹屏後的浴桶，兩人齊齊沒入水中。

水面剛平靜，屋舍的門就被推開了。

「這麼晚，怎麼還點著燈？」

「夢魘了……不敢睡……」

巡衛與扶冬的聲音隔著水混混沌沌地傳來。

浴桶太小了，青唯陷在水下，緊緊挨著江辭舟的胸膛，眼前黑漆漆的，什麼也瞧不見。

江辭舟也覺得擠，她的背實在太瘦了，那一對蝴蝶骨簡直薄如蟬翼，就這麼抵在木桶上，他都擔心會磨破。於是只好在黑暗的水下環住她，將手隔在她的蝴蝶骨與木桶之間。身下也不舒服，她不知道在腰間揣了什麼，硌得他實在難受。

江辭舟於是探手去她的腰間，居然摸到一個荷包。

荷包裡頭裝著一個硬物，似乎是一支小瓷瓶。

兩人離得太近，本來就有許多摩擦，兼之青唯正豎著耳朵聽屋裡的動靜，江辭舟摘下她的荷包，她竟沒有覺察。

荷包的繩索一鬆開，瓷瓶就落出來，江辭舟伸手去接，堵在瓶口的布巾已吸水脫出，裡頭無色無味的青灰全都散出來，溶在水中。

青唯左眼上的斑紋是用一種赭粉畫的，水洗不去，酒澆不去，除非遇到青灰。

巡衛巡視一圈，見屋中並沒有異樣，很快離開了。

青唯屏息屏到極致，聽到掩門聲，立刻從水中站起來，抹了抹沾了滿臉的水。

江辭舟也跨出浴桶，斟酌了一下，回頭對青唯道：「此地不能久留，妳我先——」

話到一半，他看著青唯，忽然頓住了。

扶冬正拿了乾淨的衣裳過來，看清青唯的臉，訝異道：「姑娘，妳……」

話未說完，對上江辭舟的眼風，她立刻會意，心道這也許是人家夫妻間的私事，她一個外人，哪好多說，於是改口道：「姑娘與公子身上都濕了，秋夜寒涼，奴家這裡有乾淨衣裳，二位趕緊換上吧。」

青唯頷首道：「多謝。」從浴桶裡出來，拿過扶冬手裡的衣裳。

江辭舟的衣衫是莊上專門為留宿的恩客備的，他換得很快，目光落在手中的青瓷小瓶，想了想，漸漸了悟，將瓷瓶收入懷中，等著青唯。

青唯從竹屏後出來，江辭舟又愣了一下。

她穿的是扶冬的衣裳，一身玉白素裙，腰間繫了一根絲絛，一頭青絲因為濕了，全都散開來，她擦得半乾，怕不整潔，用木簪挽起鬢髮纏在腦後，清透的頰邊還墜著一兩滴水珠子。

江辭舟收回目光，對扶冬說：「今夜來得倉促，還有許多枝節無法詳說，只待來日再敘。江某另有一樁事要拜託扶冬姑娘。」

「公子只管說來。」

江辭舟道：「實不相瞞，江某此前百般接近姑娘，實則是為了尋找祝寧莊五年前的花魁，扶夏姑娘。只是那扶夏館機關重重，江某吃了一回虧，無法貿然再探。近日莊上守衛鬆懈，姑娘既在莊中，不知可否幫江某打聽一二。」

扶冬道：「奴家記住了，江公子放心，奴家一定幫忙打聽。」

青唯纏好鬢髮，問江辭舟：「你的馬在莊外嗎？」

江辭舟「嗯」一聲，聽她這麼問，有些意外：「妳徒步過來的？」

事到如今，也沒什麼好瞞著的了。青唯惱道：「我那馬，一直養在外頭，離得遠不說，又沒養熟，昨日沒去看牠，牠餓了兩頓，今日對我愛答不理的，跑到一半到路邊吃草去了，死活不走，眼下可能自己回去了吧。」

否則她並不會比他晚到一步。

青唯覺得自己不能白坐江辭舟的馬回府，問扶冬：「有繩索嗎？長一點的緞子也行。」

扶冬點頭說有，取來緞子遞給青唯，青唯謝過，將緞子在腕間纏了纏，推開窗，往閣樓外的高樹上拋去。緞子不像軟玉劍那般有韌性，不過，又不是用來打鬥，纏穩就夠了。

青唯站在窗前回過頭，朝江辭舟伸出手：「過來，我帶你一起出莊。」

夜風從窗戶灌進來，將她的髮絲與衣裙吹得狂亂飛舞，而月光很靜，流瀉在她的身遭。

江辭舟看了半刻，沒說什麼，走過去，牽了她的手。

他功夫也好，她帶著他，幾乎不費吹灰之力，有了緞子做橋梁，他們在樓簷與樹間幾個縱躍，幾乎沒發出任何響動，出了莊，很快找到江辭舟的馬。

江辭舟先行翻身上馬，伸手一把將青唯撈上來，圈在身前，幫她理了理散在身後的髮，策馬往江府奔去。

折騰了一夜，回到江家已是天色熹微，兩人沒有走正門，從後院翻了牆。

房裡還是很亂，留芳與駐雲尚未起身，沒有人過來收拾。江辭舟實在看不過眼，先一步進屋，把竹屏扶起來，一時聽到身後青唯也進了屋，正在房裡四處搜尋。

他回身問：「在找東西？」

青唯沒答。

她裝著青灰粉的小瓷瓶不見了，不知是丟在了哪裡。她從不是個丟三落四的人。

青唯在床榻前沒找著，又去翻散落地上的紗幔。

江辭舟走過來，在她面前半蹲下身，看著她。

青唯被他看得有點久，忍不住問：「你看我做什麼？」

江辭舟也沒答，一言不發伸手入懷中，取出懷裡的東西，擱在地上：「在找這個？」

地上擱著一個荷包和一支青瓷小瓶。可是，堵著瓶嘴的布巾不見了，裡頭的青灰……也不見了？

青唯怔怔地看著地上的青瓷小瓶，又抬頭，怔怔地看向江辭舟。

她忽然起身，幾乎是手忙腳亂地撲到櫃閣前，將妝奩打開。

銅鏡中的一張臉乾淨異常，莫要說斑紋了，除了右眼角的兩顆小痣，一點瑕疵也沒有。

青唯又回頭看向地上的荷包。

荷包還有些濕答答的。她這一夜除了泡過扶冬的浴桶，哪裡還沾過水！

青唯一下明白了是怎麼回事，一言不發地走到江辭舟跟前，抬手就去掀他臉上的半張面具。

江辭舟覺得她這反應又突兀又好笑，捉住她的手，「妳做什麼？」

「你讓我跟你一起躲進浴桶，是不是就是為了趁亂取走我的小瓶！」

江辭舟道：「不是，我此前並不知道妳這小瓶。在水下，妳挨我挨得太近，這小瓶抵得我不舒服，我摘下來，本想出了浴桶就還給妳，沒想到荷包的繩索跟妳的腰扣繫在一起，荷包解下，繩索就鬆了。」

他解釋得合情合理，青唯聽了雖信，但她不服氣。

「不管。」青唯道：「出了浴桶，你見了我的樣子，該知道這小瓶的蹊蹺，你卻絲毫不提醒我。」她有點著急，這些年她小心謹慎，不是沒栽過跟頭，卻沒栽過這樣的跟頭——她頂著假面孔、假身分嫁過來，這門親事在她心中是不能作數的，可一個月還沒過去，就這樣被他見了自己真容。青唯不知怎麼，覺得心慌，「扶冬本來要和我說，你也不讓，你就是故意的！」

她掙開他的手，踮腳執意要摘他的面具：「說好了一換一，你看了我，我不能吃這個虧！」

「一換一是說妳拿扶冬的線索，換我這裡扶夏的線索。」屋中已經夠亂了，昨晚才打過一場，今早總不至於又鬧。江辭舟一邊攔，一邊笑著道：「我不是說了麼，我小時候臉上被火燎著過，不好看……」

「你以為我信？」

青唯不管不顧，江辭舟根本躲不開她，一時覺得她像隻急紅眼的兔子，又像炸毛的，張牙舞爪的小狼，不得已只好與她纏鬥在一塊兒。

屋中激戰正酣，屋門一下被推開，德榮邁過門檻：「公子您回來了？朝天他——」

話未說完，見到屋內的場景，德榮愣住了。

屋內一片凌亂，少夫人背對著他，正掛在公子身上，少夫人似乎有些急，公子卻一點不惱，還笑得很溫柔，生怕她摔了，一手托著她。非但如此，經這一夜，兩人身上連衣裳都換過了。

德榮立刻噤聲，謹慎地低下頭，退出屋，掩上門。一時憶起朝天的慘狀，德榮在屋外默立一會兒，忍不住還是多說了一句，「公子，朝天不知道您回來了，還在書房裡抄《論語》

呢，他抄了一宿，實在有點熬不住了。公子眼下……也不知道要和少夫人繁忙到幾時，不如暫免了朝天抄書，讓他歇一會兒。」

江辭舟聽了這話，這才想起朝天還在書房裡假扮他呢。

青唯聽出德榮「不知要繁忙到幾時」的歧義，也發現自己這樣實在不雅，從江辭舟身上下來，坐在榻邊不吭聲了。

木已成舟，她鬧了這麼一陣，心緒已平復下來了，她這些年甚少露出真容，眼下被江辭舟看去，執意要揭他的面具，說到底只是賭氣罷了。其實看不看他的樣子，又有什麼要緊呢？她其實……並不多關心他究竟是誰，與他面具下的樣貌相比，還是扶夏這條線索更加重要。

江辭舟見青唯沉默不言，溫聲道：「妳若當真想看，等我了結一些事，自會……盡力把這面具摘了。」

青唯抬眼看他：「君子一諾？」

「絕不食言。」

青唯頷首：「好，那你把扶夏的線索告訴我。」

江辭舟道：「先一起去書房看看朝天。」

青唯想了想，取了妝奩，在桌前坐下，「你先去，我過會兒就來。」

朝天一宿沒睡，如果練一夜的功夫倒也罷了，他一個武衛，平生最恨詩書，抄《論語》抄到蠟炬成灰，實在是熬不下去，看人都是重影兒的。

又聽聞主子與少夫人今早是一起回的府，忍不住道：「公子要去那莊子，少夫人恐怕早也知道，公子想用緩兵之計拖住她，還不如將她制住，讓屬下扮作公子抄書，瞞也沒能瞞住。」

江辭舟坐在書案前，正一張一張地看朝天抄的論語，聞言看朝天一眼，「是我打得過她還是你打得過她？」

朝天不吭聲，江辭舟將一沓宣紙往桌上一放，「你這字寫成這樣，抄一夜算便宜你了。」

朝天正欲辯解，青唯過來了。

她左眼上已重新畫了斑，目光落到桌上的白宣，料到這就是昨晚朝天扮成江辭舟誆她的傑作，拿起來看。

前頭幾張抄得還算勉強，到後面，偏旁部首通通分家，橫豎撇捺反目成仇。

青唯把白宣放下，直言不諱：「字真難看。」

江辭舟看向青唯，見她上了「新妝」，一身清爽，「收拾好了？」轉頭吩咐德榮，「你去幫少夫人取帷帽，朝天，你去套馬車。」

「要出門？」青唯問，她看了眼天色，還不到午時，立刻警惕起來，「是不是又出什麼事了？」

江辭舟起身：「餓不餓？」

青唯愣了愣，此前不覺得，折騰了一夜，什麼都沒吃，他這麼一提，倒是真的覺得餓了。

德榮很快取來帷帽，青唯戴上，跟著江辭舟上了馬車，「隨便吃點填飽肚子就行了，我想知道扶夏的事。」

「去東來順說。」江辭舟在車室裡坐好，德榮與朝天很快驅車，江辭舟對青唯道：「此前妳我在東來順當街一通大吵，不少人都看出是做戲，做戲不要緊，不做全套才會落人口舌，眼下我悔過，跟妳和好如初，自然要帶妳去吃燒鵝。」

「先說好，」青唯坐在「風雅澗」的竹舍內，經一番深思熟慮，對江辭舟道：「你此前說不占我的便宜，我也不會占你的便宜。我受人之託，所查舊案與洗襟臺有關，十分凶險。眼下我既知道加害徐述白、替換洗襟臺木料的人是何家父子，那麼我接下來必然會想盡一切辦法查明此事。」

「此前在折枝居，何鴻雲已經對我起了殺心，對你卻只是試探，你眼下知道了扶冬上京的緣由，不必涉險相幫於我。同樣，待會兒我聽了扶夏的線索，不會干涉你行事。」

江辭舟問得直白：「那個讓妳跟我打聽寧州瘟疫案的人，妳不肯告訴我他是誰？」

青唯不吭聲。

江辭舟也沒強求，又問：「妳要幫扶冬尋找徐述白嗎？」

青唯思忖一番，「如果能找到他，了卻扶冬姑娘的心願，自然最好。但我本事有限，勢單力薄，只能盡力去查，別的不敢多允諾。」

江辭舟笑了笑：「妳怎麼就知道妳我的目標不一致？說不定我們是同路人呢？」

他很快收了笑容，平靜道：「說回瘟疫案，昨晚跟扶冬聊得倉促，如果妳沒忘，扶冬最後說，她雖懷疑真正替換木料牟取暴利的人是何家父子，但五年前洗襟臺初建，何拾青在京中養病，何鴻雲去了寧州督辦一樁瘟疫案，沒有一個人在陵川。」

這正是青唯最掛心的。

曹昆德這個人，面上不顯，但被他盯上的案子，其中必有蹊蹺。小小的一樁瘟疫案，究竟有什麼內情？

青唯這麼想，就這麼問了，「這樁瘟疫案，與洗襟臺有什麼關係嗎？」

「德榮。」江辭舟喚道。

德榮會意，提起一旁的桂花茶，給青唯添了一盞，「少夫人，您吃茶，容小的慢慢說。」

「這瘟疫案說是『案』，其實最開始，是一樁很小的小事……」

差不多是洗襟臺剛修建那會兒，寧州一帶的一個小鎮上鬧了瘟疫。疫症雖厲害，好在症狀非常好分辨，醫書上也有治病的古方記載。有了方子，一切就好辦了。只要把病患集中起來，及時隔離，盡早給藥，病情很快就散了。

「唯一的難點，那藥方子裡有味藥材有點昂貴，寧州一帶沒有，官府也沒囤，叫纏莖夜交藤，於是寧州官府便把這事稟給了朝廷，希望朝廷幫忙籌集藥材。」

當時正是昭化帝在位的第十二年。

大周建國，起初羸弱，後來漸漸富強，關鍵在於民富。尤其昭化帝繼位後，還商予民，朝廷除了把控鹽與金銀礦，許多物資買賣都放給了民間，包括茶葉瓷器、木料藥材等等，民富了，徵納的稅便足，國庫便充盈了。

所以朝廷接到寧州的邸報，發現太醫院的庫存並不多，就選派了一個戶部郎官，讓他負責從民間藥商裡以正當銀價購買這種夜交藤，早點給寧州發去。

這個差事好辦得很，所以誰也沒想到，正是這個郎官收購夜交藤時，出了事。

「當時市面上的夜交藤所剩無幾，郎官裡外忙了七八日，才收來十來斤。寧州那邊為了治疫，等不及，只好先出高價跟其他的州府與藥商收。雖然收得慢，價格高，好歹收到了一些。但耽擱了這麼一陣，寧州的瘟疫也擴散了，寧州的府官不忿，心道是郎官堂堂一個戶部辦事大員，身在京城重地，怎麼可能連點藥材都收不到，一怒之下，一封奏疏把他告上朝廷。」

「瘟疫這事，說小也小，要是鬧大了，那可不得了，朝廷自然要徹查。就在這個時候，何鴻雲請纓了。」

何鴻雲那年剛入仕不久，領的也是個蔭補閒差，太常寺七品奉禮郎。

按說他的職銜，與治疫這差事八竿子打不著，但他爹何拾青是當朝中書令，他既然請纓，朝廷自然願給他一個機會。

何鴻雲領了差事，第一個查的就是藥商。

「此前不是說，寧州府官等不及，以高價收了一些夜交藤麼？」

寧州緊挨著京城，寧州收的藥材，多半來自附近幾個州府，何鴻雲從藥商查起，拔出蘿蔔帶出泥，發現兜售夜交藤的商販，貨源大都來自京城一家大藥鋪。

這家藥鋪的東家姓林，叫作林叩春，京城市面上為什麼很難找到纏莖夜交藤？夜交藤的銀價為什麼一夜高漲？正是因為他提前斬斷貨源。

他早就收到寧州瘟疫的消息，先一步囤藥，打算以高價賣出，以此牟利。

何鴻雲於是立刻將此事上奏朝廷。

按照大周律法，所有商家是不得在戰亂、時疫、饑荒、洪流等時期哄抬相關銀價，發國難財的。林叩春這麼做，很顯然觸犯了條例。且當時寧州的瘟疫因為耽擱用藥，已經鬧大了，附近幾個鎮縣都生了疫情，甚至還死了人。

昭化帝震怒，下令捉拿林叩春。林叩春或許是知道自己死罪難逃，連夜在鋪舍裡放了把火，畏罪自焚。

「那鋪舍正是林叩春囤夜交藤的地方。他這麼一把火燒下去，燒了自己倒也罷了，要是把夜交藤燒沒了，那才真的不得了。」

「好在何鴻雲一直派人盯著他，火一起，何鴻雲就趕到了，他帶人衝入火中，非但將夜交藤搶了出來，還親自將藥材押送至寧州，與寧州府官一起祛除瘟疫。」

「至於後來麼，朝廷在林叩春的宅院裡搜出兩本帳冊，上頭收購夜交藤的數目與何鴻雲查出來的都對得上。寧州瘟疫之前，一共有五家藥商直接售賣夜交藤給林叩春，這五家藥商裡，除了一家畏罪自盡，其他四家供認不諱。寧州的疫情本來不重，因為這夜交藤，死了一些人，下頭民怨難平，朝廷為了安撫寧州百姓，只好將最早那個戶部辦事郎官革職查辦。」

「不過何鴻雲倒是因為立功平步青雲，不到半年，就被調任入工部，成了今天的工部水部司郎中。」

德榮道：「少夫人聽到這裡，是不是覺得這案子毫無漏洞？」

青唯沒吭聲。

起初她覺得林叩春能先朝廷一步囤藥，這事不合理。然而轉念一想，林叩春是那麼大一間藥行的東家，一定有自己的門路。瘟疫麼，總是先在民間蜚短流長地鬧起來，而官府辦事嚴謹，真正上報朝廷，總要等確定了以後。

德榮道：「非但少夫人覺得這案子沒漏洞，案情一結，朝廷上除了恭喜何鴻雲升官，也沒幾個人記得這事了。」

那年是什麼時候？是昭化帝在位的第十二年。

朝中的頭等大事可是修築洗襟臺，宮裡宮外一雙雙眼睛都盯著陵川呢，至於旁的事務，除了年前的一樁流放案一再被翰林提起，掀了點兒水花，旁的案子但凡是解決了，歸檔了，就跟泥牛入海似的，再沒人多提一句了。

直到一年多以後。

「一年多以後，有人給朝廷寫了信。」

「什麼信？」青唯問。

「一封求救信。」德榮道：「信上說，死去的林叩春，只是一隻替罪羊罷了。當初真正決定買斷夜交藤，哄抬藥價的是何鴻雲。是何鴻雲提前獲悉瘟疫的消息，讓林叩春出面，幫自己做這筆買賣。他後來主動請纓徹查此案，不過是眼見東窗事發，賊喊捉賊罷了。」

「還有一點非常重要，」德榮一頓，說道：「這揭發何鴻雲的求救信，是……寫給小昭王的。」

青唯愣了一下：「小昭王？」

德榮點點頭：「不過小昭王當時並沒有收到這封信。」

那時已經是昭化十三年的深冬了。

昭化十三年七月初九，洗襟臺塌，朝局一下子就亂了。昭化帝身子本來就不好，接到這個消息，心中大慟，夜不成寐。三日後，他御駕前往柏楊山，看到滿目瘡痍人間地獄，更是一病不起。

「先帝是個英明的君主，他知道自己這一病，底下的人看著皇權更迭，必將興風作浪，於是在京中各個驛站暗中增派人手，想著只要言路沒斷，他就還能執政清明。」

「也是多虧先帝慧達，這封寫給小昭王的信，才沒有被歹人半路攔截，而是平安送進了宮中。」

只可惜，彼時小昭王傷重，到底沒能看信。這封信被長公主看過後，最終轉呈至先帝的病榻前。

有些話德榮沒與青唯提，提來無用。

瘟疫案與洗襟臺南轅北轍，誰能猜到它們之間竟有關聯？

然而先帝看過信後，瞬間就了悟了。

其時已是洗襟臺坍塌的大半年後，先帝病入膏肓，已似風中秉燭。

君王垂危，下頭儲君卻年輕羸弱，深宮之下永遠埋藏著洶洶權勢，只待狂風一起，濤瀾浪潮便會吞噬捲來。

朝中各黨相爭，尤以幾個手握重兵的將軍分裂成派，先帝唯恐他們扶那位繈緥中的小皇子上位，挾天子以令諸侯，雖然知道了何家的骯髒齷齪，仍是晉何妃為貴妃，在玉牒上把她記為嘉寧帝生母，又親自下令嘉寧帝迎娶章氏女，盼望著集合章何二人之力，將動盪的朝局平復下去。

昭化帝臨終前，把嘉寧帝招來榻前，握著他的手說：「疏兒，留了這樣一個爛攤子給你，滿盤皆輸，是朕這個做父親的對不起你。」

嘉寧帝當時只有十七歲，他跪在龍榻前，垂淚搖頭：「父親是最好的父親，最好的皇帝，兒臣不能為父皇分憂，是兒臣無能。」

昭化帝看著他，緩緩笑了笑：「你雖是皇帝，可雙肩太單薄了，下頭撐著你的臣子各懷心思，你看似坐主江山，實際不過在一個空中樓閣之上，以後父親不在了，切記要韜光養晦。」

他顫巍巍地從龍枕下取出兩封信，遞給嘉寧帝：「這兩封信，其中一封是外頭的人寫給清執的，裡頭列了何家的罪狀。你看過後，便將它們束之高閣，不等時機成熟，不要開啟。」

嘉寧帝將信收好：「兒臣記住了。」

「若是時機到了，」昭化帝看著自己最疼愛的兒子，「你也千萬不要放過任何一個罪人，包括……你是朕最寄予厚望的太子，雙肩再薄，也要養出承擔起這山川的力量。你要擅決斷，有魄力，清明仁德，果決無畏，到那時，讓清執幫你。」

「朕還盼著你和清執，有朝一日，能夠讓所有被掩埋的真相，都重見天日……」

一代帝王故去，年輕的君主奉天命，登上陛臺。

可他高坐於陛臺龍椅之上，下頭卻被架得空空如也，身邊甚至沒有可用之人。

他不急也不躁，始終記得昭化帝臨終前的囑託，他像一隻蟄伏的溫煦的獸，在這深宮裡捱過漫漫長日，一直到嘉寧三年，章鶴書上書重建洗襟臺，年輕的皇帝伺機而動，下旨復用玄鷹司。

而三個月後的一個深夜，當朝中大員正為了一樁劫獄案焦頭爛額，嘉寧帝忽然一道旨意傳江家公子入宮，將這封當初被先帝扣下的求救信，交給面具之下的小昭王。

青唯問：「這封求救信既然揭發的是寧州瘟疫案，為何要寫給小昭王？瘟疫案發生之時，小昭王不是在修築洗襟臺嗎？」

「少夫人說的是。」德榮道：「按說這寫信之人被何鴻雲追殺，就是去敲登聞鼓，也比寫信給小昭王強。但是信上有兩條很重要的線索，是朝廷一直沒有查出來的，或者說，查不出來。」

「朱紅纏莖夜交藤名貴，少夫人可知道，要買下當時市面上所有的夜交藤，需要多少銀子？」

「多少？」

「二十萬兩。」德榮道：「林叩春雖是巨賈，可一時間拿出二十萬兩，對他而言絕非易事。」

青唯道：「事後帳面上沒查麼？」

「查了，但少夫人莫要忘了，這筆帳是何鴻雲查的，連帳本都是何鴻雲呈交上來的。」德榮道：「第二點，也是最重要的，寫信的人稱，林叩春當時沒有這麼多銀子，何鴻雲其實也沒有，而何鴻雲之所以能在短時間拿出二十萬兩白銀，因為他前不久接了一輛來自陵川方向的鏢車，鏢箱裡滿是金銀，正好二十萬兩。」

陵川方向……洗襟臺，就在陵川。

「說到這裡，少夫人應該已經能猜到，這個寫信給小昭王的人，究竟是誰了吧？」

青唯道：「扶夏？」

「對，正是扶夏姑娘。」德榮道：「扶夏是祝寧莊五年前的花魁，而這個林叩春，那時正是祝寧莊的常客。扶夏稱，當時疫情剛發，正是她為何鴻雲與林叩春牽線搭橋，才促成了夜交藤的買賣。後來林叩春的死，八成就是被何鴻雲滅口，還有那五家兜售給林叩春夜交藤的藥商，有一家畏罪自盡，也是何鴻雲幹的。」

「那家藥商的商鋪原本開在東來順附近，少夫人想必知道，正是後來的折枝居。」

「洗襟臺坍塌，扶夏因知道內情，擔心被滅口，連夜出逃，她在信上最後稱，她為了保命，暗中留有何鴻雲與林叩春之間的帳本，便是何鴻雲找到她，只要罪證在，暫不敢殺她，還請小昭王盡快救她。」

扶冬和扶夏的名字為什麼會這麼像？

不是巧合，因為扶夏是祝寧莊五年前的花魁，而扶冬是五年後的。

扶冬開的酒館為什麼會在折枝居？

也不是巧合，何鴻雲當初滅口藥商後，為了抹平罪證，買下了折枝居，扶冬上京本來就是為了接近何鴻雲，自然要盤何鴻雲的鋪子，所以她選了五年前，死過人的折枝居。

扶冬扶夏兩條線索終於拼湊完整，青唯道：「也就是說，當初洗襟臺初建，何鴻雲得知了瘟疫的消息，希望透過夜交藤發一筆橫財，手上銀子不夠，打起了洗襟臺木料的主意。他透過何忠良與魏升，聯繫到販賣木料的徐途，徐途以次充好，將利用差價賺取的銀子湊給何鴻雲，藉此攀附上何家？」

江辭舟道：「此前我尚不確定，眼下有了扶冬的證實，極有可能是這樣。」

他沉默了一下，又道：「何鴻雲這個人不簡單，扶冬接近他的緣由，他未必不知道。」

青唯看著他，「最後一個問題。」

「妳說。」

「當初扶夏的信是寫給小昭王的，照理非常機密，小昭王的信的內容，你怎麼會知道？」

小二進來竹舍布菜，很快退了出去。

江辭舟看了眼滿桌佳餚，沒動筷子，他輕描淡寫道：「當初我跟小昭王同去洗襟臺督工，很得他的信賴，眼下他在宮中養病，官家無人可用，將這差事交給了我。」

「這麼重要且凶險的差事，官家交給了你？」青唯道。

她繼續追問，步步緊逼，「退一步說，官家當真無人可用，只好用了你，還讓你擔任玄鷹司都虞侯。可是玄鷹司裡，衛玦與章祿之看似敬你，實際上並不服你，官家對你委以重任，不會想看到一個一盤散沙的玄鷹司，何鴻雲的案子迫在眉睫，在這麼短的時間內，你要以一個什麼樣的身分，令玄鷹司上下信服？」

「我不需要讓衛玦信我。」江辭舟淡淡道：「一盤散沙自有一盤散沙的好處，娘子很快就會明白。至於旁的問題——」

他笑了笑，看向青唯，「娘子這麼刨根問底，對我很好奇？」

青唯一頓。

是了，他們有言在先，交換線索，互不干涉，這話還是她先提出來的，眼下這麼再三追問，倒是她自己先越界了。

青唯抿抿唇，收回自己由來莫名的好奇心，把話頭拽回正題，「你方才說，何鴻雲知道扶冬接近他的目的？」

「扶冬的底細，我查出來只用了三天，扶冬是三個多月前來到京城的，她究竟是誰，何鴻雲會不知道？既然知道她出生飄香莊，是徐述白與徐途的舊識，何鴻雲把她留在身邊，讓她做祝寧莊的花魁，必然有他的目的。」

「什麼目的？」

「何拾青身居高位太久，想要動何家的，外頭有的是，那些才是何鴻雲要找的大魚。扶冬一個弱女子，對何鴻雲能有什麼威脅？釣魚還要用魚餌呢，將扶冬放在身邊，正是最好的餌，譬如妳我這樣的魚，不就上鉤顯形了麼？」江辭舟道，他站起身，揭開桌上一個瓷蓋，鮮美的熱氣騰騰撲來，東來順也有魚來鮮，雖不如祝寧莊的正宗，單這麼一聞，就知道味道可口，江辭舟幫青唯盛了一碗，放在她面前，「卻也不必急，江中有鱘，海裡有鯊，咬餌咬得緊，能將釣魚人一齊掀翻進水裡，孰生孰死，且待風浪過後。」

「等等。」他捉住青唯拿筷子的手，溫聲道：「還燙，晾溫了吃。」

第十一章　涉險

五日後，何府。

「砰——」

青瓷瓶摔在地上碎裂成瓣，何拾青負手在廳裡來回踱步：「這個江辭舟，他究竟是什麼人你不知道嗎？！那是小昭王，小昭王！！我再三告誡你不要去招惹江家，你倒好，背著我幹出這麼一樁石破天驚的事！眼下痛快了？賠了夫人又折兵！」

何拾青難得發這麼大脾氣。

他此前不在京城，接到鄒平獲罪，鄒公陽被革職的消息，火急火燎地往京城趕，從瀝州回到家中，僅用了不到十日。

何鴻雲的禁足剛解，早上進宮跟太后請安，受了幾句責罵，眼下回府撞上何拾青，當著人又是一通訓斥，他臉上也掛不住，忍不住道：「他這幾年在江府無所事事，誰能猜到他是小昭王，父親不也是才知道麼？若不是官家忽然讓他做了玄鷹司的當家，我們恐怕至今都被他蒙在鼓裡，起初兒子也只是起疑，跟鄒平說找機會試試，不過是在宴席上放幾根弩箭罷了，沒想到被他抓住了機會……」

抓住機會，利用火藥，反戈一擊，把何家最倚仗的巡檢司與衛尉寺全都拖下水。

「當日章蘭若讓他拆除酒莊，不也是試他？謝容與和江辭舟，判若雲泥的兩個人，說他們調換身分，不是眼見為實，誰敢下定論？」何鴻雲道：「且我也不明白，便是小昭王又怎麼樣？他都不姓趙！不過是駙馬爺的兒子，得先帝看重，才封了王罷了。」

「小昭王又怎麼樣？這話虧你問的出口！」何拾青抬手指著外頭，「當初修築洗襟臺，先帝為什麼派他去？當年祭天大典，他的席次為什麼僅次於太子之後，你不明白嗎？大周重士重文，滄浪江投河的士子就是滿朝士大夫胸口的一把誅心刀！小昭王被封王僅僅因為他有皇家血脈嗎？不，因為他的父親是當年的狀元郎，是那幾年最被看重又痛失的士子，是為大周國運興衰甘願隕落的一條命！小昭王的長成，承襲的是他父親的遺澤、滿朝文臣的厚望！不說小昭王，就說張家的二公子張遠岫，祖上不過務農出生，因為他的父親是滄浪江投河的張遇初，眼下比你們這些世家子弟還金貴！」

「後來先帝危重，朝綱紊亂，幾個將軍弄權，文士翰林不擅權爭，又哀嘆於洗襟臺下喪生太多，盡皆息聲自苦。可眼下官家復用玄鷹司，漸有抬頭之象，朝局漸穩，那些文臣從傷痛中走出來，你還當他們會做啞聲的馬？你在這個時候，不低調行事罷了，還去招惹小昭王，叫我怎麼說你才好！」

何鴻雲聽了何拾青的教誨，自覺有錯。其實他並非不知道小昭王在文士心中的地位，適才那麼說，多是賭氣罷了，眼下回緩過來，誠懇道：「父親教訓的是，兒子記住了。」

何拾青看他一眼，他的子女眾多，要說最聰慧，最像他的，還是何鴻雲，雖然老四自小是個生意經，凡事看重錢財，只消好好培養，日後成就不在他之下。

「好在眼下的朝廷，和從前也大不一樣了，不再是文士翰林的一家之言。派系多，分化得厲害，這樣也好，謝容與尚未取信於玄鷹司，要動你，總得掂量著來，我們的時間很夠。」何拾青道，他將語鋒一轉，問何鴻雲，「你今日進宮見你姑母，她怎麼說？」

何鴻雲垂眸道：「還跟從前一樣，話說半截，模稜兩可的。」

他猶豫了一下，忍不住問：「父親，你說姑母在宮中，是不是早就知道江辭舟是小昭王，不然怎麼對他這麼恩寵呢？她早知道，卻不告訴我們……」

「她必然也是猜的。」何拾青道：「官家是榮華長公主教養長大的，你姑母只不過是他玉牒上的母親，母慈子孝，那是做給外人看的。就算官家知道小昭王頂了江辭舟的身分，也不可能告訴她。不過麼，她在宮裡，能瞧出的東西總比外頭的人多些，早就起了疑必然不假，至於從不對外洩露……」

何拾青冷笑一聲：「你還當眼下是前幾年，你姑母事事都倚仗我們？早不一樣了。」

當年先帝登位，朝綱動亂，何太后作為嘉寧帝的「生母」，要憑靠著何拾青穩住朝局，才能穩坐西宮之位。可眼下不一樣了，眼下朝局漸穩，嘉寧帝對何太后雖沒幾分真心，好歹願意做樣子，何太后一個嬪妃出身，到了今日的榮華地位，還企盼什麼呢？

人不為己天誅地滅，說句不好聽的，就是何太后一心幫著何家，甚至幫著他們反了嘉寧帝，把何鴻雲扶上皇帝的位置，她的地位，能比眼下這個西宮太后更高麼？所以她開始為自己打算，有些事，心裡有數，裡外瞞著罷了。

何拾青涼涼道：「你姑母那裡，你這幾日不必去了。張家的二公子快從寧州試守回來了，那是當年你督辦瘟疫案的地方，莫要在這個時候被人拿了把柄。」

「父親提醒的是。」何鴻雲俯首揖道。

何鴻雲從正廳裡出來，剛走到迴廊，劉闖疾步迎上來：「四公子。」

「說。」何鴻雲陰沉著臉，沒止步，繼續往後院走。

劉闖跟在身後：「是扶冬，她這幾日，總是有意無意地跟莊上的人打聽扶夏。」

何鴻雲「嗯」一聲，此事他早有預料，只問，「因由呢？」

「這……」劉闖有點猶豫，「莊上的人說不知，可能……可能因為扶夏是五年前的花魁，而扶冬姑娘是眼下的……」

「不知？」何鴻雲冷聲道：「這個扶冬，千里迢迢來到京城，百般接近我，為的不就是徐家？她此前一直小心謹慎，說話滴水不漏，眼下忽然打聽起扶夏，問因由，莊子上居然不知？」

劉闖連忙拱手賠罪道：「四公子息怒，屬下這就分派人去查。」

「不必查了。」何鴻雲拂袖道：「莊上來過人了。」

「來過人？」何鴻雲這話說得莫名，劉閶反應了一會兒才明白過來，「四公子的意思是，那個『女賊』已經暗中接近過扶冬姑娘了？」

「否則扶冬是從哪兒知道的扶夏？必然是這做賊的又來過，讓她幫忙打聽扶夏，她才照做的。」何鴻雲道。

劉閶自責道：「這女賊功夫太高，來這麼一遭，莊上居然沒一個人發現。」

「也不全怪他們，」何鴻雲稍稍平復，「巡檢司與衛尉寺的人撤走，莊上本來就疏於防範，且我提前把扶冬從京兆府裡撈出來，扔在這個疏於防範的莊子裡，就是為了釣魚上鉤。」他問：「我讓你去查崔青唯，你查好了嗎？」

「查了。」劉閶道：「這個崔青唯似乎的確是崔原義之女。此前跟江家有婚約的其實是崔弘義之女崔芝芸，崔芝芸跟高家的二少爺有情，所以崔青唯替她嫁去了江家。只不過……」

「只不過什麼？」

「只不過屬下打聽到，崔原義的小女，從小身子就不好，後來找人學功夫，多是為了強身健體，崔青唯功夫好成這樣，實在匪夷所思。就像此前四公子懷疑的，江辭舟並非江辭舟，很可能是小昭王，屬下懷疑，崔青唯也非崔青唯，而是旁的什麼人，這兩個人是機緣巧合，才湊成了一雙。」

何鴻雲問：「那你覺得她是什麼人？」

「猜不出。」劉誾道：「這些只是屬下的揣測罷了，真相究竟如何，還待細查。」

「罷了。」何鴻雲道：「她的身分藏得這麼嚴實，必然有不小的人物暗中助她，不是一時半會兒弄得清的，你打發幾個人物去她鄉里問問，不必把心思都花在這上頭。」

「是。」

何鴻雲過了垂花門，進了自己院落，一掀袍擺在正堂上首坐下，接過僕從奉來的茶盞，有一搭沒一搭的撥著茶碗蓋：「找扶夏……」

這個崔青唯，先是闖扶夏館，爾後又跟扶冬接頭，託她打聽扶夏，竟像要逮住他不放了。也罷，左右她跟謝容與是假夫妻，尋個乾淨的辨法把人除掉，難不成謝容與還能鬧到宣室殿上去？

倒是要想個法子把崔青唯騙來。

何鴻雲把茶盞往手旁一擱：「扶冬不是要見扶夏嗎？讓她去見。」

「四公子的意思是，讓扶冬去暗牢？」劉誾愣道：「可是扶夏手裡還握著當年藥材買賣的帳冊，一旦她將帳冊的下落透露給扶冬，多一個人知道，多一分危險。依屬下的意思，見是可以見，隨便找個妓子頂包……」

「怎麼頂？扶夏長什麼樣，不少人都知道，扶冬如果沒有見到真人，崔青唯如何甘心來莊上？捨不得孩子套不著狼，左右人已半瘋了，到時你派人從旁盯著，不讓她多嘴便是。」

何鴻雲的聲音悠悠的，「等扶冬見過扶夏，這個人便沒大用了，到時候她把崔青唯引來，你將梅娘一併扔進暗牢，三個人一起——」

何鴻雲併指比了個手勢。

劉閶拱手稱是，「屬下知道了，屬下這就去辦。」

「看好了嗎？」

青唯將繩索纏在自己手上，往對面簷頭拋去，往回一拽，見是纏穩了，原地一個縱躍，秋風鼓動衣衫，整個人像一隻凌空的鳥，下一刻就落在了簷頂，一點兒響動也沒有。

朝天點點頭，握了握纏著繩索的手，心中迴響著適才青唯教自己的話：「你要用它，就要信它，要把它想成有形之物。」

他朝後退了幾步，同樣往簷頭拋了繩索，藉著繩索飛躍上簷頂。簷上有秋霜，他站上去，稍微滑了幾步，很快藉著繩索穩住身形。

青唯一點頭：「悟性不錯。」

朝天得了誇獎，很高興，正欲再試，江辭舟帶著德榮從迴廊那頭過來，見朝天站在屋頂，德榮喊道：「天兒，在做什麼？」

朝天躍下來，「少夫人說我的功夫太硬，如果不是遇上明刀明槍，容易吃虧，少夫人輕功奇好，我跟少夫人討教一二。」

他是個實心眼，上回在祝寧莊坑壞了青唯，心中也過意不去，思前想後，覺得還是自己輕功不好不能逃得俐落，便到青唯這裡來加勉求教了。

江辭舟看了眼仍站在屋簷上的青唯，對朝天道：「你是武衛，不是賊，我平時交給你的差事都是打家劫舍麼？學這麼多軟功夫做什麼？」

「公子教訓的是，屬下只是覺得——」

「軟功夫沒意思，直來直去就有意思？」青唯收了繩索，從房梁上下來。江辭舟這話或許無所指，青唯卻是聽者有意，「之前剛做了賊，眼下又變成正人君子，自己守綱常，把我拘在府裡大門不出二門不邁什麼意思？就這麼等下去，黃花菜都等涼了。」

江辭舟道：「娘子這麼喜歡上房翻牆，府上十七個屋簷，三十九道圍牆，娘子盡可以翻個夠，如果還不過癮，上京城外二十里有座摘星塔，娘子這功夫，半盞茶就可以飛到塔頂摘月亮，為夫帶妳去？」

青唯冷笑一聲：「免了，城外一來一去至少兩個時辰，我摘月亮事小，耽誤官人去東來順吃席事大，官人守株待兔這麼久，沒有功勞也有苦勞，到時賴我摘月亮把兔子放跑了，再拘我七日，我可沒這耐心。」

德榮愣了愣地聽這夫婦二人你一言我一語，問一旁的留芳駐雲：「公子與少夫人這是怎麼了，昨日不好好的麼？」

留芳與駐雲對視一眼，掩唇偷偷笑了，留芳道：「少夫人夜裡想出門，公子不讓。」駐雲道：「少夫人昨晚都溜出去了，被公子半路捉了回來，少夫人不高興，兩人折騰到了半夜……」

德榮了悟。

少夫人和公子也不是頭一回折騰了，比這打得厲害的時候他還見過呢。可甭管鬧成什麼樣，之後還不是親得跟什麼似的，怪不得留芳和駐雲偷笑呢。

德榮遂沒再管這事，跟朝天招招手，「天兒，過來看公子給你帶什麼了。」

朝天這才注意到立在牆根邊上的長匣，三兩步過去：「這是……公子給我打的新刀？」

青唯也注意到那木匣子了，她懶得再理江辭舟，此前江辭舟說什麼何鴻雲還會下餌，只需等著扶冬來找即可，可她隨他去東來順吃了七日席，連扶冬的影兒都沒瞧見。

她做事不喜太被動，總想著出門再去打聽打聽消息，便是不去祝寧莊，去京兆府、大理寺也好，誰知道昨夜還沒溜出巷子口，就被江辭舟半路攔了回來，說再等等。

自從她離開家，快六年了，就沒過過這麼安穩的日子。成日除了去東來順吃席，就是練武，再就是平安睡大覺。她不習慣，越安穩越心慌，恨不能枕著匕首入眠，江辭舟卻拖著她養耐心。

青唯把長匣拿過來：「我看看。」

匣子裡是一柄環首刀，刃光如水，鋒芒逼人。

青唯握在手裡試了試，她拎著稍重了些，可對於朝天這種用慣鈍刀的應該剛剛好，可見江辭舟花了心思。

「刀不錯。」青唯將刀拋給朝天。

朝天凌空接了，正欲謝，則見江逐年一臉嚴肅地踱進院門。

還沒進院子，老遠瞧見院中老樹上掛了幾根繩，下頭紮了梅花樁，進到院子中，一抬頭，眼前飛過一把鋼刀。

江逐年指著西邊院牆：「明天僱幾個匠人，乾脆把這牆拆了，造個演武場，這麼大點地方，哪夠你們幾個霍霍？到時候招點學徒，建派立幫，這樣才夠威風不是？」

青唯平日裡雖我行我素，但江逐年到底是長輩，聽到他訓斥，把手上繩索往身後藏了藏，垂頭立在原地，不動了。

江逐年又指著江辭舟：「你也是，前頭新婚休沐，後頭養病又休沐，眼下請罪帖遞上去，官家體恤，讓你養好再上值，當真就是撐死膽大的，你一日都不去衙門？」

江辭舟道：「父親教訓的是，兒子再休養幾日就去了。」

江逐年板著臉，又看他和青唯各一眼，兒子雖然不是親兒子，可江逐年與當年的駙馬爺是至交，便是小昭王沒頂這張面具，他也把他當半個親生的看待的。

起初小昭王說想借用婚約，娶回崔氏女以保崔家，江逐年不同意，覺得他這樣太委屈自己，百般阻撓，最後還是拗不過他。

眼下人娶回來了，雖然此崔氏女非彼崔氏女，好在小倆口看著竟似恩愛，他也就不多說什麼了。眼下看看這雞飛狗跳的院子，這叫什麼話？

到底隔了一層親緣，江逐年不好多訓斥，朝江辭舟招招手：「你過來。」

江辭舟頷首，來到江逐年跟前，江逐年猶豫了一下，思及青唯耳力非常，一直走到迴廊拐角，才回頭悄聲問江辭舟：「我在後院栽了一片湘妃竹，裡頭有一根被砍了，你知道是誰幹的嗎？」

「被砍了？」江辭舟愣了下，「我不知道。什麼時候被砍的？」

江逐年道：「我此前不是去慶明府辦差了麼，回來就發現被砍了。」

江逐年去辦差的那幾日，江辭舟剛好在宮中養病，府裡的主人家，只有青唯一個人在。

江逐年越過江辭舟的肩，看向院中：「會不會是……你這娘子幹的？」

「應當不是，她沒事砍您竹子做什麼？」江辭舟順著江逐年的目光，也朝院中看了一眼。青唯還在院中立規矩，或許是知道他們沒走遠，負手在身後，站得筆直，江辭舟收回目光，「回頭我問問她。」

「也不是個大事。」江逐年點頭，「要真是她，砍了就砍了，她從前總是寄人籬下，你問的時候溫和點，別拿她當外人，別嚇著她。」

江逐年一走，德榮很快套好了馬車。

青唯雖心急，但她其實認可江辭舟說的——等到何鴻雲禁足一解，必定會再下餌，到時候扶冬一定會來東來順尋他們，只管耐心等著就好。

馬車熟門熟路到了酒樓，江辭舟剛掀簾，掌櫃的就在外頭迎：「江小爺與少夫人到了。」

江辭舟就著他的手下了馬車，回頭扶青唯，「酒菜都備好了嗎？」

「老規矩，魚來鮮、燒鵝、秋露白，其餘葷素各配了點，終歸苦不了二位的五臟廟。」掌櫃的把人往風雅澗迎，笑盈盈的，「且江小爺今日口福大了。」

江辭舟問：「怎麼說？」

掌櫃的在風雅澗門口頓住步子，看了一旁的青唯一眼，「祝寧莊的扶冬姑娘來了，說是要為此前折枝居的意外賠罪，特地帶了祝寧莊的菜餚和她親自釀的酒水，今天開張時分就到了，已在裡頭等了一早上。」

扶冬早已等在風雅澗內，見到江辭舟與青唯，立刻迎上來道：「公子，姑娘。」

等到掌櫃的腳步聲徹底遠去，她說道：「我見到扶夏姑娘了。」

青唯看了江辭舟一眼，他說何鴻雲十日內會下餌，果然如此。

「確定是她？」

扶冬點點頭，「她的樣貌和江公子描繪的一模一樣，祝寧莊也有她的畫像，我仔細看了，確定是她。」

扶冬回想起扶夏如今的模樣，覺得可憐，「她已被折磨得不成樣子，人也半瘋了，身邊雖說有一個照顧丫鬟，更像是盯著她的，我去的時候，她正在吃藥，丫鬟說，她身子早不行了，這藥湯就是為吊著她的命。扶夏姑娘不愛吃這藥，一見我，撲上來就打翻這藥湯，還拚命讓我救她。」

「我身邊跟著人，不敢和她多說，想著先問過江公子與姑娘的意思，好在眼下莊上看得不嚴，我藉口給東來順送酒，他們就允我來了。」

青唯問：「扶夏被關在哪裡？」

「就在扶夏館。」扶冬道：「不過不在樓閣中，扶夏館院子的假山裡有道暗門，通向一間暗牢。莊上嬷嬷的說法是，扶夏姑娘五年前就瘋了，何鴻雲念舊情，一直派人照顧她，把她關在暗牢，是怕她出去嚇著人。」

青唯頷首：「好，我知道了，改日我去找妳，妳帶我會一會這個扶夏。」

「二位要去？」扶冬愣道，她看了江辭舟一眼，「可是，這麼輕易地見到扶夏，我總覺得其中有詐，如果中了何鴻雲的誘敵之計，豈不等同於自投羅網？那暗牢位置隱祕，對外只有一扇門，陷在裡頭，猶如甕中捉鱉，太危險了。」

青唯道：「這妳不必顧忌，屆時我們自有應對之策。」

扶冬聽了青唯的話，細一思索，暗牢的危險她都意識到了，江公子與青唯姑娘本事過人，豈能沒有察覺，明知山有虎，偏向虎山行，一定有他們的緣由，扶冬福了福身：「奴家知道了，二位既然決定要去見扶夏姑娘，奴家等在祝寧莊，隨時恭候。」

桌上攤開著一張祝寧莊的地圖，青唯與江辭舟從東來順回來，隔桌而坐，從午過一直僵持到黃昏時分。

天邊鱗雲覆上彤彩，像染著金輝的鯤翅，屋門敞著，片片爍光照在青唯清透的右頰，江辭舟看她一眼，收拾好耐心，再度跟她解釋：「扶夏藏著何鴻雲的帳冊，這是何鴻雲的罪證，也是他至今沒法殺扶夏的原因。也因此，為防帳冊落入他人之手，何鴻雲不會輕易讓外人見到扶夏，一定會將扶夏掉包。」

「我們的目標是扶夏，既然她人在祝寧莊的消息已經洩露，只要把人從莊裡逼出來，我們就有可能劫下她。」

「眼下的難點是，想要把扶夏逼出來，必須有一個人假裝中計，先進暗牢，迫使何鴻雲掉包。」

「妳我兵分兩路，我去暗牢見掉包後的『扶夏』，之後吳曾和祁銘會帶人到祝寧莊，以協查大理寺辦案為由，查檢莊上衛尉寺的箭弩，進一步逼出扶夏，到時候我把朝天交給妳，妳帶人去攔送扶夏出莊的馬車。」

「不行。」青唯道：「上回朝天把闖扶夏館的黑鍋賴給我，何鴻雲一直以為想找扶夏的人是我，包括後來接近扶冬，他也認為我是為了扶夏。他雖然懷疑你，卻並不確定你想做什麼。眼下在他的計算中，見扶夏的人應該是我，只有我去暗牢，他才會卸下防備，才會放心將扶夏送出莊。如果去暗牢的人是你，他一旦起疑，很快就能猜到我們聲東擊西，去暗牢見『扶夏』是假，把扶夏逼出莊子是真，以他的手段，說不定會立刻殺了扶夏。」

江辭舟道：「妳一個人去暗牢太危險，何鴻雲設下這個請君入甕之計，就是為了誘妳前去，甚至滅妳之口。若去的是我，何鴻雲好歹有所顧忌，不會隨便取我性命。」

「他是不會隨便取你性命，可是這個計畫如果失敗了，我們這一通排兵布陣又有何意義？」青唯直視著江辭舟，反問道：「其實你心裡很清楚，要救扶夏，只有這麼一個辦法，就是我下暗牢。那日我問你，你執掌玄鷹司，如何令衛玦與章祿之信服你，你說你不需要他們信服，一盤散沙自有一盤散沙的好處，當時我不解你這話的意思，眼下我想明白了，其實早在折枝居的火藥爆炸時，甚至在朝天探扶夏館失敗時，你就想好怎麼把扶夏逼出來了是嗎？」

江辭舟不語。

青唯吐出三個字：「薛長興。」

「城南暗牢劫獄，你知道是我幹的，衛玦章祿之對我為何耿耿於懷，你心中也有數。你自擔任玄鷹司都虞侯，故意怠忽職守，成日裡不去上值，就是為了避開與衛章二人接觸，這樣人人都能看出玄鷹司眼下分化成派，一派以吳曾、祁銘為首，聽命於你，一派是老玄鷹司的人馬，聽命於衛章。也只有這樣，衛章二人的兵馬才能成為一個奇招，一個制勝的關鍵。」

「鄒平身家性命都繫在何拾青身上，他不可能招出藏在祝寧莊的弩箭，你適才說，要讓吳曾帶人去祝寧莊，以協查大理寺辦案，查檢莊上衛尉寺箭弩，只是虛晃一招，先給何鴻雲施壓罷了，你真正的計謀在後頭，是衛玦。」

「你的確不需要取信於衛玦，因為你只要把那個劫囚女賊的線索稍稍透露給衛玦，他跟章祿之便會指哪兒打哪兒。」

「扶夏太重要了，你不能在這條線索上面失手。所以你起初的計畫應該是，由我下暗牢，見掉包的扶夏，讓何鴻雲把扶夏轉移出來，爾後吳曾到莊上，先一步給何鴻雲壓力，迫使何鴻雲產生送扶夏出莊的想法，爾後衛玦與章祿之帶著玄鷹衛大批人馬趕到，以祝寧莊窩藏重犯為由，強制搜莊，這樣何鴻雲必會把扶夏轉移出莊。而從頭到尾，你只需要到莊上做客，絆住何鴻雲即可。」

「我認可你的計策，也認為眼下沒有比這更好的法子。我甚至可以去高府尋我妹妹芝芸幫忙，讓她去跟玄鷹司揭發我，沒有你的人插手，衛玦帶人來祝寧莊搜莊，何鴻雲一時之間很難把衛玦跟扶夏聯想在一塊兒。這一連串的計畫，你明明早就想到了，為何眼下忽然改主意了呢？」

青唯說完這一大番話，緊盯著江辭舟。

時不我待，拖得越久，何鴻雲越有可能勘破他們的計畫，他們一定要趁何鴻雲反應過來前行動，而最好的時機，就是今晚。

她本來一回江府就打算去高府找崔芝芸，沒承想卻被江辭舟攔住了。

「這個計畫，我的確早就想到了。」良久，江辭舟道：「但是……」

青唯凝神，等著他說「但是」。

江辭舟從桌上地圖上抬起眼，看向青唯。

他也說不清自己是怎麼了，明明很早就想好了對策，可是漸漸地，心中卻有個不可名狀的念頭，總攔著他，讓他不要這麼做。

萬般有道理，說來全是上上策，但是，「妳是我娘子，我不能讓妳涉險。」

青唯愣了下，沒承想到頭來，他居然是這個理由。

他們是假夫妻，她很清楚，他必然也清楚，既然是假的，實不該為這些虛無縹緲的身分所累。

但他這話到底是好意，她沒多說什麼，只是道：「這個暗牢，無論你我誰去，皆是涉險，其實沒有分別。」

她見江辭舟不語，又道：「再說你也不必多擔心，城南暗牢我都劫的，還怕這莊子上一個暗牢麼？」

「眼下鄒家獲罪，何鴻雲被拔出巡檢司、衛尉寺兩顆毒牙，這麼草木皆兵的時候，他為防受牽連，必不敢在自己的地盤上動用弩矢，火藥。沒了這些致命之物，一個暗牢，我想保命並不難。」

「再有，其實我也不用撐太久，我只要下到暗牢，扶夏就已經掉包了，這時候你帶人到莊上，盡快逼出扶夏，我也就平安了。」

青唯看著江辭舟，最後道：「我雖不知道你最終想做什麼，單就何鴻雲這一樁事上，你我的目的是一樣的，皆是為了那洗襟臺。」

「既是為了那洗襟臺，當知此行凶險，不可能事事周全。」

「當年洗襟臺下喪生百餘，徐述白一干士子杳無音訊，洗襟臺為何坍塌至今成謎，可何鴻雲卻藉著這座樓臺，貪墨栽贓，扭轉黑白，升官立功，眼下既有這麼一個機會揭發他的罪狀，你我都知道，這個險，不犯也得犯。」

江辭舟移目看向屋外，只這麼一會兒工夫，雲端的霞彩就散了，暮色浮上來，流墨一般，將最後的日色一寸寸吞沒。

「一個時辰。」他說。握了握垂在身側的手，「不是從妳下暗牢算起，從妳進祝寧莊，到我看到妳平安無恙，一共一個時辰。超過這個時間，無論事成與否，我會立刻派人去暗牢。」

青唯立刻點頭：「好。」

她不願耽擱，隨即便要出發，剛要收拾，一回頭，卻見江辭舟立在桌前沉默地看著她。

她知道他大概是在擔心，想想也是，他們雖互不知根底，好歹在折枝居同生共死過了，今日下暗牢的換作是他，她應該也會擔心。

青唯問江辭舟：「你那個玉墜子，帶在身上嗎？」

江辭舟「嗯」一聲，起身拉開一旁多寶槅子的抽屜，把墜子取出來。

青唯打開自己的嫁妝箱子，拿出一柄扇子。

「給你。」青唯道：「此前在折枝居毀了你一把扇子，賠給你。」

扇子是竹篾片做的，上頭覆了白絹，很乾淨，也很簡樸，不像是在外頭買的。

江辭舟愣了許久，「這是，妳自己做的？」

「你那幾日不是去宮裡了麼，我去外頭逛了逛，你那扇子名貴，差不多樣子的，我都買不起。想著左右是個竹扇子，不如自己做一柄。後院的竹子看起來不錯，上頭有點紫斑，韌勁也足，做扇子怪好看的，就砍了一根。早就做好了，一直忘了拿給你。」

她不認得什麼湘妃竹，也不喜歡做東西。

但她是溫阡之女，她的父親能平地起高樓，雕窗刻靈獸，她天生手巧，用心做出來的扇子，自是外頭比不上的。

青唯又回頭收東西，把暗器揣好，解毒的藥粉放進荷包，繩索纏在腰間，匕首藏進靴子裡，罩上黑袍，內兜裡還有斷匕，軟玉劍布囊捆在手腕，塞入袖子。

青唯理著袖口，跟江辭舟道：「我走了，我先去高府找我妹妹，然後直接去祝寧莊，就不折回來了。」

說著，朝屋門口走去。

「等等。」江辭舟喚住她。

他將扇墜子遞給她，「大慈恩寺開過光。」供在長明燈前三百個日夜，讓他終於從洗襟臺坍塌暗無天日的夢魘裡走出來，雖然最後帶上了面具。

青唯愣道：「這不是你母親留給你的，很重要不是嗎？」是很重要，但也不是那麼重要。

「妳拿著，保平安。」江辭舟道。

青唯想了想，覺得他說的很是，那日在折枝居那般危急，這玉墜子落地不碎，而他們最後化險為夷，的確像能保平安了，一手拿過玉墜子，「謝了，那我借它的光用用，回頭還給你。」

青唯步入院中。

院中暮色正起。

薛長興投崖那天，是個方興未艾的晨，天色與眼下很像，她得了木匣子，被薛長興催使著走上這一條路，眼前迷霧障目，摸索許久也沒辨出方向，可今日不一樣了，今日如果事成，她能切切實實地往前邁出一步，哪怕要涉險，這一縱躍，能看見高峰。

青唯想到這裡，心中高興。

她這些年，數度離開原點，單槍匹馬地往前走。

離家出走的那一日，洗襟臺坍塌的那一日，拖著崔芝芸上京的那一日，劫囚後，被巡檢司追殺的那一日，還有站在薛長興跌落的斷崖，投崖而下的那一日。

可這一回有點不一樣。

這一回前頭有希望，身後——

青唯一個縱身躍上牆頂，回過身，跟江辭舟揮揮手：「走了！」

身後還有人可以道別。

戌時末，城中快要宵禁，街上的行人已漸稀少，崔芝芸攏緊氅衣，提著燈，快步往衙門走去。

自來了京城，她從沒這麼晚出過門，心中不是不怕的，一段路黑漆漆的，寒風砭骨，吹得她後頸的汗毛一根根立起來。

這麼久了，她什麼都瞧明白了。自從父親獲罪，真心待她好的，只有阿姐，是阿姐護她上京，替她嫁去江家，眼下她對高子瑜萬念俱灰，驚覺身遭只剩下阿姐這一個親人，所以只要是阿姐的託付，無論什麼，她都會盡力去辦。

崔芝芸謹記著青唯叮囑她的話——

「玄鷹司在城西有個值所，妳務必在亥初趕到那裡，見到衛玦。」

崔芝芸到了值所前，深深吁了口氣，拍了拍門。

「什麼人？」很快有玄鷹衛出來應門。

「官爺，我有要案要稟報，求見衛大人。」

玄鷹司在外的值所，與巡檢司、京兆府等衙門不同，並不接報案，玄鷹衛上下打量崔芝芸一眼，指了一下釘在外牆的鐵皮桶，「案帖寫了嗎?寫好了就投進去，明日玄鷹司篩過信，幫妳轉給辦事衙門。」

「不是的官爺。」崔芝芸見玄鷹衛要關門，連忙扶住門扉，「我說的要案，是此前城南的劫獄案，線索很重要，我想親自稟明衛大人。」

玄鷹衛聽了這話，多看了崔芝芸一眼。

玄鷹司自復用，所領差事僅有一樁，正是城南的劫獄案。

「那妳等等。」玄鷹衛把門掩上，等覆完命出來，對崔芝芸道：「姑娘，衛大人讓妳進去。」

這間值所很小，統共只有一進，說是值所，實際上就是個歇腳的小院。崔芝芸到了值房，章祿之也在。

衛玦記得崔芝芸，他將筆擱在案頭，還沒說話，章祿之先一個忍不住，急問：「妳當真有劫犯的線索？」

崔芝芸點了點頭，驀地跪下：「大人，請大人恕罪！」

她泣聲道：「當日、當日在京兆府的公堂上，民女太害怕了，所以對大人撒了謊。」

衛玦一雙鷹眼黑曜似的，「妳撒什麼謊了？」

「城南暗牢被劫那日，我的阿姐崔青唯她……她根本不是午時回來的，她回來的時候，已近深夜了。她也沒有殺袁文光，袁文光是我刺傷的……」

不等崔芝芸說完，衛玦冷哼一聲：「可笑，當日在公堂，妳二人振振有詞，說那袁文光是崔青唯所傷。眼下風平浪靜，妳卻忽然翻供，妳可知戲弄朝廷命官是要擔罪責的？」

「公堂上的說辭是阿姐教我的，至於我為何翻供……」崔芝芸咬唇道：「我當時以為阿姐是出於好意，幫我頂罪，後來才發現，原來阿姐竟是藉著袁文光案，掩蓋她在城南劫獄的事實。我眼看著她與賊人謀皮，誤入歧途，想要攔阻卻是不能，眼下她已貴為玄鷹司都虞侯的夫人，我不得已，只好找來大人這裡，請大人幫我！」

章祿之問：「妳說她和賊人謀皮，她背後的人是誰？」

當日城南暗牢被劫，殺入其中的死士足有數十名，要說那崔青唯沒有同黨，他壓根不信。可查了這麼久了，這同黨竟是掩藏得好，半點蛛絲馬跡都找不著。

「我……」崔芝芸猶豫著道：「我也不確定，不過阿姐近日總是暗中前往祝寧莊，聽說，那是朝堂上一個何什麼大人的地方。阿姐此前也提過，她在為朝中的一位大人辦事，我還以為她只是幫捕快、衙役什麼的跑個腿，沒承想是這麼大一個人物。」

她見衛玦目露疑色，說道：「大人如果不信，眼下便可前往祝寧莊一探，阿姐今夜來過高府，此後便去了祝寧莊。」

「妳怎麼知道她去了祝寧莊？」

「我們姐妹二人親密無間，阿姐凡事不會瞞著我，她親口說的，絕不會假。」

「大人！」章祿之是個急脾氣，聽了這話，立刻對衛玦道：「屬下請命帶兵前往祝寧莊一查！」

衛玦盯著崔芝芸，語氣平緩：「本官憑什麼相信妳說的話？」

「民女所言，皆是事實。大人若不信，那袁文光還在京中養傷，大人自可以尋他逼問，看看當日刺傷他的，究竟是民女還是阿姐。」

「大人，」章祿之也道：「您還猶豫什麼？我們追查城南劫獄案，這是官家的聖命，有了這崔氏女的證詞，就有了最好的證據。您不是一直都懷疑這個崔青唯嗎？她嫁了江虞侯，我們不好上江府問話，眼下真是天上掉下來的機會，如果跟她合謀的當真是何家，我們正正當當地去搜祝寧莊，拔出蘿蔔帶出泥，說不定這案子就破了！大人，機不可失，快走吧！」

衛玦沒吭聲。

章祿之的話自然有理，玄鷹司奉命辦事，只要有證據，什麼地方搜不得？祝寧莊雖是何鴻雲的地盤，到底不是何府。

但他也不能就這麼草率地信了崔芝芸。

衛玦喚來門口一名玄鷹衛，吩咐道：「你留在這裡，讓她把適才的話再說一遍，寫好供詞讓她畫押。」

又吩咐章祿之：「隨我去尋袁文光，如果確定崔青唯在公堂上作假，再帶人去緝拿她不遲。」

第十二章 夢魘

桌上蠟炬燃了大半，漸漸只剩短短一截。

扶冬揪著手帕，在房裡來回走著，這根蠟是她日暮時分點上的，一根燃盡，統共要四個時辰。

她不知青唯與江辭舟何時會來，一直在心裡算著時辰。

窗口拂來一陣風，把燭火撲弱了些，扶冬心不在焉地拾起銅籤，想要把燭火撥亮，身後忽然傳來一聲：「扶冬姑娘。」

扶冬手一顫，乍然回身，屋中不知何時立了個罩著黑斗篷的女子，若不是扶冬心中早有準備，只怕要將她當成精怪鬼魅。

「姑娘，只有您一人？」

青唯「嗯」一聲，「我跟他分頭行動，時間緊迫，我們這就去暗牢。」

夜靜悄悄的，雖然知道這是何鴻雲的請君入甕之計，為了爭取更多撤離的時間，青唯還是帶扶冬盡量避開莊上的巡衛與暗哨。

上回來扶夏館，青唯跟著朝天沒走正路，一路順著簷頭直接落在館外，今夜從閣樓小院繞過來，才發現扶夏館與莊中諸多院落不同。它被一道圍牆隔開，幾乎是獨立的，院子很大，樓閣也造得宏偉寬敞，巡衛比起別處，多出三倍有餘。

院中有苑，苑裡假山奇石，草木扶疏，扶冬領著青唯，繞過一片小竹林，來到一座高大的假山前，低聲道：「就是這裡了。」

假山看上去並沒有什麼奇特之處，進到裡頭，才發現別有洞天。

假山左側有一道被藤蔓掩住的洞口，撩開藤蔓，順著潮濕的甬道往下走，越走越寬闊，甬道盡頭有一扇鐵門，兩名守衛守在鐵門口，他們早知道近日有人會闖暗牢，見了青唯與扶冬，仍是驚詫——院中巡衛諸多，賊人都到門口了，適才為何無人戒備？

兩名守衛正欲出聲警示，青唯快一步掠到這二人跟前，她有備而來，斗篷掩住鼻口，手中藥粉往前一灑，兩名守衛立刻暈倒在地。

青唯從他們身上摸出銅匙，打開暗牢的門，一個手刀劈暈裡頭看守的丫鬟，四下環顧。這間暗牢不大，四面皆是石壁，鐵門在南側，上頭開了一個很小的高窗，大約是平時送飯用的，牢中藥味很重，東北角有一張小榻，上頭躺著一人。

扶冬試探著喊：「扶夏姑娘？」

榻上的人沒有應聲。

青唯唯恐有詐，將扶冬一攔，「妳在這裡等著。」獨自上前掀開被衾，臥榻上的人雲鬟散亂，雙目緊閉，耳後自頸處，隱約有一道鞭痕，竟是梅娘。

青唯俯身輕聲喚：「梅娘？」

梅娘似乎聽到了青唯的呼喊，眉頭緊蹙，額角也滲出汗液，但她身上的傷太多，起了高熱，一時竟睜不開眼。

榻頭的小案上有清水，扶冬見狀，立刻斟了一杯為梅娘遞去。

青唯餵梅娘吃下，又解下腰間的牛皮囊子，送去梅娘唇邊。牛皮囊子裡裝的都是燒刀子，木塞一打開，氣味嗆人得很，都不必吃，梅娘嘗到這氣味，便已醒神，她連咳了好幾聲，朦朧睜開眼，看清眼前的人，「阿野姑娘？妳怎麼來了？」

她又四下望去：「這是哪裡？」

青唯道：「這是扶夏館的一間暗牢，您不記得自己是怎麼來的嗎？」

梅娘搖了搖頭：「何鴻雲命人將我禁足房中，日日逼問薛官人的下落，我撐了多日，此前……似乎暈了過去，等醒來就在這裡了。」

她又看向扶冬：「扶冬姑娘怎麼也在這裡？」

青唯明白了，何鴻雲正是用梅娘跟扶夏掉的包。

他擔心她無聲潛入暗牢，連莊上的人都沒覺察就全身而退，放梅娘在此，便是算準她會花時間救人。

眼下扶冬對何鴻雲沒了用處，梅娘又是個什麼都問不出的硬骨頭，而她，她成日揪著何鴻雲不放，把她們三個一齊困在這裡，互相拖累，豈不正好一網打盡？

青唯一人離開暗牢不難，拖著扶冬出去，可以試試，再帶上一個傷重的梅娘，只怕就很困難了。

青唯只覺形勢比她想像得嚴峻，對梅娘道：「有什麼話出去再說，這裡太危險，恐怕很快就會有殺手過來，妳身上的傷怎麼樣，還能走嗎？」

梅娘立刻點頭，她身上鞭痕無數，下了榻，雙足落地，腿都是軟的，好在扶冬從旁扶住她，她咬緊牙，往前走了幾步：「阿野姑娘，我撐得住。」

青唯一點頭，帶著她二人，還沒走到暗牢門口，只聽外頭一聲：「扶夏館有賊人闖入——」

甬道裡隨即響起密密匝匝的腳步聲。

到底還是被發現了。

青唯把梅娘交給扶冬，「刀劍無眼，妳們兩個躲好。」拔出腰間雙刃，先一步朝衝進暗牢的殺手迎去。

暗牢地勢好，外高內低，甬道狹窄，殺手想坑殺她們，不能靠放箭，只能近身肉搏，適才青唯已經觀察過了，四面石壁都沒有機關，她堵在門口，不必擔心身後，一時間一夫當關，萬夫莫開。

但她不敢掉以輕心，雖然江辭舟說了一個時辰必會派人來救她，這暗牢三面皆無退路，等同於絕壁，多留一刻便多一分危險，誰知道何鴻雲又會出什麼么蛾子，青唯想，饒是拖著扶冬和梅娘，她還是得殺出去。

雙刃已吸飽了血，青唯稍退了一步，正預備變換守勢，沒想到面前殺手似乎瞧出她的意圖，忽然不要命地直撲過來。

與此同時，外頭喊殺聲更密，青唯藉著甬道中的火光望去，外間不知是巡衛還是殺手，一茬接著一茬，黑壓壓地往裡迫近，竟像是要把她們困在這暗牢裡。

青唯覺得不妙，這暗牢一定不能待下去了！

她回過身，對扶冬與梅娘道：「跟緊我。」

然而殺手們似乎看出她的軟肋，一旦她殺出暗牢，他們困不住她，便藉機襲向梅娘與扶冬，青唯不能不管她們，不得已，又被逼退回來。

混亂中，忽然聽到一聲輕微的脆響。

青唯耳廓微微一動，目光隨即落在響動處，門前一名巡衛摸出了銅匙。

青唯立刻猜到他要做什麼，疾步上前，舉刃欲劈門鎖，就在這時，兩名殺手不顧她手中雙刃，逕自撲上來，以肉軀攔下她。

牢門「砰」一聲被闔上，外頭接連傳來三聲上鎖的聲音，兩具屍體從青唯刃前倒地，牢門一剎那間被關得嚴絲合縫。

「他們、他們這是要做什麼？」扶冬愣道。

青唯抬袖揩了把臉上的血：「打不過我們，要困死我們。」
「那我們……眼下怎麼辦？」
青唯沒說話，四下看去，暗牢中除了她們三個，幾具屍身，另還有個原先看守扶夏，適才被她一個手刀劈暈的丫鬟。丫鬟早就醒了，似是親睹她方才殺敵的悍然，畏懼地望著她。
青唯問：「這間暗牢有何蹊蹺？」
丫鬟抱膝縮在牆角，搖搖頭：「我、我不知道……」
罷了，她這樣的人物能知道什麼。
青唯道：「四處找找看，要是有機關，盡早拆了。」
梅娘與扶冬點點頭，順著石壁一寸寸尋起來。
屋中的陳設很簡單，青唯檢查過小榻與几案，來到東牆前，牢中只點著一盞燭燈，光線太暗了，起先粗略望去沒什麼，眼下走近了，順手摸去，牆根上布滿一道道劃痕。
青唯一愣，從懷裡取出火摺子，湊近細看，牆上劃痕之多，大概算下來，竟有千餘條。這些劃痕不是沒有章法的，或四豎一橫成組，或三豎一橫單獨列出，居然有規律可循。
青唯疑惑道：「這是什麼？」
扶冬與梅娘聞言，藉著火光看清牆上的劃痕，梅娘道：「這……這應該是在計數。」
「計數？」
「是。」梅娘數了數這牆上的劃痕，「應該是在記日子，可能是此前暗牢裡的人被關得太久了，所以每過一日，便在牆上記一道痕，記了千餘日。」

青唯聽了這話反應過來，洗襟臺坍塌距今已有近五年，扶夏被關在暗牢的日子的確有千餘日之多。

青唯問：「她要記日子，為什麼不直接寫字，這麼一道一道劃下來，回頭還要數，豈不麻煩？」

梅娘道：「識字的人終究是少數，便說莳芳閣，裡頭數十妓子，能認得幾個字的，不超過五人。」

「梅娘說的是。」扶冬道：「當初我在飄香莊，莊上的嬤嬤教歌教舞，哪怕教詩詞小曲兒，全都以口授，若不是跟先生念了半年書，恐怕我至今不能識文斷字。扶夏姑娘用這劃痕來記日子，已算很聰明了。」

扶冬這話說來尋常，可青唯聽後，卻寒意遍生。

好半晌，她抓住重點，問道：「妳這意思是……扶夏她，不識字？」

江辭舟說，在洗襟臺坍塌後，宮中的小昭王收到過一封求救信。

信上非但揭發了何鴻雲是寧州瘟疫案的罪魁，還稱何鴻雲利用木料差價，貪墨朝廷撥給洗襟臺的官銀，買斷夜交藤，哄抬銀價。

最重要的是，這封條理分明、字句清晰的信的寫信人，是祝寧莊彼時的花魁，扶夏。

可是，眼下看來，扶夏似乎是不識字的。

一個不識字的人，怎麼寫信呢？

青唯疾步轉向丫鬟，「這幾年，被關在這暗牢裡的，妳確定是扶夏？」

丫鬟眼下命都握在青唯手裡，她問話，她哪有不答的，點點頭道：「奴婢……奴婢很早就在莊上伺候，起初只是個打雜的，但也是見過當年的花魁娘子的，暗牢裡的這個，的確就是扶夏姑娘。」

青唯又問：「扶夏她可識字？」

丫鬟細細回想一番，搖了搖頭，「奴婢不知，奴婢被派來照顧姑娘的這幾年，從沒見過她寫字。」

青唯愣愣地撒開手。

江辭舟不可能騙她。

那麼問題只能出在當年的寫信人。

如果那封信不是扶夏寫的，寫信人究竟是誰？

青唯心中迅速排除兩個最危險的可能：何鴻雲不可能寫信揭發自己，所以這封信不會是另一個餌；這封信也不可能出自何家的政敵，因為寫信的時候，正是朝廷徹查洗襟臺坍塌的時候，政敵手上握著這樣的把柄，早該用了，何必寫信給傷重的小昭王？

既然不是來自朝中，那麼必然來自民間。

所以這封信，應該出自另一個落難的知情人。

照何鴻雲這幾年對扶夏的態度來看，信上稱扶夏手中握有何鴻雲哄抬銀價的帳冊，這事極有可能是真的，否則何鴻雲早該把扶夏滅口，不可能任她多活這麼多年，知道這樁事的人，又有誰呢？

換言之，當年的知情人，除了扶夏，還有誰呢？

青唯正思索，身後梅娘忽然道：「阿野姑娘，我聽妳的意思……這些年被關在這暗牢裡的，竟是從前祝寧莊的花魁，扶夏姑娘？」

青唯來時倉促，沒有和梅娘細說闖這暗牢的原因，眼下落得如斯境地，她也不必瞞著了。

青唯言簡意賅：「是，實不相瞞，扶夏姑娘手上握有何鴻雲的罪證，我此番前來，就是為了尋找這罪證。」

「可是，」梅娘十分詫異，「扶夏姑娘不該住在旁邊的樓閣裡嗎？」

「那扶夏館只是個機關遍布的幌子，我也是吃了一回虧才——」

青唯話說到一半，忽然意識到不對勁。

錯了。

她好像，從頭到尾，都猜錯了。

當初朝天闖扶夏館時，扶夏館內機關重重，如果真正的扶夏一直住在暗牢中，扶夏館裡，何必設這麼多機關？

青唯抿了抿唇，問梅娘：「妳為什麼說扶夏應該住在扶夏館裡的樓閣裡？」

梅娘見青唯的神色緊張異常，細緻回想了一番，開口說道：「蒔芳閣的姐妹們剛到祝寧莊的那幾日有些散漫。閣樓小院這地兒，住的不都是紅牌花魁麼？我手底下有個小姑娘，叫彤奴，長得好看，也有野心，說想做這莊子的紅牌，所以到祝寧莊的隔日，她就離開封翠院，去閣樓小院逛了一遭。」

「閣樓小院太大了，她無意中走到了扶夏館附近，回來後，她和我說，莊上的主子對扶夏姑娘真好，她過去的時候，正好撞見有人往扶夏樓裡送飯菜，那些菜式，恐怕三個人都吃不完。」

「這事我本沒有放在心上。」梅娘說到這裡，有些神傷，「可是彤奴說完這話的第二日，就不見了，再也沒有找到。眼下想來，她應該是看到了不該看的，被滅口了吧……」

往扶夏館裡送菜餚。

如果照青唯以前的想法，扶夏館是一座空樓，那麼那些菜餚，究竟是送給誰吃的？

青唯轉頭問丫鬟：「扶夏館裡住著別人是嗎？」

丫鬟搖搖頭：「奴婢不知，但是……」片刻，她又道：「扶夏館一直把守森嚴，裡頭似乎……的確住著什麼人。」

青唯聽了這話，心底一寒。

她忽然生出了一個可怖的揣測，而這個揣測，讓所有的問題一下子迎刃而解。

扶夏明明被關在暗牢裡，扶夏館為什麼機關遍布？

扶夏一個掌握著何鴻雲罪證的重要證人，何鴻雲為什麼肯用她下餌？扶夏館為什麼跟閣樓小院分開修建，院中為什麼加派三倍人馬把守？祝寧莊不過一個狎妓的私人園子，何鴻雲為什麼冒著獲罪的風險，不惜動用巡檢司的人守莊，甚至配備衛尉寺的弩矢機關？

——因為這裡的扶夏館，根本不是一座館閣，它真正的用途，或許是一座囚牢！

寧州瘟疫案，發生在洗襟臺坍塌的一年前，當初就是一樁小案，若不是洗襟臺的木料問題被翻了出來，根本都不會有人去查。所以何鴻雲在買賣夜交藤之初，一定沒有那麼小心的。出面替他抬高物價，收購夜交藤的是商賈林叩春，但何鴻雲在東窗事發之前，就一點面都沒露過嗎？這麼大的買賣，沒有他這個當官的何家公子坐鎮，那些藥商，就真的肯把手上的夜交藤全都出售給林叩春？

只要他露過面，必然會留下罪證，那麼除了扶夏，說不定還有能證明他巨貪的證人。至今一點風聲沒漏，不過是因為這零星幾個證人，或礙於他的權勢不敢出聲，或被他藏起來了，就像扶夏一樣。

而這座扶夏館，裡頭或許囚禁著的，正是這些證人，其中或許就有當初真正的寫信人。這個寫信人，在寫信時，不敢用自己的真實姓名，便冒用了扶夏之名。

這些人，才是何鴻雲因為種種原因不能放又不能殺的。

而扶夏，卻是最無足輕重的一個。

她手裡有何鴻雲的帳本又怎麼樣，反正那帳本她不說，誰也找不到，她的命都在何鴻雲手裡，何鴻雲隨時可以殺她滅口。

扶夏館不是幌子。

扶夏這個人，才是扶夏館這座囚牢的幌子。

何鴻雲這些年之所以不殺扶夏，甚至對外宣稱她只是在養病，不是因為她手裡握有他的帳冊，而是因為她是他用來試探危機的，最好的探路石！

青唯一念及此，強迫自己冷靜下來。

何鴻雲此人，笑面虎一個，看似平易近人，實則心狠手辣，今夜以扶夏為餌，布下這一局，他一定還有更深的目的。

青唯覺得懊惱，她和江辭舟都沒有低估何鴻雲，可是無論是洗襟臺還是瘟疫案，對他們而言，都是一團迷霧，而何鴻雲不是，何鴻雲站在高處，俯瞰全域，清楚地知道證人在哪裡，威脅又在哪裡。

所以他們憑什麼認為能算得過何鴻雲！

青唯明白任由事態這麼發展下去，一定沒法收拾，她必須立刻出去，把在這裡所發現的一切告訴江辭舟，甚至真正闖一次扶夏館，看看自己的揣測是否屬實，看看那館閣裡，究竟關的是誰。

她站起身，一言不發地朝牢門走去。

牢門關得嚴實，外頭一共上了三道鎖，小窗很窄，鐵柵得從外拉開，眼下擋在窗口，一隻手都伸不出去。

青唯正想轍，忽聽「唰」的一聲，似乎是什麼東西被拉開了。

聲音來自上方，青唯抬頭望去，暗幽幽的牢頂不知何時開了一個洞口，一根空心的，闊大的木管從洞口探進牢中，懸在上方。

不等青唯反應，下一刻，嘩啦的流水聲倏忽而至，木管裡水流急澆而下，流瀉在暗牢中。

青唯、梅娘，還有扶冬都愣住了。

適才青唯讓人檢查暗牢裡的機關，卻被牆腳的劃痕打斷，眼下看來，四壁的確沒有機關，真正的機關在牢頂。

青唯立刻看向丫鬟。

丫鬟惶然搖頭：「我、我不知道，我從沒見過這個……」

牢門的地勢很高，唯一排水口是牢門上的小窗，可它太狹小了，根本排不了許多水，整個牢房是幾乎密閉的，最終會被淹沒，她們如果出不去，必然會溺死在這。

水澆洩得很快，片刻已沒過青唯的腳背。

眼下離與江辭舟定好的時間，還有半個時辰，她等不了他了。

青唯聽了丫鬟的話，拖過小几，站上高處，仔細朝放木管的洞口看了看，泥土很新，是這兩日才挖的，應該是知道她會來，特意造的放水口。

青唯簡直咬牙切齒：「這個何鴻雲，他是真的想弄死我。」

半個時辰前。

祝寧莊，鳳瀛閣。

何鴻雲看完帳本，靠在圈椅裡閉目養神，劉閶推門而入，稟報道：「四公子，那個女賊來了。」

何鴻雲「嗯」一聲，「動作倒是快。」

「她來得悄無聲息，直到下了暗牢，我們的人才發現。屬下已經吩咐下去了，讓那些死士無論如何把她困在牢裡，門一關嚴實就開閘放水。」

「這事你盯著就行了。」何鴻雲推開手邊帳本，「扶夏館的那幾個人質，送走了嗎？」

「送走了。那天大理寺那個孫什麼的大人去藥商家打探的時候，屬下就開始安排了。今天早上走的，都擠一輛馬車，眼下想必已到了陽坡校場。」

劉閶說到這裡，遲疑著問道：「四公子，待會兒那個小昭王，當真會帶著大理寺的大人來咱們莊子嗎？」

「試試不就知道了？」何鴻雲道：「謝容與可用的人就這麼多，除了一個不怎麼服他的玄鷹司，另就是一個被先帝提拔起來的孫艾。待會兒他來了，瞧明白他要做什麼，那些人質該不該留，你就知道了。」

劉闐道：「四公子說的是，左右我們有扶夏做幌子，哪怕他是小昭王，也不可能這麼快反應過來，人質殺不殺，全憑四公子的意思。」

劉闐想到一事，「屬下還命陽坡校場的人準備了乾草柴禾，今夜徹夜候著，只要四公子一到，陽坡校場開鍋燒飯，權當是個意外。」

屋外傳來叩門聲，一名僕從在屋外稟道：「四公子，玄鷹司都虞侯、大理寺的孫大人帶著人到了。」

何鴻雲起身，等了一夜，總算到了。

他穿著紺紫常服，推開門，步入夜色之中，老遠見到江辭舟，瞬間換上一副笑顏，迎上去道：「子陵，這麼晚，你怎麼到我這莊上來了？」

江辭舟身邊除了朝天、祁銘，與幾名玄鷹衛，還跟著一名寬額闊鼻、年逾四十的官員，正是大理寺丞，孫艾。

孫艾是咸和年間的進士，早年因為脾氣衝，不懂官場曲直，考評總是中下，外放了十年都沒能提拔。到了昭化年，他偶然一次回京述職，被昭化帝看中，這才調入了大理寺。

昭化帝對他有知遇之恩，他也對昭化帝忠直不二，這份忠貞，隨著先帝駕崩，移植到現嘉寧帝身上，成為嘉寧帝為數不多可用的人之一。

大約七八日前，江辭舟猜到查瘟疫案可能需要大理寺的助力，跟嘉寧帝借來孫艾一用。

江辭舟笑道：「夜深接到消息，說鄒平招了，稱是在你這莊上存了弩，專門用來對付我。我和鄒平的恩怨，他把你扯進來算什麼？我怕你為難，就跟著大理寺一起過來了。」

何鴻雲慨然道：「子陵你真是，何必如此費心？這事說來原是我的不對，我若能早瞧出那鄒懷忠對你嫉妒成瘋，不惜僱殺手害你，當日在折枝居，你根本不至於陷入險境。我還擔心你因此事疏遠我，總想要登門道歉，你卻先來了，我真是慚愧。」

又把江辭舟和孫艾一起往鳳瀛閣迎，問道：「孫大人這是得了鄒懷忠的證詞，前來查證的吧？」

孫艾合袖一揖：「正是。」

何鴻雲喚來劉闖，吩咐道：「帶孫大人到幾間庫房裡一一看過。」

祝寧莊前院是宴飲之地，沒有正院，只因何鴻雲平日宿在鳳瀛閣，莊中來了正經貴客，便往這裡請。

何鴻雲把江辭舟引進堂屋，兩人說了會兒無關緊要的寒暄話，末了，何鴻雲道：「眼下我禁足出來，被姑母、父親狠狠數落一通，姑母疼愛你，出了這事，她非說我結交不善，心不在正業，讓我把這莊子關了。我沒法子，只能照做，今晚我算了筆帳，只這麼幾日，虧了我千餘兩。我能怎麼辦？只能把養不起的都打發了，眼下東西南院都封了，正在遣散人，亂糟糟的……」

何鴻雲坐在燈色裡，穠麗的眉眼有點豔，甚至有點女氣，很好地掩飾住鷹鉤鼻的精明，他稍一皺眉，看上去分外真摯，似乎他的愁是真的愁，他的憂也是真的憂。

正說著，劉閶又引著孫艾回來了。

「四公子，孫大人說還想去後院看過。」

後院就是何鴻雲適才說的東西南院，與前院以一片樟木林相隔。

何鴻雲有些為難，「後院亂糟糟的，住的又都是些……怕汙了孫大人的眼。」

「這不妨事。」江辭舟道：「來前我已與孫大人打過招呼，走個過場罷了，念昔不必顧慮。」

「好，既然子陵這麼說了，」何鴻雲將熱茶放下，站起身，剛步至孫艾身邊，忽地一扶額梢，「瞧我這記性！寺丞大人來查的是衛尉寺的弩矢？前幾日已經查過了啊。」

「查過了？」孫艾愣了愣，不由看向江辭舟。

江辭舟沒作聲。

何鴻雲道：「孫大人有所不知，那伏殺子陵的鄒懷忠與我素來走得近，常把他身邊的巡衛往我莊子上帶，折枝居案發後，我一來自責，二來，也是擔心被這鄒懷忠牽連，前幾日去御史臺自請查檢。御史臺的御史已經來過莊上，還留下了一紙憑證，證明我的清白。劉閶，我的憑證呢，速速取來給孫大人看過。」

劉閶道：「四公子，您忘了？那憑證您自己藏著，說改日去江府，要拿給江虞侯看的。」

何鴻雲笑道：「是有這事。那便請孫大人隨何某去書房一趟，何某把御史臺的憑證交由大人過目。」

何鴻雲與孫艾一走，江辭舟把不相干的人都撤了，問跟孫艾同來的胥吏：「怎麼回事？」

他的原計劃是以鄒平之案和玄鷹司搜莊兩重施壓，迫使何鴻雲送扶夏出莊。

眼下看來，何鴻雲似乎早知道大理寺會來，提前就跟御史臺要了憑證。

他是怎麼料到的？

「回虞侯，這……小的也不知道。」

「不知道？」江辭舟問，「你們在大理寺，沒有盯著鄒平案子的動向嗎？何鴻雲跟御史臺自請查檢，你們怎麼不知道？」

御史臺與大理寺是兄弟衙門，倘是為了同一樁案子辦差，相互之間通常會通個氣，再說查檢這等事，瞞又瞞不住。

胥吏道：「孫大人近日在跟當年瘟疫的案子，可能沒注意御史臺的動向。」

江辭舟語氣一頓，「你們去查瘟疫案了？」

胥吏聽出江辭舟的責備之意，小心翼翼地問：「虞侯，這案子不能查嗎？」

大理寺的職責就是查案，寧州瘟疫案是官家交代給孫艾的，孫艾便以為該追查。

自然官家也吩咐了，讓孫艾一切聽江辭舟吩咐，不可輕舉妄動。

孫艾哪知道，不可輕舉妄動的意思，居然是碰都不能碰這案子一下。

胥吏解釋道：「官家交代了案子，大人等了好幾日，虞侯您都沒動靜，大人也是著急，怕到時虞侯過問起來，大人一問三不知，就帶著小的去當年那幾戶藥商家裡打聽了打聽。」

「當年售賣夜交藤給林叩春的藥商？」

「是。」

江辭舟閉了閉眼，他這些時日把青唯困在府中，哪兒也不讓她去，就是擔心打草驚蛇，沒想到青唯倒是規矩，這個大理寺丞卻先把蛇給驚了。

當年何鴻雲哄抬夜交藤銀價，讓林叩春從五家藥商手中收購夜交藤，大理寺在這種時候，貿然去這些藥商家查探，何鴻雲想不察覺都難。

木已成舟，江辭舟也來不及責備胥吏，「你們是哪一日去藥商家打聽的？」

胥吏想了想，「初八、初九。虞侯放心，我們扮作尋常買家，只是稍微問了問夜交藤的買賣，這些藥商似乎警覺得很，一提到五年前就……」

或許是自責，吏胥的聲音漸弱，江辭舟不等他說完，吩咐祁銘：「出去問問，何鴻雲是哪一日去的御史臺？」

祁銘得了令，很快去而復返：「虞侯，是初十。」

和孫艾查案的日子剛好連著。

江辭舟心中一沉。

他知道何鴻雲為什麼準備得這麼充分了。

江辭舟道：「朝天，你去莊外看看，從玄鷹司到祝寧莊的路上，有沒有人蹲守，速去速回，不要被任何人發現。」

「是。」

如果何鴻雲派了人在路上蹲守衛玦的玄鷹衛，說明了什麼？

非但說明他料到江辭舟的計畫，玄鷹司是天子近臣，他甚至會料到，那個真正想要查辦他的人，正是當今天子。

江辭舟又吩咐祁銘：「你去書房問問，這麼久了，孫艾的憑證還沒看好嗎？」

祁銘應了，不一會兒回來，「虞侯，小何大人說憑證找不著了，孫大人正等著他找。」

這時，朝天也回來了，言簡意賅：「公子，有。」

江辭舟心中一個非常不好的念頭生了起來。

不是因為何鴻雲的澄思渺慮，而是……何鴻雲在算到這一切後，仍決定用扶夏下餌。

倘若扶夏手中當真握著那麼重要的證據，他怎麼會敢把扶夏放出莊？若換了是他，非得把證人藏得嚴嚴實實得不可。

還是說，扶夏只是一片障目的葉，一個掩人耳目的幌子？

如果扶夏只是一個幌子，那麼今夜，何鴻雲的真正目的究竟是什麼？

青唯……溫小野，她眼下怎麼樣了？

江辭舟手上的線索太少了，他甚至來不及多想，只知如果按原計劃走，今夜一定會一敗塗地。

他立刻起身：「祁銘。」

「在。」

「你讓吳曾把埋伏人手撤了，送扶夏出莊的馬車上，應該是具屍體。再派個人快馬去堵衛玦，就說是我的吩咐，讓他到了祝寧莊，直接來後莊，查什麼案子不必對何鴻雲交代，只需出示搜查令即可，一切後果由我承擔。」

「是。」

「朝天。」

「公子。」

江辭舟一掀袍擺，大步往後莊走去，「隨我去扶夏館。」

他眼下身邊跟著的人太少，祁銘一走，除了朝天，能打的只有四名玄鷹衛。

祁銘見狀，忍不住追上去，「虞侯，您如果硬闖後莊，定然會跟小何大人撕破臉，莊上的守衛太多，殺手也埋伏了不少，不如等屬下和吳校尉回來。」

江辭步子沒停：「不必了，衛玦很快就會到，你和吳曾不要回來，我另有要務交給你們。」

「什麼要務？」

江辭舟略一思索，低聲交代了幾句。

祁銘一愣，立刻拱手道：「是。」

江辭舟剛走到樟木林外，身後忽然傳來何鴻雲的聲音：「子陵，你要去哪兒？」

他的聲音仍是和氣的，甚至是溫煦的。

「不去哪兒。」江辭舟回過頭，「只是想起很久沒看到扶冬姑娘了，想過去一見。」

何鴻雲聽了這話，似是意外，他很快笑了：「子陵想見扶冬，我差人把她喚來便是，子陵只管在前莊等著。」

江辭舟擔心青唯，懶得再與何鴻雲做面子功夫，吩咐：「朝天，開路！」

何鴻雲目色冷下來，劉闖立刻抬手一揮，數十巡衛迅速自樟木林兩側湧出，攔阻在江辭舟前方。

「若是子陵執意要去後莊，便是不給我顏面了。」

江辭舟沒吭聲，只管往前走。

下一刻，朝天拔刀而出，刀光如水，瞬間將眼前兩名巡衛的刀一齊斬斷。

他功夫硬，但硬也有硬的好處，最不怕這種正面衝撞。

刀身落在地上，其餘數十巡衛立刻亮了兵器。

就在這時，莊門處忽然火把大亮，密集的腳步聲傳來，衛玦與章祿之騎著馬率先破莊而入，身後玄鷹衛如潮水般湧進莊中。

衛玦半路得了令，到江辭舟跟前才下馬，拱手行了個禮：「虞侯。」

隨後他拿出一份搜查令，對何鴻雲道：「小何大人，玄鷹司有要務在身，要立刻搜莊。」

「什麼要務？」何鴻雲問。

衛玦只道：「這是玄鷹司的案子，還望小何大人莫要多過問。」

「不要多過問？」何鴻雲道：「玄鷹司能有什麼案子？不過就是城南的劫囚案，怎麼，敝人的莊上竟藏著什麼劫匪嗎？」

「不管什麼案子，左右礙不著小何大人。」江辭舟語氣一寒，「搜莊！」

這一聲令下，數百玄鷹衛如網一般，以樟木林為中心，迅速張開，火光夜色中，衣擺上的雄鷹怒目圓睜，莊上的巡衛竟被這氣勢懾住，不敢再攔阻。

其實此刻離與青唯約定的時間還有小半個時辰，但江辭舟的心卻高高懸著。

他疾步往扶夏館趕去，一刻也不敢慢下來。

直到來到院舍外，他聽到奔流的，令人心驚的水流聲。

水源很好找，扶夏館花苑的池塘下挖了渠，水流被引入假山之下的暗牢，江辭舟急步往假山走去，一名邏卒很快來報：「虞侯，暗牢已被水淹了大半，裡頭沒有活人，只有幾具屍身。」

江辭舟聽到「屍身」二字，心往下狠狠一沉，一絲沁涼浮上背脊。

可沒見到青唯，他什麼都不願信，踩著漫到地面的水進入假山，剛要下暗牢，身後傳來熟悉一聲：「喂！」

江辭舟驀地回頭，青唯正站在扶夏館外，她的臉龐被滿院火把映得透亮，手裡拎著一個被綁住手腳的守衛，梅娘和扶冬也跟著她。

看到江辭舟，青唯還有點意外：「來這麼早！」

江辭舟愣了一下，疾步過去，見她臉上有血，伸手想為她揩，停了停，手又收了回去，「妳是怎麼從暗牢出來的？」

青唯抬袖揩了一把臉，把血抹去，她沒消氣，大罵道：「何鴻雲這個狗東西，想放水淹死我，讓人把牢門鎖了，還好我父親是工匠，當年我跟他學了一兩招，那門困不住我。」

說到底，還是鐵門上那一扇小窗救了青唯的命。

當年溫阡帶著崔原義一眾工匠築高樓，千斤重的巨石，吊上鐵架，一根繩子以一人之力就可以舉到半空。那時工匠中流行一種繩結，原理和舉石差不多，用繩結代替鐵架，繫在物件上，隨後擰緊，別說掙斷幾道銅鎖了，山口的巨石都能挪動。

青唯是故在鐵門的小窗上繫了同樣的繩結，硬生生把三道鎖掙斷。

青唯見玄鷹衛還在往水牢外打撈屍體，說道：「這些都是何鴻雲請的死士，另外還有個小丫鬟，從前照顧扶夏的，被我綁在扶夏館裡頭，很多人都跑了，我就抓到一個守衛。」

她敏銳得很，很快覺察到不對勁，問江辭舟：「你提前過來，是不是發現什麼異樣了？」

江辭舟「嗯」一聲，「大理寺的孫艾碰了瘟疫案，何鴻雲反應過來，猜到朝中有人在查他。」

青唯道：「怪不得他拿梅娘拖住我，還把暗牢改成水牢，他是打定主意要滅我的口。」

「不止，」江辭舟道：「何鴻雲是個謹慎的人，如果扶夏當真是當年瘟疫案的重要證人，他知道朝中有人要動他，不會拿扶夏下餌，這個扶夏，可能只是個幌子。」

「這我知道。」

「妳知道？」

青唯彎下身，將匕首塞進靴筒裡，「我在暗牢裡，發現了點線索，扶夏其實不識字，當初寫信給小昭王的並不是她。然後我逼問那小丫鬟，才知道原來扶夏館裡還關著幾個人。你想想，扶夏館機關重重，又跟其他地方隔絕開，派了這麼多人把守，要說是座空樓，這不合理。再說，當年那些賣夜交藤的藥商，一個都不知道林叩春背後的何鴻雲麼？東窗事發是後來的事兒，那會兒風平浪靜的，何鴻雲沒必要藏那麼嚴實。這些藥商如果知道，他們就是對何鴻雲有威脅的證人。所以我從水牢裡出來，立刻來了扶夏館。」

「何鴻雲反應快，該撤的人早就撤走了，我只逮了個守衛，就是那個，」青唯往牆根邊，被她捆住手腳的人一指，「他說，扶夏館裡這幾年關的幾個人質，的確是那些藥商家的。當年不是統共有五家藥商賣夜交藤給林叩春麼，這五家裡，一戶死了，另外四戶怕惹上滅門之禍，只好各出一個人質給何鴻雲。所以，當初寫信給小昭王的，應該是這幾個人質中的一人，也正因為他們是人質，擔心信一旦落到何鴻雲手上，牽連家人，才冒用扶夏之名，平白害我們兜這麼大一個圈子。」

青唯惱道：「不過何鴻雲今晚費了這麼一番周折，最後究竟的目的，我沒問出來，這守衛給你，你親自審審。」

江辭舟靜靜聽青唯說完，略一思索，「我知道何鴻雲要做什麼。」

他問青唯：「當初妳查他，這對何鴻雲來說沒什麼，他惡事做慣了，誰查他，他滅誰的口便罷。可朝中有人查他，這個人還是大理寺的孫艾，何鴻雲會怎麼辦？」

單憑孫艾一個人，不可能忽然知悉當年瘟疫案的蹊蹺，所以孫艾背後，一定另有人要對付何鴻雲。

何鴻雲的目的，就是要找到這個人是誰。

所以他拿扶夏做餌，真正要試的是天子之意。

而今夜無論是孫艾的出現，還是玄鷹司，小昭王的出現，都證實何鴻雲的猜測沒有錯。

真正授意查瘟疫案的是當今嘉寧帝。

何鴻雲在這個當口，不可能選擇弒君，所以他只有一個辦法，就是消滅證據。

而這些關在扶夏館裡的藥商，正是能置他死地的證據。

青唯經江辭舟這麼一點撥，道：「壞了，今夜玄鷹司一到，何鴻雲必然知道官家要對付他，那些人質恐怕已經死了，我們還是中計了。」

「未必。」江辭舟道：「這些人質手上握著把柄，何鴻雲輕易不敢動他們，他性情如此謹慎，如果不是到了逼不得已的情況，他不會取他們的性命。」

而眼下孫艾與玄鷹司出現在大理寺，正是逼不得已的情況。

「可他早就把人質撤走，眼下他也不知道哪兒去了。」

江辭舟道：「我知道他在哪裡。」

「你知道？」

這時，只聞一陣疾馬之聲，一名玄鷹衛匆匆來到扶夏館，與江辭舟稟報道：「虞侯，小何大人的馬車出城後，往西行了十多里，已經到了西郊驛站附近，沒有要停的意思。」

原來適才祁銘離開時，江辭舟交給他的任務便是暗中跟著何鴻雲。

江辭舟雖不知道何鴻雲的目的是什麼，但何鴻雲今夜這麼一番鋪排布局，事後一定有異動，派人跟著他，一定沒錯。

今夜還沒結束，他們陷於迷霧，失了先機，然而後發制人，也是制勝之道！

青唯黯下去的眸色驟然亮起，「他要去哪裡？」

玄鷹衛道：「西郊驛站附近除了一片密林，順著官道走，該到慶明縣了。」

何鴻雲不可能去慶明縣。

而且照道理，何鴻雲根本沒必要把人質送這麼遠，他往西走，一定有別的目的。

一個念頭霎時從江辭舟腦海閃過，「陽坡校場。」

「陽坡校場？」玄鷹衛道：「可是陽坡校場是巡檢司的地方。」

「正因為是巡檢司的地方，何鴻雲才要把人質放在那兒。」

鄒平獲罪，鄒公陽革職，巡檢司對於何鴻雲來說，已無任何意義，反倒成了會牽連他的負累，而今何鴻雲要殺人質，送到巡檢司的地盤做成意外，非但能把自己撇乾淨，連帶著別的後續罪名，也能一併推到鄒家身上，反正鄒平罪重，左右都是個死，死前多擔待些，也算為何家效忠了。

青唯聽是校場，立刻跨上玄鷹衛的馬，問江辭舟：「怎麼走？」

江辭舟很快也上了馬，路過院子門口，看了衛玦和章祿之一眼，似是沒瞧見他們眼中的遲疑，只吩咐：「都跟上。」

衛玦沉默一下，正要折身牽馬，章祿之一把拽住他。

章祿之憤慨道：「你還看不出麼？那個崔氏女忽然來跟我們報案，就是虞侯指使的！他是借擒賊之名，把我們當猴耍！」

衛玦說道：「這事他確實不對，但適才你也聽到了，陽坡校場那裡關著人質，虞侯把我們找來，或許另有隱情。」

衛玦上了馬，看了章祿之一眼，「今夜先隨他去，若他當真把查案當兒戲，我事後我稟明官家，帶著鴞部分開辦案。」

黎明之前，天地深暗，月隱去了雲層之後，人幾乎要靠著直覺才能在夜色裡辨別方向。

秋夜的寒風吹過臉頰，如針芒一般，可青唯策馬狂奔，一刻都不敢慢下來。

眼下被困在陽坡校場的，不僅僅是幾條人命，那是事關瘟疫案，事關洗襟臺坍塌的最有力的證據，只有救下他們，才能把何鴻雲犯下的惡事徹底揭開。

穿過密林，往西再走半個時辰，天際漸漸浮白，隨著陽坡校場入目，遙遙只見一段火色，還有震天動地的拚殺聲。

青唯正疑惑，迎面一人打馬而來。祁銘見了江辭舟，根本來不及行禮，「虞侯，何鴻雲到了校場，沒一會兒就起了火，我在高處看了看，火是從炊房那頭燒起來的，可能是故意做成意外。吳校尉擔心人質有危險，已經帶人衝進去了，但巡檢司不聽我們解釋，我們手上又沒有文書，兩邊起了衝突。眼下何鴻雲可能已經走了，人質還沒救出來。」

青唯問：「人質被關在哪裡？」

「應該在西南角那座箭樓裡。」祁銘道，他目力好，擅觀察，盯準了就不會錯，「箭樓周邊守著的人不少，校場內更有幾百號巡檢司兵衛，兩邊打起來，我們的人少，根本突不進去。」

青唯立刻道：「救人質重要，我試著突進去。」

江辭舟吩咐祁銘：「你留在這裡，等衛玦的人到，讓章祿之去附近的望火樓搬人手。」

兩人帶著朝天和餘下玄鷹衛一齊奔入巡檢司，青唯根本懶得跟那些兵衛周旋，她輕功好，縱身一躍，在圍牆上幾步借力，便上了門前塔樓，隨後藉著備好的繩索，又躍上另一座。吳曾在下頭拚殺，見江辭舟等人到了，奮力絆住眼前的巡衛，以至青唯落到箭樓前方的草垛子上方，都沒遇到多少阻力。

火勢藉著晨風，從炊房一路燒過來，只這麼一會兒工夫，箭樓附近已然瀰漫起嗆人的煙味。

劉閶帶人守在箭樓前，見青唯落在草垛子上，握著劍柄的掌心瞬間滲出了汗，然而他看到她身旁的江辭舟，隨即強迫自己冷靜下來。

何鴻雲走前，跟劉閶交代了幾句很重要的話：「當初在折枝居，章蘭若試謝容與的法子提醒了我。謝容與這個人，心裡有一個永遠都過不去的坎，這個『坎』只要用好了，對付謝容與，無論何時都能立於不敗之地。」

何鴻雲走了，可是劉閶留了下來。

小何大人這個人，無論旁人怎麼看，對於劉閶來說，他是他的主子，這些年厚待於他，對他有恩，今日成敗在此一舉，他甘願留下為他賣命。

人質的嗚咽與求救聲從箭樓頂傳來，外頭守著的兵衛卻太多，青唯和江辭舟被他們絆得脫不開身，好在就是這時，衛玦的人馬也到了，有了他們加入，吳曾與祁銘很快帶著玄鷹衛支援江辭舟這裡。

火蔓延得太快，眼看就要燎著箭樓，青唯、江辭舟和朝天幾乎同時躍上樓去。

下一刻，他們卻愣住了。

何鴻雲就是何鴻雲，不可能留活口給他們。

箭樓頂上，躺著四具人質的屍身，而適才求救的，不過是兩名扮作人質的祝寧莊巡衛。

青唯簡直著惱至極，到了這最後一步，還是功虧一簣。

她抬腳把兩名巡衛踹下箭樓，正要轉身走，腳脖子忽然被人握住。

「救、救我……」

微弱的聲音從身後傳來，青唯驀地回頭看去，只見一名模樣年輕的人質吃力地睜開眼，他腹部有一記貫穿刀傷，也許因為玄鷹司來得太快，巡衛殺得太急，所以這記刀傷並沒能立刻取走他的性命，讓他支撐到現在。

江辭舟立刻吩咐：「朝天，背他離開，尋大夫為他看傷。」

朝天應了，將人質扛在雙肩，先一步下了箭樓。有了剛才的疏忽，青唯和江辭舟又一一檢查過餘下人質，確定他們都沒了聲息，正要離開，就在這時，忽然一股熱浪襲來，原來是烈火已順著木梁捲進樓裡。

他們上箭樓上得太急了，以至於兩人都沒來得及仔細觀察，那根支撐著箭樓的木梁早已木紋龜裂，顫巍巍地杵在樓底，梁木的最上方，還繫了一根繩索，緊緊連著樓外的木樁。

劉閶見烈火已捲進樓裡，心道時機到了。

他不敢想一敗塗地的後果，只覺得如果這樣，還不如犧牲他一個。

眼前的玄鷹衛太凶悍，吳曾還在殿前司時就是良將，劉閶拚不過他，千鈞一髮之刻，忽然撤了招，不防也不攻，而是迅速掠至箭樓後方，一劍斬斷繫著木樁的繩索，與此同時，身後刀芒突進，「噗」一聲，吳曾的刀鋒自劉閶背脊扎入，從胸口貫伸出來。

早已朽壞的梁木失了支撐，剎那間便斷裂下折，青唯還沒來得及躍出塔樓，便覺得足下地板往下陷去。

江辭舟卻愣住了。

巨木墜地，地動山搖，這是他這輩子最深的夢魘。

他甚至能聽到樓臺快要坍塌前，熟悉的、悲愴的嗡鳴聲。

這是埋藏在他心中最深的恐懼。

他的一句「拆吧」，究竟葬送了多少條性命，他在夢裡數也數不清。

足底往下陷落，火舌狂捲而來，箭樓坍塌只在一刻，江辭舟的眼神卻逐漸渙散，立在原地，動也不能動。

青唯回過頭來，看到的便是這樣一個江辭舟，神魂剎那寂靜，沒有一絲鮮活氣，但她並不意外，她知道他怎麼了，當日折枝居被拆毀，他是什麼樣的，她都看到了。

江辭舟心中冰冷一片，他睜著眼，靜待當年洗襟臺的煙塵重新席捲他的視野，然而，就在下一刻，那些煙塵忽然不見了，他的眼前覆上了一隻手。

這隻手緊緊遮住他的視野，遮住屋梁上震落的灰，似乎也擋去了坍塌時的嗡鳴聲。

時間太緊迫了，生死只在一瞬之間，江辭舟幾乎覺到青唯是往他身上撞來，一手覆在他的眼上，一手扣在他的腰間，緊貼著他，把他撞下高臺。

兩人都在半空中失了重心，江辭舟下意識伸手去撈她。

就在這時，失去梁柱的箭樓再也支撐不住，轟然坍塌，江辭舟在落地的一瞬，感覺有什麼東西也從高空墜下，狠狠砸落在伏在他上方的青唯身上。

江辭舟在黑暗中，聽到她悶哼一聲，緊緊覆在他眼上的手驀地鬆了，緊接著，似乎有什麼黏膩的東西順著她的臉頰，流淌進他的脖頸。

在青唯鬆開的指縫中，江辭舟看到徹底亮起來的天。

江辭舟喊：「娘子。」

沒有人回應。

他又喚她：「青唯。」

身上的人安靜地趴著，沒有動。

江辭舟的喉結上下動了動，他很快翻身坐起，把青唯攬進懷裡。砸下來的是一段木梁，她耳後有傷，正在淌血，可要命的卻不是這血，是後腦濃密髮間可觸摸的腫脹。

江辭舟最後啞聲喚：「小野。」

溫小野從沒有這麼安靜過，像沒了聲息。

這些年，江辭舟無數次在夢裡回到昭化十三年的七月初九，每次從夢裡醒來，伴著他的都是劇烈的咳嗽，溺水般的窒息，與之後長達數日的神思渙散，一如此前折枝居拆毀時一樣。

而這一回，久違的咳嗽與窒息都沒能如期而至，有的只是一隻能遮住他雙眼的手。

江辭舟看著青唯，並沒有覺得更好受一些，取而代之的是一種空茫的揪心之感，和害怕失去的恐懼。

他抱著她坐在這裡，像是坐在孤島之上。海濤壯闊拍岸，陽光被煙塵掩去，不肯落下，而他懷裡的她，是這無妄海上終於駛來的一葉扁舟。

他不能失去她。

第十三章　小野

戌時，宮中點起燈火。榮華長公主從佛堂出來，到了昭允殿，德榮已候在殿外了。殿中很冷清，長公主屏退了宮婢，免去德榮的禮，問道：「與兒怎麼樣了？」

德榮立在下首，應答道：「回長公主的話，殿下從陽坡校場回來，兩日了，幾乎沒怎麼闔眼，昨日醫官一走，殿下守了少夫人一夜。」

長公主目中隱隱浮起憂色：「那姑娘，傷得這麼重？」

德榮道：「是，醫官看過，說瘀血在頭顱裡，沒法藥到病除，只能開些化瘀的藥方，等著瘀塊自行化散。也有化不散的，據說有人就這麼躺一輩子。」

「殿下聽後，大約難過，昨天夜裡一句話也沒說，醫官安慰殿下，說少夫人身子底子好，人也年輕，指不定躺幾日就醒了。」

「今早殿下瞧著精神還好，午間還用了點粥食，少夫人的三道藥，都是殿下親自煎，親自餵著吃的，小的進宮前，殿下正傳了祁銘到府上，問陽坡校場救回來的人質情況。」

榮華長公主聽後，眉頭稍稍舒展，她的五官非常漂亮，只是稍稍有一點硬氣，這點硬氣放到女子身上，或許不夠柔美，但是被小昭王承襲，便是恰到好處的俊逸清朗。

「照你看，與兒這是當真把這姑娘看作自己的結髮妻？」

德榮低垂著雙眸，「當初殿下娶妻時，只稱是想救崔家，娶回崔氏女，便把她送往大慈恩寺。可是……長公主也知道，當年洗襟臺坍塌，在殿下心中烙下的陰影實在太深了，幾年下來，殿下自責自苦，幾乎從沒有開心過。殿下本性內斂，並不常展露心緒，帶上面具後，又學得江小爺半副不羈的性情，有時候說話半假半真，連小的和朝天也猜不透。即便如此，有些事也是藏不住的，少夫人進府後，殿下比以往開懷了許多，兩人偶爾吵鬧，但意氣難得。小的不敢說殿下把少夫人看作結髮妻，但是少夫人，一定是被殿下放在心上的。」

長公主點點頭：「那這事，溫小野她知道嗎？」

「應該不知。殿下慣於自苦，當年溫築匠去建洗襟臺，說到底還是被殿下請出山的，後來溫築匠的定罪文書上，也有殿下的署名，雖然事出有因，殿下知道她是溫阡之女，反而不會坦白了。」

當年洗襟臺初建，正逢岳紅英病逝，溫阡回家為髮妻守喪，所以洗襟臺最初督工的築匠並非溫阡。直到後來改了圖紙，溫阡才被小昭王請去柏楊山。

長公主聽了這話，悠悠一嘆，這是容與的心結，誠如坍塌的洗襟臺一般，單靠勸說，是解不開的。

長公主於是不再過問這事，問德榮：「你和朝天近來可好？」

德榮聽了這話，誠惶誠恐地拜下：「勞長公主掛念，奴才和朝天都好。」

他知道長公主不只要問這個，頓了頓道：「朝天近來學武成癡，殿下督促他習文，他不願學，但練字還練得規矩，能在書房裡坐足一夜。小的還跟以往一樣，操持些瑣碎。顧叔幾日前來信了，朝天回的，殿下聽說，還讓人捎了身毛皮氅子過去，劼北酷寒，趕在入冬前，讓顧叔穿上。」

顧叔名喚顧逢音，原本是往來劼北和中州的一名茶商。

十七年前，長渡河一役雖勝，但戰況慘烈，劼北一帶遺留下許多無人撫養的孤兒，顧逢音生性慈悲，不忍見這些孩童流離失所，便從其中挑了二三十，接回中州撫養，這事後來一傳十，十傳百，甚至被朝廷聽聞，一時引為佳話。以至中州一帶民商紛紛效仿，也從劼北收養孩童，大大減輕了朝廷與地方州府的負擔。

朝天和德榮就是當年跟著顧逢音，從劼北到中州的孤兒，他們長大後，被公主府挑去，轉眼已跟了江辭舟五年。

他們身世淒苦，又是長渡河遺孤，所以這些年，無論是長公主還是江辭舟，都沒把他們當真正的奴僕看待。

正說著，外頭有人來報：「長公主，官家到了。」

昭允殿的殿門本就敞著，話音落，一名身著朱色冕袍，眉眼清秀的男子邁入殿中。

趙疏不等長公主行禮，先行喚了聲：「姑姑。」隨後親自扶起要行禮的德榮，對長公主道：「我聽說德榮到了，過來問問表兄怎麼樣了。」

他是長公主撫養長大的，在她面前從不自稱「朕」。

德榮道：「多謝官家掛懷，殿下一切都好，今日奴才進宮前，殿下讓小的帶話，說大理寺的孫大人雖有點莽撞，難得忠心不二，請官家不要多斥責。」

趙疏在朝中可用的人太少，他知道江辭舟這是在為他考慮，說道：「朕明白，朝中的事朕會處理，你只管讓他放心。」又問，「從巡檢司救回來的證人怎麼樣了？」

「證人傷重，眼下尚未從昏迷中甦醒，殿下把他交給了玄鷹司的衛玦看顧。」

這事其實趙疏已經知道了，再聽德榮說一遍，他到底要放心些，衛玦章祿之雖不服江辭舟這個虞侯，對待差務卻是一等一的認真細緻，把人質交給他們，就不可能出差錯。

眼下江辭舟就是小昭王的祕密洩露，朝中真正知道他身分的畢竟是少數，他不常回宮，也不怎麼打發身邊的人來宮裡，今夜難得德榮到昭允殿，趙疏便把該交代的都交代了。

出來時居然下起夜雨，曹昆德早早帶著墩子來接，他候在昭允殿外的甬道口，見了趙疏，為他披上厚氅，躬著身，把傘高舉在趙疏頭頂，說道：「官家，秋夜冷，這雨裡帶著寒氣，仔細沾上了。」

趙疏平日裡面對的都是朝中那些心思各異的大臣與堆積如山的奏帖，被壓得透不過氣，今夜難得見到長公主和德榮，他心境疏闊，笑了笑說：「朕的身子沒這麼嬌弱。」

「是，瞧奴婢這嘴，官家龍體安康，便是在雨裡淋上一場，隔日照樣跟初升的朝陽似的，光芒萬丈哩。」曹昆德假作摑嘴，要逗趙疏開懷，見趙疏果然又是一笑，他往後望一眼，說，「官家，適才從昭允殿出來的那位，是江府小爺身邊的廝役吧？」

江逐年與駙馬爺是故交，江家跟長公主原本就走得近，當年江辭舟受傷，跟小昭王一起送來宮中養病，所以德榮出現在昭允殿，這沒什麼。

趙疏「嗯」一聲，「江子陵的髮妻病了，他也受了點傷，怕姑姑擔心，派廝役進宮報平安。你見過他？」

曹昆德笑著說：「見過，上回官家召見江小爺，宮門下鑰了，是奴婢去角門開的鎖，除了這個廝役，奴婢還瞧見一個細眼武衛。」

細眼武衛就是朝天。

深宮的夜裡本來就靜，下了寒雨就更靜了，似乎天地之間只餘下這淅瀝聲，趙疏任曹昆德舉著傘，有一句沒一句地和他說話解悶，快到會寧殿時，他抬眼一望，步子忽然慢下來。

會寧殿外，候著一名身著朱色宮裝，眉眼端莊柔美的女子。

正是當朝皇后，章元嘉。

會寧殿是皇帝的寢殿，趙疏沉默了一下，步去殿門口，任章元嘉跟自己行過禮，問：「妳怎麼過來了？」

章元嘉道：「今夜天涼，臣妾煨了驅寒的薑湯，給官家送來。」

趙疏「嗯」一聲：「進來吧。」

會寧殿早已燒起了取暖的小爐子，爐中的碳一點煙子都沒有，將裡頭烘得跟暖閣似的，趙疏一進內殿，便讓墩子為他去了氅衣。內殿寬闊，右側靠窗是一個長榻，榻上擱著龍紋平頭小案，上頭堆放著許多奏疏，這是趙疏去昭允殿前，讓人從御書房取回的，無數個夜晚，他都臥在這長榻上，獨自看奏疏看到深夜，不知何時倒頭睡去。

內殿最靠裡還有一張四角雕龍的床，上頭垂著明黃的帳幔。

趙疏在榻前坐下，幾乎是習慣性地從手邊拿起奏帖，還沒翻開，見跟著章元嘉的宮婢把薑湯端了進來，才憶起今夜是十五。

每逢初一和十五，皇帝都該到皇后宮中歇息的。

他失期這麼多回，快忘了。

趙疏握著奏帖的手頓了頓，半晌，將奏帖放下。

曹昆德見狀，左右看了一眼，一殿侍婢除了更衣宮女，皆無聲地朝帝后二人拜了拜，退出殿外。

趙疏默坐了一會兒，章元嘉就立在他身前不遠。其實兩人都知道她到會寧殿來，究竟是什麼意思，但誰也沒先張口。

趙疏又看章元嘉一眼，他們一起長大，他很熟悉她的樣子，清淡若菊，端莊柔雅。但有日子不見，她又有些不一樣了，燈色裡，她垂著的雙眸宛若梨花，皮膚非常非常白，遠看如雪，近看似瓷。

趙疏道：「更衣吧。」

這是決定要留下她的意思了。

更衣宮女會意，很快打來水為二人洗漱，隨後熄了兩盞龍燭，退了出去，章元嘉在半昏半明的寢殿內為趙疏更衣，她仍垂著眸，解下他襟口的內扣，她說：「官家，臣妾備了些名貴藥材與一顆夜明珠，明天想託人送出宮去。」

趙疏垂眸看她，他沒怎麼在意，只問：「送去章府為妳的祖母祝壽？」

「不是。」章元嘉頓了頓，這才抬眸看趙疏一眼，「江家。」

那頭一陣沉默。

再開口時，趙疏的語氣已比適才涼了三分：「為何要送去江家？」

「臣妾聽聞江虞侯的娘子病了，她是朝廷命官的髮妻，臣妾想著……自己身為皇后，關心她，乃是分內應當的。」

趙疏卻道：「妳聽誰說的？」

章元嘉有些疑惑，「臣妾自然……」

可她話未說完，忽然明白趙疏為什麼這麼問了。

她是簡居深宮的皇后，江辭舟髮妻病了這事，朝中都沒什麼人知道，她是怎麼知道的？是她的哥哥章庭，亦或她的父親章鶴書託人捎信告訴她的？

他在懷疑她。

章元嘉心中微擰，語氣平靜：「今早仁毓到臣妾宮裡，說昨天官家忽然召了醫官，臣妾擔心官家病了，託人去太醫院打聽，聽聞醫官被官家派去了江家府上，還帶上了宮中醫婆，這才知生病的是江家娘子。」

她不知青唯因何生病，只以為是受寒，想著這時節寒氣重，他成日案牘操勞，擔心他也病了。

否則她今日何必勞什子地冒雨送薑湯來。

她也知道今日是十五，他都不去她宮裡，她何必來討嫌。

趙疏聽了這話，也知自己是誤會了章元嘉，見她立在原地不動，伸手去解她的束腰，章元嘉卻驀地退後一步：「官家覺得臣妾管這事不好，那江家的禮便不送了。」

她的餘光裡有龍紋案上，堆積如山的奏帖，太后敦促多回，他都當耳旁風，其實他本來就沒想過要去她宮中，「官家既然還有政務要忙，臣妾不該耽擱官家。」她說，「臣妾告退了。」

趙疏立在那裡，什麼也沒說。

章元嘉於是福了福身，退了出去。

「小昭王的動作很快，陽坡校場被燒當日，他就派玄鷹司把那幾戶藥商徹底保護起來，他手上有證人，師出有名，我們安排的人不好攔阻，眼下那四戶藥商都落在了他手上。」

深夜，何鴻雲坐在何府的書房裡，聽來人稟報。

他統共有四個貼身扈從，劉闖死了，屋裡立著的這個叫單連，四個扈從裡，論功夫論才智，單連才是最高的，但劉闖的忠心，是沒人能比的。

「……好在四公子早有防備，提前在這四戶藥商裡埋了暗樁，眼下這四戶人家的家主聽說交給四公子的人質沒了，本來想跟玄鷹司交代實情，被暗樁一攪和，倒是沒聲息了。」

何鴻雲「嗯」一聲，這些他都料到了。

這四戶藥商正是當初售賣夜交藤給林叩春的商家。後來東窗事發，他們畏懼何家的權勢，各出了一個人質給何鴻雲，以保平安。

這四家裡，人口少的，十來口，人口多的，有近三十口。一大家子麼，關係總有親疏遠近，有跟人質親的，也有人跟人質關係不那麼親。五年前他們送人質給何鴻雲，就是為了保平安，眼下人質死了，這平安就不保了麼？自然要保的。跟人質親的豁出去想跟何家對著幹，不那麼親的怕受拖累，就會跳出來攔阻，何鴻雲早就想到了這一點，這五年派人盯著這四戶人家，策反其中幾個，讓他們在必要的時候，說些危言聳聽的話，一點都不困難，譬如「何家百足之蟲，死而不僵，我們手裡沒實證，告了以後，最後何家還是找我們麻煩」；又譬如「巡檢司都沒了，何家害怕守著我們的幾個兵麼，誰敢出這個頭，誰就是要把一大家子往死路上送」。

人都是求生不求死的，為了一個五年沒見的親人拿命犯險，除了至親，沒人願意。

「可惜這兩日的情況屬下探不出來了，玄鷹司的吳曾是帶兵出身的良將，後來又在殿前司領差，防我們很有一套。不過，這些藥商應當不足為懼，他們只知當年真正買藥的是四公子您，別的證據一概沒有，倘他們一直內訌，不能形成一股勢頭來狀告四公子，就是落在小昭王手上，也難以化腐朽為神奇。哪怕有一兩個人跟玄鷹司招了，四公子您退一步，承認當初是您授意林叩春買藥的，但您買藥，不是為了牟利，而是為了早日籌集治療瘟疫的藥材，是林叩春瞞著您，私下抬高藥價，這案子也說得通。說到底，有老爺在朝中為您撐著，只要案子沒跟洗襟臺扯上干係，後果就不會嚴重。關鍵還是那個被小昭王帶走的證人，他究竟知道多少，知不知道那個遺落在外的帳本。」

單連說的，何鴻雲深以為然，可是謝容與太會用人了，他讓衛玦看著證人，吳曾盯著藥商，他一點可鑽空子的地方都沒有。

何鴻雲揉了揉眉心，想想都頭疼。

「朝中呢？」

「陽坡校場燒了以後，事情鬧大了，鄒平在牢裡關了幾日，眼下倒是想明白了，想著左右死他一個，鄒家能活命，把所有罪名一概認下。眼下朝中的風向都在指責巡檢司，加上老爺斡旋，幾名大員幫腔，倒是沒人提四公子您。」

何鴻雲近日稱病，沒去上朝，聽了單連的話，覺得不對勁，當夜大理寺的孫艾和玄鷹司先來了他的莊子，隨後才趕去陽坡校場救人。就沒人好奇這其中的關聯？

何鴻雲問：「大理寺也沒提？我爹怎麼說？」

「沒有。」單連道：「老爺說，這可能是官家，或者……小昭王的授意。」

何鴻雲狠一皺眉：「我就知道是他。」

眼下人質和藥商那裡一點風聲不露，何鴻雲唯一的法子，就是從朝中忠直大臣身上辨別動向，只要有動向，他就能瞧出機會，從容應對，可是這些人連提他都不提，這肯定是謝容與的主意！

何鴻雲這幾年都過得風平浪靜，直到謝容與做了這個虞侯，先是接近扶冬，又是夜探扶夏館，鄒平不過在宴上放弩箭試他一試，他立刻將計就計，以火藥炸毀折枝居，一力將何家最忠實的擁躉拖下水。短短不到一月，把他的生活攪得天翻地覆。

那夜在祝寧莊，何鴻雲終於反應過來，雖然要對付他的是皇帝與玄鷹司，只要沒有小昭王，趙疏就是沒牙的老虎，衛玦、章祿之不過是鏽劍，可有了小昭王，鏽劍就成了利劍。

他想斬草除根，除了殺證人，更要除去的，就是這個小昭王。

所以他臨時決定把人質放在箭樓，等著謝容與來，利用箭樓坍塌，置他於死地。

可惜半路殺出一個崔青唯，把謝容與救了。

上回劉閶說這二人是假夫妻，眼下看來，何鴻雲卻不信他們是假夫妻了。

「此前我讓劉閶追查崔青唯的身世，是你跟他一起追查的？」

單連道：「是，不過屬下無能，至今沒能查出任何蹊蹺。」

「我給你條線索。」何鴻雲道，「謝容與沒有跟衛玦透露身分，所以衛玦並不知道他是小昭王，並不服他。當日衛玦以那麼大陣仗到我的莊子上，應該是被小昭王誆來的。能誆住衛玦，讓他指哪兒打哪兒的，只有一樁事，初秋城南暗牢的劫獄案。我這兩日找人打聽了一下這案子，當時衛玦的確懷疑過崔青唯，但沒拿著實證，而薛長興出逃那夜，崔青唯也曾在流水巷附近現身。城南暗牢把守重重，有本事劫囚的人本來就少，崔青唯功夫好，她算一個。暗牢裡關著的要犯是薛長興，肯犯命去劫他的人，一定和洗襟臺大有關聯。所以你從這個方向查，和洗襟臺有極深的淵源，崔原義、薛長興等人的故人之女，十九歲上下的，都有誰。」

何鴻雲十指相抵，語氣悠悠的：「我眼下有種直覺，拿到崔青唯的把柄，也許就能找到謝容與真正的癥結所在。」

三日後，江府。

「公子看好了。」駐雲抬起青唯的手臂，正先各屈伸六下，隨後將手臂放平，一寸一寸按壓過去，「人躺久了不動，容易痙攣不適，公子可以像奴婢這樣，每日為少夫人屈伸按壓三回。」

今早醫官又來看過青唯，說她脈象已平穩許多。

前兩日不讓動，是怕傷著她顱內瘀塊，眼下卻該多動動了。

江辭舟看得認真：「明白了。」

留芳聽他語氣依舊沉然，安慰道：「公子您且放寬心，醫官不是說了麼，少夫人這兩日總是皺眉，出汗，手指也常動，這是要醒的徵兆，您耐心等著，指不定您明早起身，少夫人還先您一步起了。」

江辭舟聽了這話，緊抿的嘴角微微舒展，「嗯」一聲。

等駐雲為青唯做完屈伸，他俯下身一看，青唯的額上果然又覆上一層細汗，不知怎麼，明明天這麼涼，她這兩日卻這麼愛出汗，他以為這是盜汗，是身子不好的緣故，醫官卻說不是，青唯身子很好，頻繁出汗，可能因為夢魘。

不知道她有什麼夢魘。

他吩咐：「打水為她沐浴吧。」

為青唯沐浴很費功夫。天涼了，她又在病中，得先拿炭盆把屋子烘暖了，才敢為她寬衣。

江辭舟耐心地等屋子變熱，把青唯抱去浴房。沐浴的時候，他並不守在一旁，將青唯交給留芳和駐雲，就退回屋中了。

浴房那頭傳來水聲，黃昏的光順著門隙一寸寸消退，等到天徹底暗下來，浴房那頭傳來一聲：「好了。」

江辭舟拿著被衾去接，青唯已經穿好了中衣，他把她裹在被衾裡，抱回榻上。她的頭髮還是濕的，江辭舟順手撈了條布巾，讓她靠在自己懷裡，一點一點為她擦乾。他是金尊玉貴的出身，這輩子還沒照顧過人，近日學起來，覺得並不太困難。青唯的頭髮非常多，密且柔韌，常言道青絲如瀑，大概就是她這個樣子。

但她這幾日卻肉眼可見地瘦了，除了每日一小碗清粥，醫官不讓餵食，水也餵得少，說是怕病人噎著，江辭舟總擔心她這樣下去撐不住，等到夜裡近旁無人了，他便要喚她小野，想把她喊醒。

頭髮擦乾了，江辭舟讓青唯靠坐在榻邊，輕聲喚：「小野？」

青唯沒反應。

江辭舟於是去打了盆水，溫聲道：「妳那小瓶，裡頭不知裝了什麼，我擔心妳這斑久了不洗，會傷著妳的臉，今早醫官過來，便請他看了看。」

他從榻子上把小瓶取來，將青灰倒在水裡，隨後拿布巾沾了水，一寸一寸為她擦去，笑著說：「這醫官是這幾年照顧我的，口風很緊，妳放心，他不會把妳的小祕密說出去。」

屋中只點著一盞燈，床邊垂著紗幔，裡頭有些昏暗。

青唯一張乾淨的臉在這片昏色裡露出來，江辭舟安靜看著，笑容慢慢便收住了。

其實那回在東來順外，她撞灑他的酒，並不是他第一回遇見她。

江辭舟隱約記得青唯十三四歲的樣子，乾乾淨淨的，就和眼下一樣，好幾年了，她竟沒怎麼變。

當時是昭化十二年的秋，洗襟臺剛改了圖紙，他領差去辰陽請溫阡出山。

說起洗襟臺的選址，其實是有點由頭的。

長渡河一役戰亡的將軍岳翀，出生草莽，一開始只是個山賊頭子。咸和年間，他不忍見生民離亂，於是帶著手下投了正規軍。咸和十七年，蒼弩十三部入侵，滄浪江士子死諫，岳翀請纓禦敵於劼北長渡河外，最終以血軀守住了山河。

是故昭化十二年要修的這個洗襟臺，既然取了士子投江的「洗襟」二字，選址就選在了岳氏出身的柏楊山。

洗襟臺最初並不是樓臺，它喚作洗襟祠。昭化年間，國力日漸強盛，到處百廢待興，修一個祠堂麼，又不是造宮樓，朝廷便沒把溫阡往柏楊山派。

但是沒過多久，昭化帝改主意了。

自古文死諫，武死戰，洗襟之祠寓意深遠，昭化帝盼著後人能承先人遺志，決定在原先的屋架上加蓋一層，將洗襟祠改作洗襟臺，責令來年七月初九完工，到時還要在各地甄選士子，在樓臺建好之日，以登高臺。

有了士子登臺這一說，洗襟臺的修建一下子變得意義非凡，原先的築匠不便用了，朝廷要另請高明，昭化帝於是將這差事交給了一直以來寄予厚望的小昭王。

那年謝容與剛滿十七，看了工部新改的圖紙，第一個想到的人就是溫阡。

彼時溫阡正在中州督造一座行宮，謝容與給他去了親筆信，可是久久沒等來回音，派人一打聽，才知溫阡於數日前忽然請辭，回了辰陽故居。

從京城去陵川，途中會路過辰陽，謝容與於是給辰陽去了一封拜帖，很快帶齊人馬上路。

溫阡的家在辰陽近郊的一座小鎮上，這是溫氏出生的地方，鎮上人多為匠人，鎮子傍山而建，跟青山融為一體，靈韻十足。

侍衛指著山腰上，一戶門前有溪流的人家，對謝容與道：「殿下，就是這裡了。」

聽到叩門聲，溫阡是親自出來應的門。他早就接到謝容與的拜帖，一直在等他，一見到他，立刻辨出他的身分。

等把人請進堂屋坐下，溫阡搓手立在屋中，幾度開口，又幾度把話頭嚥下。

謝容與於是謙和道：「溫先生如果有難處，不妨與晚輩直說，說不定晚輩可以幫忙。」

「難處也說不上。」溫阡有些遲疑，「殿下有所不知，拙荊四個月前病故了，溫某此前在中州請辭，就是為了這個，眼下回家守喪尚不足一月，實在不好離開。」

謝容與愣住：「竟有這樣的事。」

「是啊。」溫阡滿目愧色，「拙荊一年前就病了，怕我在外牽掛，一直讓小女瞞著我。半年前她病勢式微，小女才匆忙寫信給我。只是那中州行宮建在深山中，路不通，信在路上耽擱了許久，等我看到，拙荊已病逝多時。」

謝容與聽了這話，起身對溫阡一揖，自責道：「此前不知溫先生斷弦，冒昧拜訪，是晚輩唐突了。既然如此，晚輩便不多打擾，今日回到驛站，晚輩會急信稟明官家，請旨另擇洗襟臺築匠。逝者已矣，生者如斯，還望溫先生節哀。」

「不，殿下誤會了。」溫阡見謝容與要告辭，連忙攔阻道：「殿下誤會溫某的意思了。殿下有所不知，拙荊正是岳翀之女岳氏紅英，誠如殿下所言，逝者已矣，溫某身為生者，若能竭盡所能，為她盡些心，做些事，這是溫某夢寐難求的。洗襟臺既然是為了長渡河戰亡的將士而建，溫某自然願意去督工。」

溫阡朝屋後看了一眼，躑躅道：「溫某是擔心小野難過。」

謝容與聽到「小野」二字，愣了愣，「溫先生是指令千金？」

「是，正是小女。」溫阡道：「拙荊過世後，她跟著她師父為拙荊下了葬，一個人在家等了我三月，我才趕回來。她當時對我說，她只一個要求，我這些年奔忙在外，沒怎麼陪過拙荊，讓我為拙荊守喪三個月，眼下三月之期尚未滿……殿下，實不相瞞，早在聽聞朝廷要將洗襟祠改為洗襟臺時，溫某就想過自請督工，那時溫某與小女商量過這事，她似乎失望，並不理解溫某的決定。」

謝容與想了一想，說：「或者把工期往後推兩個月？」

「不行。」溫阡斬釘截鐵道：「這樓臺在山腰，本來就不好建，加之柏楊山入夏後雨水繁多，怎麼挖渠，怎麼排洪，都要重新丈量過，工期已經很趕了，如果往後推，一定來不及完工。」

正左右為難，一名學徒忽然奔進屋中，「先生，不好了，小野聽說朝廷的人來請您了，收拾了行囊，說是要離開這個家！」

溫阡臉色大變，匆匆對謝容與道：「我過去看看。」

金尊玉貴的小昭王哪裡遇過這樣的事，他總覺得父女二人的爭執是因自己而起，在堂屋裡如坐針氈。

過了一會兒，後院果然傳來父女倆的爭吵聲——

「妳去找妳師父？魚七住在深山老林裡，妳一個人去，不知危險麼！」

「那也好過這裡！阿娘走了，你又要去修你的高臺廣廈，家不成家，我何必守著！」

身旁的侍衛喚了聲：「殿下？」

謝容與立刻起身，跟去後院。

時值午過，秋光清淡地灑落而下，謝容與一到院門口，就看到溫阡形單影隻地站在院中，院子後門還有一個十三四歲的姑娘背身立著，她穿著一身守孝的素衣，長髮如瀑，梳著高高的馬尾，身子明明纖細，卻背著一柄寬大的重劍。

「妳走！走了以後，妳就再也不要回來！」溫阡氣惱道。

小野有執念，他也有執念，他錯失了見紅英的最後一面，心中悲悔，這個洗襟臺，在他心中，就是為紅英建的。

可是她不理解他。

青唯微別過臉，語氣澀然：「我也沒想過要回來。」

「好。從今往後——」溫阡憤然又難過，「從今往後，妳就再也不要認我這個父親，從今往後，妳就不再姓溫！」

青唯聽了這話，背著身，抬袖揩了揩眼，頭也不回地走了。

學徒見狀，作勢要去追，溫阡卻道：「讓她走，不必追！」

可是學徒不追，謝容與不能不追，他總覺得這事是因他而起，非常自責，追出門，喊了青唯一聲：「姑娘！」

溫家在山腰，青唯走得很快，這麼一會兒工夫，已經快到山下老榕了。

她在碧水青山中回過頭來。

喚住她的少年很好看，但她不認得他，所以她的目光沒有在他身上停留，而是越過他，望向他身後的山居。

謝容與的目光卻停在了溫小野身上。

這是一個非常明麗的小姑娘，五官的線條乾乾淨淨，增一筆嫌多，減一筆嫌少。

山風獵獵，吹拂她的青絲素衣。

謝容與想要開口與她說些什麼，然而就在這一刻，他看清她望著山居的目光，那是一種異常伶仃的寂寥，與支離破碎的倔強。

他忽然意識到，在母親去世後，是這個小姑娘親手為母親下的葬，隨後一個人在喪母的悲慟中，等了父親三個月。

所有到了嘴邊的話一下子失聲，謝容與忽然意識到，如果傷痛不曾親身經歷，所有勸慰都是隔岸觀火。

只是溫小野的這個眼神，自此烙在了謝容與的心中，即便後來溫阡勸他「小野她只是看起來脾氣倔，其實是個懂事講道理的孩子，等洗襟臺建好，她一定高興，也會來看的」，謝容與都無法釋懷。

很後來，洗襟臺塌了，他陷在樓臺之下，心中想的也只是，那個小姑娘，可千萬不要來啊，如果……她當真來了，我也只管和人說，我見過她，她已經死了……

江辭舟不知是何時睡去的，他近日太累了，這一覺竟睡得很沉，等早上醒來，外間天已大亮。

何鴻雲的案子未結，江辭舟白日裡還有許多事要處理，好在眼下青唯的藥已減到一日只吃一回，他不必一直守在榻邊照顧。

剛披好外衫，德榮在外間稟道：「公子，祁銘到了。」

江辭舟應了一聲，他今日是起晚了，穿好衣衫，很快拿了木盆去外間打水。

他有點匆忙，以至於出門時沒有回頭看一眼，床榻上，青唯長睫輕顫，微微隙開。

江辭舟打水回來，俯身為青唯擦了臉，看她依舊安靜躺著，心中擔心，忍不住低聲又喚：「小野？」

可惜青唯沒有任何反應。

江辭舟於是放下紗幔，出門去了。

門剛被掩上，青唯一下子坐起身，她躺久了，進食又少，猛地坐起，經不住一陣頭暈眼花，隨即又重重躺下。

然而比這更頭疼的是——

他剛剛，叫她什麼？

青唯平躺著定了定神，等目眩過去，立刻翻身下榻，嫁妝箱子好好鎖著，挪都沒挪一寸，他應該沒有動過。哪怕動了，單憑箱子裡的東西，不可能辨出她的身分。

青唯又預備去翻箱子暗格裡的木匣，那是薛長興留給她的，裡頭有洗襟臺的圖紙。還沒找到銅匙，院子裡，忽然傳來說話聲，是江辭舟又折回來了，正吩咐留芳和駐雲：「床前落了紗簾，妳們不要掀開，守在屋中就好。中午她還要吃一道藥，藥煎好了叫我，我親自餵。」

青唯尚未病癒，耳力也不如從前，聽是駐雲和留芳要來房中，她才匆忙回到榻上，將紗簾放下，平躺假寐。

她其實昨天半夜就醒了，迷濛中，看到江辭舟躺在自己身邊，無奈她實在太乏太累，很快又睡了過去。

青唯不知究竟發生了什麼，記憶還停留在箭樓坍塌的一瞬，直到今早被他的動靜吵醒，還沒來得及分辨今夕何夕，就聽到他喊她：小野。

留芳和駐雲到了房中，將屋子細細收拾了一遍，途中，駐雲似乎想要敞開門為屋中透氣，留芳將她攔住，說：「這時節少夫人受不得涼，開扇小窗吧，萬若少夫人染了風寒，公子擔心，夫人就要跟著擔心了。」

青唯心道，夫人是誰？

然而江辭舟似乎叮囑過留芳和駐雲不要吵著她，這兩個婢子守在屋中，幾乎不怎麼說話。

青唯不知江辭舟是怎麼認出自己的，難不成是從前認識？

可洗襟臺坍塌後，她孤身流落，幾乎不與人結交，就是在洗襟臺坍塌前，她也不認得什麼京裡的人。

青唯知道，想要查明白這一點，眼下正是最好的時機，江辭舟並不知道她醒了，說話做事幾乎是不設防的，他今日就在家中處理公務，哪怕隻言片語上有疏漏，她都能找到線索。

青唯這麼想，便這麼做了。

她很快坐起身，喚道：「留芳，駐雲。」

留芳駐雲愕然別過臉來：「少夫人，您醒了？」她二人都欣喜至極，想著公子那樣在意少夫人，少夫人醒了，公子一定高興，駐雲隨即便道：「奴婢這就去告訴公子！」

「等等。」青唯喚住她，「我有點渴，幫我倒杯水來，順便把櫥子的紫檀小匣取來。」

兩人皆稱是，很快取來水和小匣，留芳掀開簾，還沒把杯盞遞到青唯手上，一見她的臉，忽然怔住：「少夫人，您……」

她話未說完，青唯接過小匣的手驀地一翻，匣子中的迷香粉順著她的掌風，被推入駐雲和留芳鼻息之間。

下一刻，兩人就昏暈過去。

這迷香粉末對人無害，只不過會睡足半日。

青唯旋即起身穿好衣裳，將留芳和駐雲挪到桌前趴好，很快出了屋。

江辭舟議事的地方應該在書房，青唯貼牆出了東跨院，一個縱身躍上房頂，悄無聲息地到了書房上方，下頭果然傳來說話聲：「……關鍵還是我們從箭樓救回來的證人，衛玦那邊的人傳話說，他的傷勢有好轉之勢，高熱也在退了，人可能很快就醒。」

「官家的人沒動作，孫艾這幾日在朝上，連何鴻雲的名字都沒提，何家似乎有點急了，決定斷臂自救，什麼罪名都往巡檢司身上扣，鄒公陽一樣跑不了。可惜那四戶藥商沒一戶肯配合，否則何鴻雲一定立不住。」

江辭舟道：「未必，何鴻雲這個人，沒那麼好扳倒。」

「公子。」德榮道：「官家派人帶話了，說何鴻雲也許會選擇禍水東引，指不定還會拿您的身分，甚至過去的事做文章。」

「我的身分？」江辭舟語氣微凝，似在思索。

青唯在房頂上，直覺聽到緊要處，也屏住呼吸。

然而正是這時，只見一名醫官匆匆自東院趕來，還沒叩書房的門，就在外頭喊道：「公子！公子不好了，少夫人不見了！」

青唯：「……」

江辭舟很快推門而出：「你說什麼？」

「是這樣，下官照舊午前到公子房中為少夫人看診，沒想到叩門沒人應，推門進去，留芳和駐雲都昏暈在桌前，榻上早已沒了人！」

這話出，非是江辭舟，書房裡，祁銘和朝天等人也震詫非常。

祁銘立刻跟江辭舟拱手：「虞侯，屬下這就帶兵去府外找。」

江辭舟「嗯」一聲，隨後一言不發地疾步往東跨院去了。

青唯趴在屋頂上，一陣頭疼，她並不知這幾日還有個醫官日日來為她瞧病，早曉得這樣，她該當心些的。

他們這麼盡心照顧她，眼下鬧大了，說到底是她理虧。

青唯左思右想，只能假作躺乏了，醒來後，出去轉了一圈，等到找她的人都從東跨院撤走了，她再溜回屋中。

江辭舟回到屋裡，青唯果然不在，朝天在院中搜了一遭，很快來稟：「公子，院子裡沒人，屬下去前院找。」

江辭舟心急如焚，好端端怎麼人沒了，他「嗯」了一聲，正要跨出屋，忽然意識到不對勁。看留芳和駐雲呼吸平穩的樣子，不像是中了毒，只是吸了些迷香。青唯身上的小玩意兒多，不乏有迷香這樣的事物，那日她去祝寧莊，還說要先用迷香迷暈巡衛，神不知鬼不覺地潛進去。

江辭舟又去床榻邊看了看，他為她擱在床頭的乾淨衣裳不見了，如果人是被劫走的，那個劫匪這麼好，還記得捎帶衣裳？

所以，人應該是自己離開的。

裝燒刀子的牛皮囊子還在，嫁妝箱子也沒有開啟的痕跡，所以人應該沒有走遠，很快就會回來。

江辭舟不急了，等在屋中。

青唯緊貼著後牆的牆根，等到找她的人散了，院中再沒了動靜，悄無聲息地來到屋前，正要推門，門一下子被拉開，江辭舟站在門前，一言不發地看著她。

青唯愣了一下：「你怎麼在這兒？」

江辭舟問：「妳去哪兒了？」

「……剛醒，出去隨便走了走。」

「走前順便把人給放倒了？」江辭舟問，他沒跟她計較這個，語氣微沉，「這麼冷的天，妳又病著，就這麼出去，不怕染上病再躺個四五日？」

青唯又是一愣，另撿了個重點，「我都躺了四五日了？」

她知道自己在箭樓受了傷，但究竟怎麼傷的，她不大記得了，印象中，她似乎把他撞下了箭樓。

江辭舟剛要開口，忽聽院外又傳來腳步聲，江逐年匆匆進得院中，「子陵我聽說——」

青唯不知臉上斑紋已被擦去，聽是江逐年到了，正要回頭看，江辭舟一把拽住她，也來不及作他想，把她拉入自己懷中，低頭擁住她。

江逐年進到院中，見青唯找到了，本來高興，可撞見這一幕，一時間好不尷尬，咳了兩聲，將手中扇子往前遞去，「那什麼，我在書房裡，看到你落下的扇子，給你送來。」

「多謝爹。」江辭舟仍緊緊攬著青唯。

青唯覺得到底在長輩面前，本想掙開，但江辭舟把她按得死死的，她直覺他此舉有深意，慢慢也就放棄了掙扎。

江逐年看江辭舟一眼：「你這扇子不錯，工藝嚴謹，扇骨是湘妃竹吧，怎麼沒提字？」

江辭舟頓了頓，伸出一手，面不改色地將扇子接過，「故友送的，還沒想好要提什麼。」

他們兩人這樣，江逐年也不好多說，指了指青唯，「你娘子醒了，那什麼，你好好照顧她，我先走了。」

江逐年一走，青唯立刻從江辭舟懷裡掙脫開：「你做什麼？」

江辭舟看著她：「妳醒來沒照鏡子麼？」

青唯聽了這話，似覺察到什麼，立刻進屋打開妝奩。

臉上的斑早被擦去了，銅鏡裡的面容非常乾淨。

「你給我擦的？」

「我擔心那斑留久了傷妳的臉，只能擦了。」江辭舟道：「妳放心，沒人瞧見。」

江辭舟說著，看著青唯，她的臉色並不好，幾日沒進食，看上去消瘦蒼白，聽說大病後不能立即大補，剛好醫官在，待會兒問問他該怎麼為她調養。

青唯倒沒在意斑紋的事，他都知道她是溫小野了，見到她的真容又有什麼關係？

這麼說，他是透過她的樣子認出她的，她從前見過他嗎？

青唯盯著江辭舟的面具，也不知這面具底下，究竟藏的是誰？

兩人相互看了一會兒，忽然反應過來。

青唯道：「你這麼盯著我做什麼？」

江辭舟道：「妳盯著我又是要做什麼？」

青唯不是第一回想揭江辭舟的面具，知道在他那裡，來硬的不行，繞彎子也走不通，唯一沒試過的，不知道他吃不吃軟。

青唯看著江辭舟，忽然笑了笑，喚了聲：「官人。」

江辭舟心中微微一頓，「嗯」一聲。

青唯靠近了些：「官人，我想看看你的樣子，好不好？」

江辭舟看著青唯。

她很規矩，沒有像上回一樣張牙舞爪。

他知道她在試探，在暗度陳倉，但看著她大病初癒的蒼白面色，他沒辦法就這麼拒絕她。

江辭舟問：「為什麼？」

青唯道：「我們都成親這麼久了，我什麼樣子你見過，可我卻不知道你長什麼樣。」

他們就立在多寶槅子前，秋光被窗紙濾得很乾淨，落下一地輝華。

江辭舟沒吭聲。

青唯見他動搖，心中也是詫異，沒想到這一招竟然管用。

她接著道：「以後你將這面具摘了，我都不認得你，美也好，醜也罷，我就看看你長什麼樣，別的什麼都不問，好不好？」

江辭舟仍舊沒吭聲，然而落在她身上的目光卻移開了，移向一旁的地面。

這竟是個默許的意思。

青唯於是不遲疑，慢慢靠得更近。指尖觸及他面具邊緣，他沒有阻攔，喉結上下動了動。

屋中靜得落針可聞，青唯也覺得不自在，像是在做什麼違禁之事。

他們明明是假夫妻，只要臉上有面具，你來我往虛情假意，都可以不放在心上，可一旦將面具摘下，似乎就有什麼不一樣了。

繫在耳後的繩索被解開，江辭舟把目光收回來。

他注視著青唯。

當年在碧水青山裡回頭的小姑娘長大了，成了一個清麗動人的女子，陰差陽錯，成了他的妻。

青唯聽到江辭舟沉沉的呼吸聲，隨著面具下移，入目的是乾淨的額頭，一對修長好看的眉。

眉下就是眼了。青唯的動作慢了些。不知怎麼，她有點心慌，有一瞬間幾乎忘記初衷，只想看清他的模樣。

他是垂著眸的，映入眼簾的是葳蕤的長睫，溫柔又凌厲的眼尾，青唯微微一愣，尚未將面具徹底拿下，外間忽然傳來一聲：「公子——」

德榮邁入屋中，說道：「公子，祁銘去外頭搜了一圈，沒找到少夫人，小的打算讓朝天……」

一語未盡，他忽然看到少夫人就在屋中，與主子幾乎是貼身站著，瞬間息了聲。

江辭舟如夢初醒，伸手扶住面具，將面具戴回臉上，青唯也似回過神來，第一反應居然是朝後退了兩步。

德榮見兩位主子剎那間分開，只覺自己又打擾了他們。他非常自責，立刻退了出去，嚥了口唾沫道：「少夫人醒了，那小的這就讓朝天祁銘他們不找了。」

「回來。」江辭舟在屋中喚道。

「公子？」

「請吳醫官過來，為……青唯看診。」

第十四章　帳本

「可能是從小習武的緣故，少夫人的身子底子很好，病痛散得也快，從這脈象上看，已沒什麼事了。」

床前垂了紗簾，青唯倚在榻上，伸出一隻手讓吳醫官診脈。

吳醫官撤了手枕，又問：「少夫人可還覺得頭暈？」

青唯想了想：「剛醒來是有點暈，眼下已好了。」

吳醫官笑道：「這個正常，少夫人躺久了，幾乎沒怎麼進食，乍然下榻走動，必然會頭重腳輕。眼下少夫人雖已大好，飲食上還是要忌口，吃些清淡的粥食為上，待調理兩日，再滋補不遲。」

吳醫官這話是對江辭舟說的，江辭舟頷首道：「知道了，多謝。」

吳醫官揖道：「公子客氣。」隨即收拾好藥箱辭去了。

他一走，德榮很快就把備好的清粥和藥湯送進房中，留芳和駐雲已被扶去自己屋中休息了，等到德榮退出去，江辭舟對青唯道：「過來吃點東西。」

青唯「嗯」了一聲，掀了被衾，從榻上下來。

屋中擱了爐子，暖烘烘的，粥還有點燙，她安靜地用著，沒有出聲。其實她剛才並沒有完全看清他的樣子，只瞧見他的眉，以及非常清冷的眼尾，很好看，幾乎堪稱驚鴻一瞥。

可是不知為何，有了方才那一齣，那種不自在的感覺殘留於心，她竟覺得不好再揭他的面具了。

青唯心思輾轉，最終落在了正經事上。

粥吃一半，她抬目看向江辭舟，還沒開口，江辭舟道：「我知道妳想問什麼。證人還活著，他傷勢重，前幾日起了高熱，一直昏迷。我讓衛玦照看他，人就在玄鷹司衙門裡。」

青唯點點頭，心道交給衛玦好，衛玦這個人講規矩，軟硬不吃，誰的面子都不賣。

她問：「那幾戶藥商呢？眼下何鴻雲把人質殺了，他們沒有狀告何家麼？」

江辭舟道：「正是因為人質沒了，他們反而什麼都不敢說。」他沒多解釋，心知青唯一定能聽明白，又道：「扶冬和梅娘我也安頓在玄鷹司衙裡，她們都是證人，將來能夠派上用場。我這幾日尚沒去衙署看過，想來那個人質高熱退了，應該快醒了。」

青唯愣道：「你沒去衙門？那你近日都做什麼了？」

江辭舟看著她。

近日都照顧妳了。

他別開眼，「鄒平的刑期已定了，他罪名重，三日後就要處斬。朝廷上沒動靜，何鴻雲一定著急，未必沒有行動，但越是這個時候，越要沉得住氣。」

所謂朝廷上沒動靜，並不是真正平靜，巡檢司的案子鬧得沸沸揚揚，鄒平處斬的旨意一下，衛尉寺的鄒公陽立刻就病倒了。

可這些都是表面風浪。

表面風浪不足為懼，令人心驚是底下藏著的暗湧。

他們從陽坡校場救回來的人質，正是要捲起這股暗湧的水裡渦。

江辭舟道：「眼下只等這人質醒來。」

粥不燙了，青唯嫌一勺一勺舀著麻煩，捧著粥碗，悶頭把粥吃完，隨後將碗往桌上一放，不耐道：「我腦子被砸了那麼重一下，睡幾日也就醒了，這個人質，不就是肚皮上被剖了道口子麼，居然睡得比我還久！」

江辭舟不由笑了，「他被何鴻雲軟禁了五年，身子骨哪趕得上妳？」

也是巧了，兩人正說著，外頭朝天忽然叩門：「公子，衛玦派人來稟，說人質醒了，問您是否要去衙門問話。」

這話出，江辭舟還沒說什麼，青唯霎時站起身：「那我們立刻——」

「不行。」江辭舟打斷道，他從木衣架上取下玄鷹袍，「妳就在家等著，問完話，我回來與妳詳說。」

「官人。」

還沒走到屏風後，袖口就被人從後方拽住了。

江辭舟回過身，青唯就站在她身後，目光楚楚：「官人，我就跟去看一眼。」

她嘗到了甜頭，知道這招好用，學會舉一反三了。

江辭舟眼下卻不吃這一套了：「妳身子剛好，不能受風，要見證人改日再見，今日妳就在家裡歇著。」

青唯聽他語氣堅決，回到屋中坐下，她也懶得裝了，惱道：「你這人，怎麼忽然軟硬不吃了？我就是去見個證人罷了，又不是要跟人動手，病不病的有什麼要緊？瘟疫案這案子，除了你，還有誰比我更清楚，待會兒你問話，有我從旁兜著，也好防著疏漏不是？」

「我跟這案子跟了這麼久，幾回和人拚命，好不容易從陽坡校場救回來一個證人，眼下臨門一腳，你不讓我邁了，你把我放在家中，我要是著急上火，仔細明天一大早，你還要請吳醫官來為我瞧病。」

江辭舟從竹屏後出來，就看到青唯氣惱地坐在桌前，一手撐著下頷，一手有一搭沒一搭地玩著一物。

那是他的竹扇。在她靈巧的指尖一開一闔。

是她砍了後院的湘妃竹，在他昏迷的那幾日，做好送給他。

江辭舟步去桌前：「去換衣裳。」

青唯只當他是讓她換衣裳去榻上躺著，別開臉：「不換，都睡了好幾日了，睡不著。」

「妳就這麼跟我去？」江辭舟的目光落在她的裙裳上，「玄鷹司衙門重地，扮成廝役跟著我。」

青唯一愣，立刻展顏一笑，將扇子往江辭舟手裡一塞：「行，等著！」

青唯動作很快，不一會兒從屏風後出來，非但換好了衣裳，連左眼上的斑紋都畫好了。江辭舟見她斗篷單薄，為她挑了一身厚的披上。

外間天寒，秋光漸漸消退，高空積起雲團子，德榮擔心下雨，去後房取了傘，剛回到東院，看到青唯跟著江辭舟一塊兒出了屋，迎上去問：「公子，少夫人也去？」

江辭舟「嗯」一聲。德榮甚是乖覺，不待吩咐，立刻道：「那小的這就把暖爐抬到車室裡。」

從陽坡校場救回來的人質被安頓在玄鷹司的內衙，這地兒青唯上回來過，連正門都摸著。到了衙門，衛玦過來向江辭舟稟道：「人質醒過來後，屬下已問過他的姓名籍貫，他姓王，名元敞，京裡人，家中是做藥材生意的。」

江辭舟應了一聲，推開值房的門。

王元敞的身子還很虛弱，他吃過藥，聽說有大官要過來問話，也不敢睡，靠坐在榻上。

見江辭舟進來，王元敞眸色微微一亮，吃力地掀開被衾，作勢就要拜見。

祁銘先一步上前攔住他，說道：「你傷勢未癒，不必行此大禮，這位是我們玄鷹司的江虞侯，他有事要問你。」

王元敞聽是虞侯，愣了愣，目光裡有明顯的失望。

他等的不是江虞侯，他在等小昭王，此前見來人氣度清華，極為不凡，還以為是小昭王到了。

王元敞在榻上向江辭舟一揖：「見過虞侯。」

屋中除了江辭舟一行人，再有就是衛玦章祿之了。

青唯一進屋就把帷帽摘了，衛玦看到是她，並不好多說什麼，她是虞侯帶進來的，眼前這個人質能活著，也是她竭力救下的。

在外人看來，如今的玄鷹司分化成派，一派以衛玦為首，手下是玄鷹司舊部，另一派以江辭舟為首，手下是吳曾祁銘等從殿前司併過來的新部。舊部人多，新部人少，是以衛玦的職銜雖在江辭舟之下，玄鷹衛中，許多人還是以他馬首是瞻的。

玄鷹司被雪藏了五年，眼下復用，立穩腳跟才是重中之重，其實在衛玦心中，並沒有要與江辭舟分庭抗禮的意思，但江辭舟資蔭做上都虞侯的位子，名不副實是事實，雙方心中芥蒂難消，辦起案來，難免束手束腳。

衛玦見江辭舟要問話，正預備退出去避嫌，這時，江辭舟出聲喚道：「章祿之。」

「在。」

江辭舟回頭，看他一眼，「過去把門掩上。」

章祿之呆了一下，半晌，「哦」一聲。

江辭舟這才問王元敞：「當年給小昭王寫信的人就是你？」

王元敞他戒備得很，並不回答，只問，「小昭王殿下呢？他不願見我？」

他被軟禁多年，雙耳不聞窗外事，並不知道洗襟臺坍塌後，小昭王至今不曾在人前露面。

但江辭舟提到信，他臉上半點疑色不露，還問起小昭王，足以證明寫信的人就是他。

祁銘道：「當年洗襟臺塌，小昭王殿下傷重未癒，你的信正是昭王殿下轉交給江虞侯的，你放心，你的難處，虞侯都能體諒，你忘了，當日在箭樓上，正是虞侯救的你。」

是不是虞侯救的，王元敞不記得了，當時箭樓上有個姑娘，看身形，和虞侯身邊的這位很像。

王元敞聽祁銘這麼說，果然卸下防備，「寫信的人是我，虞侯想知道什麼，只管問來。」

江辭舟道：「你的信上說，寧州瘟疫時，真正收購夜交藤的，不是林叩春，而是何鴻雲。何鴻雲本來拿不出這麼多銀子，他是連夜接到了來自陵川方向的鏢車，才忽然有了二十萬兩白銀？」

王元敞頷首：「確有其事。因為數額巨大，一開始，林叩春找我們五家收購夜交藤，也是賒帳的，我們本來不願賒給他，但是何家的人出面，我們這些商販，哪敢得罪當官的？這才應了。林叩春給了我們一家一張字據，說是不日就會付銀子給我們。果然沒過幾日，林叩春說銀子到了，讓我們帶上字據，到林家的庫房裡取。」

「數額太大了，為防引人注意，一次只拿能走一小箱，拿了好多回。每拿一回，就要在林家的帳冊上畫押，因為這銀子本來是何鴻雲的，所以何家有個扈從，叫劉，劉什麼來著……」

青唯道：「劉閶。」

「對，劉閶，他也在一旁守著，銀子每出一回庫，他還要在帳冊上頭署名蓋印。可能因為那時洗襟臺還沒出事，寧州的瘟疫也沒擴散，何鴻雲並不小心，所以留下了罪證。」

江辭舟道：「你在信上說，扶夏手裡有本帳冊，能夠證明何鴻雲的罪行，就是這本銀子出庫的帳冊？」

「是。出庫的帳冊一共有三本，兩本被燒了，餘下就是被藏起來的這本。其實這帳冊起先不是扶夏藏的，是林叩春藏的。林叩春是扶夏的恩客，對她情根深種，有回醉酒，他跟扶夏說，他交給何鴻雲的三本帳冊裡，有一本是假的，真帳本被他昧下了，就是為了保命。」

「何鴻雲這個人，心狠手辣，後來瘟疫案東窗事發，林家起火起得突然，林叩春還沒來得及拿帳本跟何鴻雲交涉，就被他滅口了。扶夏知道了這事，心驚膽戰，也起了自保的念頭，這才藏了帳本。」

「不過瘟疫案說到底，就是樁小案，何鴻雲並不怎麼放在心上。扶夏那會兒還是祝寧莊的花魁，何鴻雲知道她不敢對外胡言亂語，還放著她接客，我麼，」王元敞苦笑了一下，「因為夜交藤的買賣，手裡有了些錢財，偶爾也去祝寧莊，與扶夏姑娘成了風月之交。直到後來，洗襟臺塌了，才算真正出事了。」

「洗襟臺一塌，天也塌了，扶夏連夜找到我，說我們都會被何鴻雲滅口。我那時還不知道她這話的意思，沒想到扶夏說，當年何鴻雲買夜交藤的銀子，是從洗襟臺貪墨的，就在林叩春賒帳的幾日後，林家接到從陵川方向來的鏢車，這趟鏢說是運藥材，箱子一揭開，裡頭全是真金白銀。接鏢的也不是林叩春，而是劉閶。扶夏親耳聽到劉閶提什麼『木材』，又說什麼『洗襟祠』，早先林叩春沒死的時候，也跟扶夏說，何鴻雲用來買藥的銀子不乾淨，是髒的。」

青唯道：「你的意思是，當年何鴻雲利用木料差價，從洗襟臺昧下的銀子，是借用運送藥材的名義，從陵川一路運去寧州的？」

「是。」

江辭舟看祁銘一眼，祁銘立刻會意，步去門口，喚來一名玄鷹衛，囑他去查當年的這趟鏢車。

青唯又問：「那帳本現在何處？」

王元敞卻是一愣：「你們沒有救下扶夏嗎？」

祁銘道：「沒有，扶夏姑娘已經不在了。」

那夜在祝寧莊，送扶夏出莊的馬車一出現，便被江辭舟的人截下來了。扶夏已經死了，被折磨得不成樣子，何鴻雲不會留這麼一個活口給他們。

王元敞聽了這話，稍稍一怔，心中漫起幾許為時已晚的兔死狐悲，「那帳冊，眼下就在我的家中。」

「扶夏是祝寧莊的人，她擔心藏不住帳冊，當年帶著帳冊找到我，是想跟我一起活命的。我把帳冊藏在家中祠堂的匾額後，我父親是個孝子，無論出了什麼事，一定不會讓人動祠堂，只要何鴻雲的人沒有覺察，虞侯眼下派人去找，應該能夠找到。」

青唯問完話，從值房裡出來，心情並不見好。

眼下案情已經很清楚了，當初寧州瘟疫案發，何鴻雲勾結商人林叩春，大肆收購夜交藤，哄抬藥價，他苦於手上沒有這麼多現銀，於是把從洗襟臺昧下的銀子借用藥材名義運來京城，付給藥商。

只是，扶夏留下的帳冊是記錄銀子出庫的，至多只能證明當年指使林叩春買藥的是何鴻雲。

而那趟運送白銀的鏢車，打的是藥材買賣的旗號，除非找到當年的發鏢人，這趟鏢很難跟洗襟臺扯上干係。

當年的發鏢人會是誰呢？

除了與何鴻雲勾結的魏升、何忠良，以及洗襟臺木料商徐途，不做他人想。

可是這三個人都已經死了。

何鴻雲做事太乾淨了，時隔五年，他們能找到一個苟活下來的王元敞，幾乎堪稱天意，除此以外，再沒有別的活口。

王元敞能給出的證據只有這麼多。

他被軟禁得太久，將人情看得很透，也許當初他被一大家子挑出來，送到祝寧莊當人質時，心就涼了，等江辭舟問完話，他也沒打聽自己何時能回家，只託付玄鷹衛給他的父親帶話，說自己尚好。

江辭舟多日沒來衙門，還有點急務要處理，這邊忙完，很快趕去外衙，祁銘正要引著青唯去另一間值房裡歇息，身後，章祿之忽然喚道：「少……夫人，留步。」

這一聲「少夫人」，他喊得不情願，在他眼中，青唯始終是個劫囚的賊。

但是陽坡校場殺得那麼厲害，虞侯信任他們，把後背交給他們，適才問證，虞侯也沒讓他們避嫌。

他章祿之絕非一個小肚雞腸的人，至少在公事上，該怎麼辦就怎麼辦。

「那兩個證人聽說少夫人來了，稱是想見少夫人。」

青唯知道他指的是扶冬和梅娘，「她們在哪兒？」

「就在隔壁院子。」章祿之道，原地杵了一會兒，「我帶妳過去。」

扶冬和梅娘住在一個單獨的院落，青唯一到，她們聽到動靜，立刻迎了出來，青唯疾步上前：「梅娘，您的傷怎麼樣了？」

「玄鷹司請大夫看過，眼下已大好了。」梅娘說著，便要與扶冬一起拜下，「阿野姑娘俠肝義膽，祝寧莊一遭，多謝姑娘相救。」

青唯扶起她們：「二位客氣了，我闖祝寧莊，亦是有所求，談不上一個救字，倒是二位助我良多，我尚未謝過。」

梅娘笑道：「好在眼下平安了，我與扶冬說，何家的案子尚未結，不知阿野姑娘近日可有閒暇？」

「怎麼？」

梅娘看了不遠處立著的章祿之一眼，沒將請求說出口，只福了福身。

青唯明白過來她的意思。

薛長興墮崖後，一直杳無音訊，要說梅娘還牽掛誰，只能是他了，只是薛長興這三個字，不能當著章祿之說。

青唯道：「此事您不必多慮，我自會放在心上。」

扶冬見青唯與梅娘敘完話，學著梅娘喊了聲「阿野姑娘」，她問，「今日阿野姑娘可是去見祝寧莊救回來的人質了？」

青唯點頭「嗯」一聲。

「那這些人質裡，可有……可有先生？」

她問的是徐述白。

青唯道：「那些人質都是藥商，多數已經死了，屍身玄鷹司已經辨認過，當中沒有徐先生。」

青唯其實知道扶冬為何要這麼問。

徐述白的叔父徐途，就是當年幫何鴻雲牟利奸商，洗襟臺坍塌後，徐途一家被滅口，徐述白上京告御狀，自此杳無音訊，極有可能落在了何鴻雲手上。

起初得知扶夏館關著人質，青唯第一時間想到的也是徐述白。

可是，倘若徐述白落在了何鴻雲手裡，怎麼可能活著？

扶冬眼中浮起明顯的失望，她欠了欠身：「我知道了，多謝姑娘。」

這裡是衙門重地，青唯一個家眷，不好多留，正好外頭傳話說江辭舟的差務辦好了，章祿之便引著她出去。

到了內衙門口，章祿之忽又頓住步子。

他生得五大三粗，一對濃眉，雙目炯炯，瞪著人看時，有點露凶相，可他這會兒看著青唯，眼神卻有點兒飄忽，他咳了一聲，一副不願跟她說話又不得不說的樣子，「妳們……剛才提到的徐先生，是誰？」

徐述白的事，說來就話長了。

青唯跟章祿之是敵非友，籠統道：「是扶冬姑娘從前的教書先生。」章祿之心道，原來只是一個妓子的先生。

他「哦」了一聲，冷著一張臉，帶青唯去見江辭舟了。

話分兩頭，卻說江辭舟辦理完公務，正等著青唯，祁銘過來道：「虞侯，曹公公來了。」

江辭舟一愣：「曹昆德？」

曹昆德是入內內侍省的都知，他到的地兒，沒有不相迎的。

江辭舟迎到院中，曹昆德端著拂塵，一臉悅色地邁進衙裡：「虞侯，咱家給虞侯道喜了。」

江辭舟笑道：「公公這話把我給說糊塗了，什麼喜？」

「貴府少夫人醒了，不是喜麼？」曹昆德也笑，聲音細沉，「午前兒太醫院的吳醫官來跟官家稟的，說少夫人是一早就醒了，眼下康健著呢，他行醫這麼多年，就沒見過身子底子這麼好的。官家聽了高興，命人備禮，還有皇后前些日子備下的禮，一併送去府上了。」

江辭舟看了眼天色，說：「那公公來得遲了，早點兒來，叫我知道官家這麼看重我，我好進宣室殿叩謝去，眼下天晚了，不便去了。」

他這是句玩笑話，曹昆德聽得明白，笑說：「不急，再等兩日，虞侯不進宮也得進了。翰林詩會，虞侯忘了？」

小雪之日的翰林詩會，這在前朝是大日子。

昭化年間，受士子投江的影響，翰林文士在朝廷上地位極高。每年小雪日，昭化帝必要令翰林設宴，邀請年輕的士子及家眷以文會友，暢談切磋。

趙疏孝順，登極後，憶起先帝神思悵惘，所以這頭兩年，詩會沒怎麼辦。但今年不一樣，今年趙疏及冠了。

「……詩會的宴請是傳統，今年不辦說不過去，太后那邊呢，也是該辦的意思，不僅辦，還要好好辦，要將這年輕一輩的翹楚都請來。」

江辭舟道：「這麼說，小章大人和小何大人都會來。」

「且不止呢。」曹昆德笑道：「還有張二公子。」

江辭舟怔了一下：「張遠岫回京了？」

「是，本來說要等立春，約莫半個月前，張二公子忽然請旨，說想提早回來。他試守的地方不遠，就在寧州，官家覺得早一月晚一月，並不妨礙什麼，就恩准了。昨兒晚上就到了，把老太傅高興的，冬夜裡掀了被衾，親自趕去城門口接，聽說小章大人也趕去了。早上張二公子進宮覆命，也是小章大人陪著的，他們陪官家說話，還提起虞侯您呢。」

江辭舟笑問：「他們提我什麼？」

「也沒什麼。」曹昆德道：「中途吳醫官來跟官家覆命，說貴府的少夫人病好了，張二公子便問您是不是成親了，娶的哪家姑娘。」

曹昆德說完這話，那頭，章祿之就引著青唯從內衙過來了。

青唯一身廝役打扮，罩著絨氅，還戴著一頂黑紗帷帽，如果不是熟悉的人，很難看出她是誰。

曹昆德於是也只看了一眼，很快把目光收回來，繼續笑著道：「左右再等幾日吧，等幾日就是詩會了，到時少夫人的病徹底好了，虞侯把她帶來，該跟官家叩謝，該跟皇后引見，甭管什麼事兒，湊一塊兒能解決個齊全。」

「張遠岫，這是誰？」

青唯坐在桌前拆禮匣，翻到一張帖子，上頭「安平無疾」四個字寫得工整錦繡。

她這一病癒，短短幾日，收到的禮帖如冬日雪花，禮箱禮匣在屋中堆放不下，江辭舟把書齋劈了半邊給她，方便她將禮單謄寫成冊。

送禮的人她大都識得，再不濟也聽說過，只這一張生名字生字跡，她全然不曉得來由。

江辭舟在書齋的另一側看帳本，聽了這話，順口應她一句：「是張家的二公子。」

這句等同於沒說，德榮接過話頭：「當年領著士子投江的士大夫張遇初，少夫人可聽說過？」

青唯道：「聽過。」

「正是張遠岫之父。」德榮道：「說起這個張遠岫，其實是個苦命人。張遇初投江死諫那年，他尚是三歲稚兒，上頭還有個兄長叫張正清。昭化十二年，先帝修築洗襟臺，張正清因為出身，被翰林欽點登臺，後來洗襟臺塌，張正清陷在殘垣下沒能救出來。張遠岫母親早逝，先後喪父喪兄，著實可憐，正因為此，翰林的老太傅覺得愧對他，把他接到身邊教養。他也爭氣，嘉寧年間，朝廷就開過一次科考，他二甲登科，入翰林做了半年編修，之後被發去寧州試守，聽說前幾日剛回來。」

青唯點了點頭，跟桌前執筆的留芳道：「記下吧。」

送她的禮她沒細看，左右這些禮說是給她，實際上是借她名義送給江辭舟的。巡檢司案子剛結，翰林詩會將近，朝中人盯著新風向，前幾日帝后的禮一到，江府門前的禮車就絡繹不絕了。

青唯的心思在江辭舟手裡的帳本上，她對留芳和駐雲道：「這禮單妳們記就好了，不必再報給我。」隨即繞去書房另一側，問江辭舟，「怎麼樣？」

江辭舟手裡的帳本正是何鴻雲買賣夜交藤的那本。

他幾日前就從藥商王家拿到了，這幾日翻來覆去看了數遍，唯恐有遺漏，但無論怎麼看，這本帳冊只能證明何鴻雲授意林叩春囤藥，不能證明他從洗襟臺昧銀子。

江辭舟將帳本放下，問朝天：「鏢局那邊怎麼說？」

「還在查。」朝天道：「跑馬到陵川要些時候，早上屬下去找祁銘打聽，說什麼還要看當年何鴻雲走的是明鏢還是暗鏢，不一樣的鏢，查法也不一樣。」

「明鏢暗鏢？」

「這我知道。」青唯道：「說白了，明鏢價格低一些，光明正大地發貨，運鏢人可以查驗貨物；暗鏢價格很高，運鏢人也不能驗貨，貨物一到，拿銀子走人，從此封口，絕不對人提起此事。何鴻雲發銀子這趟鏢，想都不用想，肯定是暗鏢。不過他這暗鏢，可能還有點不一樣。」

明鏢暗鏢是行話，行外人很少知道，但岳氏祖上草莽出生，做過各種營生，岳魚七早年幹過最正經的事就是幫人護鏢，青唯拜他為師，從小耳濡目染，自然也通曉門道。

她拿過江辭舟的筆，在桌前抹平一張紙，「這事兒你們該早問我啊，省得兜一個圈子。」她在紙上寫下一個「京」字，一個「徐」字，「你看，當初買木料的銀子，是由京裡撥去陵川的，共計五十萬兩，這是買好木料的錢，是官銀。但是徐途賣的是次等木料，他的木料可能只值一半價錢，所以他拿到五十萬兩，拋開盈利，把餘下的二十萬兩給何鴻雲，這是不是就等於幫何鴻雲洗過一回銀子了？」

朝天道：「這我們都知道啊。」

「不止呢。」青唯道：「只洗過一回的銀子，太好查了，所以有的暗鏢，還幫人做洗錢的生意。就是勻出的這二十萬兩，拿去別的買賣裡攪和一通，等徹底乾淨了，才到鏢局裡裝箱。暗鏢通常都是些不乾淨的勾當，幫忙洗錢的和發鏢的一般是同一人，就是為了東窗事發方便封口。」

「何鴻雲這趟鏢，肯定是暗鏢，洗襟臺這事兒這麼大，當年的發鏢人早就被滅口了。你們要想查出點什麼，不能找鏢局——」

「要去查那筆洗錢的買賣。」江辭舟聽明白她的話，拿過她手中的筆，在紙上又寫下一個「何」字，在「徐」與「何」之間連上一條線，將筆一擱，指尖點了點這條線，「得找找這裡頭有什麼。」

青唯道：「對。」

朝天感慨道：「少夫人懂得真多。」

江辭舟十指相抵，注視著紙上的線：「五年前的買賣，不好查啊。」

「是不好查。」青唯往江辭舟的桌沿上一坐，「不過天網恢恢麼，只要做了，一定會留下痕跡，不說別的，何鴻雲肯定清楚他自己究竟幹了什麼勾當。」

「少夫人。」

青唯與江辭舟這邊說完，那頭駐雲喚道。

青唯躍下桌沿，「怎麼？」

駐雲打開兩個禮箱，將裡頭的物件兒一樣一樣取出來，「別的禮少夫人可以不放在心上，這兩份是官家與皇后賞賜的，少夫人可一定記好了。今夜翰林詩會，少夫人是女眷，要跟皇后與諸位夫人另坐一席的。」

青唯怔了怔：「那些女眷，我一個都不認識，到時候席次在哪兒都找不著。」

留芳笑道：「少夫人不必擔憂，少夫人到了曲池苑，自有宮婢相迎引路。」

駐雲說是，「奴婢幫少夫人打聽過了，翰林詩會相邀的都是朝廷年輕一輩的官員與士子，家眷並不多，少夫人吃完席，如果覺得待不慣，是可以跟皇后先請辭去的。」

青唯仍覺得不好，她肯跟著江辭舟去詩會，是因為在詩會上，她能夠見到何鴻雲。但是把她的席次分開，跟女眷們打交道，她既非出身名門，禮數舉止也不夠端正，只怕要鬧笑話。

江辭舟看青唯一眼，對德榮道：「把宮裡送來的赴宴名錄拿給她看。」

德榮應是，不一會兒取了名錄來，青唯一一看過，赴宴的女眷果然不多，宮裡只有一個中宮，餘下七八人，大都是官員士人之妻，青唯指著最末一行，問駐雲，「這怎麼有個單獨列出來的？」

最末一行寫著兩個字「佘氏」。

駐雲一看這兩個字，愣了愣，先看了江辭舟一眼，爾後笑說：「少夫人有所不知，這位佘氏是皇后的遠房表姐，兵部尚書家嫡出千金，眼下已二十有三，早年她因為心氣高，一心想要嫁給——」

一語未盡，那頭江辭舟忽然將筆擱下。

駐雲頓了頓，「總之後來是耽擱了，眼下她年紀大了，家中正在為她和刑部高家的二少爺說親，聽說高家已下了聘，今夜來，算是跟高二少爺一塊兒來的。」

青唯聽了這話，倒是沒怎麼在意駐雲沒說完的後半句。

刑部高家的二少爺，還有哪戶高家？

青唯愣道：「高子瑜要娶這個佘氏了？」

青唯這話問完，駐雲和留芳對視一眼，這才憶起少夫人初到京城是寄住在高家的。

這個高子瑜，似乎還與少夫人的堂妹有些牽扯。

「佘氏年紀大了，親事艱難，所以……媒媼就把她說給了高二少爺。」

駐雲和留芳都是正經出身的宮女，平素裡非常規矩，等閒不說人閒話，只因高子瑜與少夫人有瓜葛，所以多提一句。

留芳這句話雖簡單，隱含的意思卻不少。

佘氏是尚書府千金，嫁給高子瑜算是下嫁。但是高子瑜家中還有個懷有身孕的通房，沒過門就有個庶子，哪戶高門貴女能忍下這口氣？

佘氏縱然年紀大了，也不至於要這樣委曲求全，她願嫁給高子瑜，可能還有什麼旁的原因吧。

青唯並不關心佘氏，她只是想到了崔芝芸。

嫁來江府後，她只見過芝芸兩回，她一回比一回瘦，性子一回比一回沉靜，再也不是那個跟著她上京，懵懂嬌氣的小堂妹了。

駐雲見青唯目色黯然，欲為她解憂，打開一個禮匣，笑說：「奴婢瞧著少夫人沒有隨身佩戴的玉墜，正好曲家小五爺送了一枚，羊脂玉的，少夫人看喜不喜歡，奴婢幫您打絡子。」

青唯領她好意，過去一看，說：「玉墜子，我有啊，這個看著沒有我的好。」

「少夫人有？」

青唯「嗯」一聲，從腰囊裡取出一物，當空一拋接在手裡，「這枚，妳家公子給我的，我挺喜歡。」

她是真的喜歡。

當時江辭舟送給她的時候，就說這枚玉墜子在大慈恩寺開過光，能保平安。

後來她被禁閉在水牢，被箭樓落下的木梁砸了腦袋，最終都是逢凶化吉。

前幾日她醒來，要把這玉墜子還給他，但他不要。不要她就留著，擱在身邊，病好得也快！

待看清青唯手裡的玉墜子，一屋子的人除了江辭舟都愣了。

殿下傷重的那一年，長公主從西域高僧手裡祈來的稀世寶玉，供在大慈恩寺長明燈下三百個日夜，直到殿下從暗無天日的夢魘裡走出來。

那日被江辭舟偶然當扇墜掛著，不過是擔心做腰佩太引人注意罷了。

「怎麼了？」青唯見屋中人神色各異，看了手裡的玉墜一眼，愣道：「這枚玉當真很重要？」

她想了想，把它向江辭舟遞去，「那我不能要，還給你。」

一屋子人眼觀鼻，鼻觀心，只有朝天立刻應：「好。」他疾步上前，生怕青唯一個不小心把玉摔了，捧了雙手去接，這時，江辭舟道：「不重要，妳收好就是。」

他步出書案，推窗看了眼天色，「不早了，我們該進宮了，妳去換衣吧。朝天，你留下。」

留芳和駐雲陪著青唯回房了，德榮低眉退出書齋，順道還掩上了門，看都不看朝天一眼。

朝天扶刀而立，問：「公子，什麼事？」

江辭舟湘妃竹扇在手，上下打量他一眼，目光最後落在他腰間的刀上，問：「新刀好用嗎？」

第十五章　詩會

翰林詩會設在翰林的曲池苑中，日暮一至，江辭舟就帶著青唯到了，宮門口很早就有小黃門來迎，他們來得早，苑中除了幾名士子，再有就是曲家的小五爺。

這些士子大都是各地的解元，送入京裡準備明年的春闈，對江辭舟而言都是生面孔，倒是曲茂一見江辭舟，很快迎上來，說：「子陵，你總算來了，我都快悶死了！」

他仍穿著藍袍衫子，有日子不見，人居然長胖了許多。

江辭舟見到他，有點詫異：「你怎麼來詩會了？」

曲茂這個人，四體不勤五穀不分，當酒桌上的狐朋狗友那是一等一的投契，要讓他談詩論文，不啻對牛彈琴。他也有自知之明，上回家裡要給他謀個資蔭閒差，他給拒了，說自己大字識不全，不白拿朝廷俸祿，還是當個逍遙公子哥，散家中錢財就好。

「你以為我想來？」曲茂心裡有氣，「鄒平那廝，上回在折枝居伏殺你，我不是仗義執言，幫你說了幾句話麼？你也知道我爹那個人，最嫌我惹是生非，我一回家，他就斥我強出頭，罰我跪了三日祠堂，還把我禁足了一個月，要不是趕上這詩會，我只怕眼下都不能出來呢！」

他說著，仔細打量了江辭舟一眼，關切地問：「你怎麼樣？」

江辭舟覺得他這話問得莫名，「我能怎麼樣？」

曲茂更來氣了，他說：「我跟你說，你肯忍讓那個章蘭若，我曲停嵐不怵他！不就是個國舅麼，還能不講理了？你跟我說老實話，那日在折枝居，是不是他讓你盯著拆酒舍的？他知道你在洗襟臺下受過傷，根本就沒安好心！我聽說你被他害得大病一場，把我給氣的，就差找他幹仗了！但我被禁足，又出不來，半夜爬牆還給摔了，你說我今日為什麼來這詩會，我就是專門來找章蘭若，給你出這口惡氣的！」

青唯在一旁聽曲茂說話，覺得他這人義氣又好笑。

江辭舟聽他說完，展目一望，見幾名後到的女眷已被宮婢引著往西側去了，溫聲與青唯道：「想是皇后到了，妳先去皇后那邊。」

青唯點頭：「好。」

曲茂沉浸在自己的俠肝義膽裡，直到這時，才發現江辭舟身側的青唯，見青唯被宮婢引走，他猶自困惑地問：「不是說你倆要鬧和離麼，眼下怎麼看著恩愛？哎，我聽說，前幾日她病了，你日日貼身照顧，連衙門都沒去，真的假的……」

青唯尚未走到西側的席院，忽聽身後有人喚道：「青唯表妹留步。」

青唯回身一看，假山後步出一人，正是高子瑜。

身旁的宮婢甚是乖覺，立刻低眉垂手，退到十步開外去了。

青唯並不意外在這裡見到高子瑜，德榮給她看過赴宴名錄，她知道他會來。

「表妹久日不見，近來可安好？」

「還好。」青唯道。

他二人說起來並不相熟，高子瑜無事不登三寶殿，在這裡等著，必然有事相商。

青唯道：「有什麼話，直說吧。」

高子瑜仍是躊躇，但青唯都開門見山了，他也不好遮掩，「是這樣，家父近日為我議了一門親，女家是……」

「是兵部尚書家的千金，我知道。」

「不錯，正是兵部尚書家的。」高子瑜道：「這門親事我其實是不願的，我心中一直只有芝芸一人，但是父母之命，媒妁之言，聘禮都下了，我實在推拒不了。芝芸眼下知道了這事，鬱鬱寡歡，這幾日關在屋裡，連見我都不願。芝芸她一向最聽表妹妳的話，表妹妳改日得閒，能不能幫我勸勸芝芸？」

青唯問：「你讓我勸芝芸什麼？」

高子瑜道：「我今早聽母親說，芝芸不想留在京城，打算回岳州了。岳州那是什麼地方？崔姨父獲罪後，周遭親鄰沒一個肯相幫的，人情涼薄至斯，芝芸一個弱女子，如何自處，還不如留在高家。」

「留在高家，你就能把她照顧得很好嗎？」青唯問，這是別人的事，她本來不想多說，眼下卻是忍不住，「芝芸上京，你說你心裡只有她一個，可你還是任惜霜大了肚子；芝芸為你悔了婚約，你說你心裡只有她一個，可你任她留在高家，什麼名分都不給她；眼下你裡邊一個通房懷著身孕，外邊一個即將進門的高門正妻，你還是說你心裡只有她一個。你讓我勸她，我勸她什麼？勸她說你心裡只有她一個麼？你說岳州人情涼薄，但那些人，親則親，疏則疏，明明白白都在丈量之間，哪裡趕得上你涼薄？」

「青唯表妹，妳這話實在是誤會我了。」高子瑜聽青唯說完，急著道：「其實這個佘氏心中本也沒有我，她早已心有……」

青唯卻懶得聽他解釋，看向候在不遠處的宮婢，逕自道：「帶路！」

女眷的席擺在西側的竹影榭中，與曲池苑隔水相望。水榭四面垂著珠紗簾，並不避風，因而每一座下都擱著暖爐。

青唯到了竹影榭，身側的小宮婢就退下了，棧橋邊迎候的大宮女上來見禮，說：「奴婢是皇后娘娘身邊的芷薇，虞侯夫人且隨奴婢來。」

竹影榭中，皇后早也到了，席上另還坐了幾名女眷，聽是青唯進來，紛紛移目望來。

青唯在芷薇的指引下，向章元嘉拜下。

章元嘉溫聲道：「虞侯夫人不必多禮，今日翰林詩會，本宮能與諸位在此小聚，實在難得，夫人只當是自家吃席，不要拘束。」

青唯聽她聲音柔和，不由抬目看她。

章元嘉與青唯想像中的皇后不太一樣，她非常年輕，端莊柔美，若不是身穿中宮褘衣，還當是哪家未出閣的姑娘。

章元嘉又問：「聽聞虞侯夫人此前病了，眼下已康泰了麼？」

「已好多了。」青唯道，想起留芳和駐雲教她的，說：「近日收到娘娘的禮，多謝娘娘厚愛。」

章元嘉笑了笑。

今次赴會的多是朝中的後起之秀，品階大都不高，青唯是三品虞侯夫人，座次就設在章元嘉的左下首，剛落座，只聽外頭有人來報：「娘娘，佘家大姑娘到了。」

一眾女眷原本還在暢談，聽是佘氏到了，齊齊息聲，朝水榭外望去。

青唯循著她們的目光朝外看，見到來人，不由一愣。

翰林詩會於她們這些女眷而言並非正經宮宴，可到底皇后在，便是像青唯這樣不喜盛裝的，也披裘著裳，戴環佩釵，沒承想這個佘氏一身素服就到了詩會，雲鬢上除了一根白玉簪，什麼佩飾也無。

她生得細眉長眼，神情十分孤冷，進到竹影榭，規規矩矩地朝章元嘉伏地拜下：「皇后。」

這是個大禮。

青唯聽德榮提過，佘氏是兵部尚書的千金，似乎還是皇后的遠房表姐，照理今日這種場合，她不必如此行禮的。

堂上其他婦人亦是神色各異，章元嘉道：「表姐不必多禮，起身吧。」說著，溫聲又道：「冬夜寒涼，表姐穿得太單薄，芷薇，去把本宮的裘氅取來。」

「不必了。」佘氏道：「臣女多謝娘娘美意，娘娘是知道臣女的，一年四季皆是如此著裝，還望娘娘體諒臣女的執念。」

章元嘉聽她這麼說，神情微頓，半晌，喚來芷薇：「傳人布菜吧。」

翰林詩會在曲池苑擺的是流觴席，日暮時分，酒水餚饌就順著曲水流至了，竹影榭這裡設的卻是正經筵席，要等皇后傳令才開席。

在座的臣婦大都是名門貴女出身，席間清談除了繡工花樣，便是詩文名畫，繡工青唯一竅不通，詩文畫技從前溫阡倒是教過她，但她不感興趣，與她們便也說不到一塊兒去，倒是章元嘉柔聲問青唯，「本宮聽太后說，虞侯夫人並不是京裡人，今次嫁給虞侯，其實是平生頭一回上京？」

青唯放下玉箸回話：「娘娘說得不錯，臣婦的父親是工匠，小時候臣婦隨他去過許多地方，唯獨沒來過京裡。」

章元嘉笑著道：「虞侯夫人去過的地方多，見識廣博，實在叫本宮羨慕。」

下頭又有宮婢上來布菜，佘氏掀開盅蓋一看，見是鱠魚羹，不禁蹙了眉，她喚來一名宮婢，冷聲道：「幫我把葷腥與酒水都撤了吧。」

話音落，幾名婦人的目光均是異樣起來。

鄰座一名穿著紫襦的年輕婦人不由勸道：「佘姐姐這又是何必，姐姐吃齋四年，算是盡了心意。」

「是啊。」另一名婦人附和道：「殿下他吉人自有天相，聽聞姐姐與高家二少爺的親事已定，喜事當前，何必耽於過往？」

這兩名女眷說來都是出於好心，也許是她們的話太直，佘氏聽後，竟覺不快。

她握著玉箸的手微微收緊，別過臉來：「我的事，與妳們何干？」

筵上一時尷尬，青唯適才聽得「殿下」二字，正有所悟，這時，一名小黃門匆匆自曲池苑那頭趕來：「娘娘不好了，曲家的小五爺和小章大人起了衝突，鬧起來了！」

曲茂與章庭自幼不和，時常爭執，但今日到底是宮宴。

章元嘉一愣：「為何起了衝突？」

「回娘娘的話，前一陣江虞侯病過一場，曲家小五爺執意稱是小章大人害的，要找小章大人說理，他吃了酒，人不清醒，被小章大人幾句堵了回去，就動了手，高家的二少爺要勸，不慎受了傷，眼下人分成兩撥，吵得厲害，江虞侯、張二公子想攔，根本攔不住，好在官家還沒到，娘娘快過去看看吧！」

章庭正是章元嘉的親兄長，章元嘉聽了這話，倏然起身，逕自便朝曲池苑那頭去了。

青唯目力好，耳力也好，跟著章元嘉，還沒到曲池苑，老遠就見小橋另一頭亂哄哄的，人的確分成了兩撥，周圍有勸架的，有看戲的，章庭的襟口已經被扯開了，他強壓著惱怒，指著曲茂道：「曲停嵐，我告訴你，今日是官家的詩會，我不和你計較，倘你再這麼胡攪蠻纏，明日我上書一封，將你行止不端告到御前去！」

「我行止不端，好過你背後玩陰的！怎麼，一個大理寺少卿金貴得很了，那酒舍你拆不得，非要指著子陵去拆！往人的傷口上撒鹽挺在行啊你？」曲茂說著，又要挽袖子，「都起開，我曲五爺別的不會，就會教訓他這樣的陰損豎子！」

「你——」他話說得太難聽，章庭勃然而怒。

「不過一個撒酒瘋的敗家子，小章大人何必跟他置氣？」身旁有人拉住章庭勸道。

「說得是，小章大人要是理會他，那才是拉低了自己身分。」

章庭於是冷哼一聲，負手道：「曲停嵐，你要在這與我分說道理，我便與你仔細分說分說。今秋八月，你在通合賭坊欠下三百兩賭錢，賭坊掌櫃得罪不起曲侯爺，託人告到我這裡來，這事兒你解決了麼？上個月，你瞧上了明月樓的畫棟姑娘，許諾老鴇五百兩銀子買她一夜，老鴇得了你的銀票，去錢莊一兌，銀票是假的。老鴇先是告到京兆府，後來找到大理寺，只怕這老鴇再這麼被你坑下去，都快找御史臺登聞鼓了。你一個劣跡斑斑的紈褲子弟，不過是仗著侯府的面子，才來了這翰林詩會，居然也好意思來找我的麻煩，我要是你，混到眼下這個境地，恨不能挖個坑把自己埋了，哪敢出來拋頭露面？」

曲茂被章庭這麼當眾揭短，一時間氣血上湧，大罵道：「章蘭若，你瞧不起誰！你我都是憑老子，還給你憑出體面來了？我曲停嵐敗家好歹敗得光明正大，你靠老子當了官，非要自詡文人雅士。士子赴考，你巴巴地擺席。幾日前張遠岫回京，你馬不停蹄去接。怎麼著，跟士人多打交道，就能掩飾你才思平平麼？我還是那句話，要麼，你就跟小昭王一樣，別說考中進士，考個舉人我都服你，要麼你就跟我一樣，省得面上清高，背地裡盡幹些齷齪事。哦，是了——」曲茂說到這裡，冷聲一笑，「我險些忘了，你章蘭若不單靠老子，你還要靠妹妹——」

章庭聽了這話，再忍不住，掀開面前攔著的人，逕自朝曲茂走去，兩人正要扭打在一塊兒，只聽小黃門扯著嗓子高唱，「皇后駕到——」

一眾人先才的注意力都在曲茂與章庭身上，沒往竹影榭這邊看，眼下聽是皇后到了，紛紛撒開手，朝後退去。

曲池苑顧名思義，池水彎曲圍繞，此前眾人為了勸架，擁簇在一塊兒還不覺得什麼，眼下散開，被擠在後方的難免腳下踩空。

青唯跟在章元嘉身邊，她眼疾手快，見一個書生模樣的一腳滑落池塘，順手撈了身邊小黃門的拂塵。塵絲握在手裡，塵柄在書生後背一推，助他站穩。

書生於是回過身來，見了青唯，他稍稍一怔，合袖拜下：「多謝夫人。」

青唯見了他，也有點意外。

此人穿著襴衫，眉目清朗，氣度淡雅悠遠，一身繚繞著的溫潤氣澤幾乎是她平生僅見，如白雲出岫間晨中之霧。

這是在筵上，皇后在，諸多朝臣也在，青唯並不好出頭，她搖了搖頭，將拂塵扔回給小黃門，退回皇后身邊了。

曲池苑一眾官員士子退到小橋下，朝章元嘉行禮。

章元嘉冷聲道：「本宮執掌後宮，管不得你們什麼，但今夜這詩會，是官家邀你們來的。你等若要爭，若要鬧，自去外頭辯說分明，否則壞了官家的興致事小，壞了詩會的禮制，你等自去跟官家請罪交代。」

這話一出，章庭先一步越眾而出，作揖道：「娘娘教訓得是，適才是臣等意氣用事，不知輕重了。」

章庭這話原意是息事寧人，但士子中有人惱怒未消，當即就要告曲茂的狀，「娘娘說得正是，今夜是官家登極後第一場詩會，臣等受邀前來，誠惶誠恐，偏偏那曲停嵐不知這個理！若非他先跟小章大人胡攪蠻纏，臣等何至於鬧起來？他吃了酒，說不通還要動手，高大人想要攔他，竟被他打傷了，高大人好歹是京兆府的通判大人，他一介白衣打傷朝廷命官，這說得過去麼？還請娘娘為此事評理！」

方才曲池苑這邊亂哄哄的，青唯沒瞧見高子瑜，眼下人散開了，才發現高子瑜被人攙著，捂著鼻子就立在章庭身後，他鼻頭的血剛止，臉上也有瘀青。

曲茂被告了這麼一狀，臉上一陣青一陣白。

他今日來，就是為了找章庭的麻煩，但他沒想到事情會鬧得這麼大。他做事本來就衝動，加之吃了酒，又被章蘭若當眾揭短，一時間氣血上湧，冒犯的話衝口而出，行徑也不怎麼受控。打了高子瑜沒什麼，要命的是他似乎連帶著罵了皇后。眼下清醒過來，心裡雖然懊悔，可是說出去的話潑出去的水，往回找補已經來不及，不如破罐子破摔，還能占個直言不諱的理兒。

曲茂道：「翰林詩會是怎麼來的？當年滄浪江士子死諫投江，先帝感懷於心，於小雪之日敦促翰林籌辦詩會，就是為了鼓勵年輕文士暢所欲言，有什麼說什麼！我打高子瑜怎麼了？我打的就是他！他那點破事兒，還當誰不知道麼？早年信誓旦旦說要娶他表妹，眼下表妹家獲罪，一個弱女子，千里迢迢來投奔他，他擔心影響仕途，出爾反爾，又不願娶了！把人晾在一旁，這頭一個通房大了肚子，那頭更好，攀上兵部尚書的千金了！我曲停嵐再怎麼荒唐，最多也就敗家散財，好過這種背信棄義、道貌岸然的偽君子！」

他梗著脖子：「娘娘，今夜草民吃了酒，做事衝動，有些話沒過腦子，可能冒犯了，娘娘要罰，草民便認，絕不會有半句怨言，但娘娘要讓草民跟高子瑜道歉，對不住，草民做不到，草民最瞧不上的就是這種人！」

曲茂這一番話說完，給了自己十足的臺階下，倒是把章元嘉幾人給架住了。高子瑜被他說得顏面掃地，佘氏剛與高子瑜定了親，眼下緊捏著手絹，目色羞憤難當，臉上是一點血色也沒有了。

這時，江辭舟道：「娘娘，停嵐找小章大人論理是為了臣。日前臣病過一場，他以為是拆卸酒舍之故，所以與小章大人起了爭端。他意氣用事，這是不對，但起論初衷，卻沒什麼可指摘的。今夜是翰林詩會，若為此等小事擾了諸位興致，豈非本末倒置？不如待事後，臣與停嵐一起向官家請罪，娘娘看可行否？」

章元嘉聽後，深以為是，正頷首，只聽曲池苑口的小黃門唱道：「官家駕到——」

或許是為了詩會，趙疏沒有著冕，一身紺青雲紋常服配著龍紋白玉佩，乍一看去，幾乎不像皇帝，像個貴公子。

他今日身邊只跟著墩子一人，信步走來，見眾人聚在一處，問：「何事？」

章元嘉與他福了福身：「回官家，適才幾位士子因見解不和，起了爭端，眼下已經化干戈為玉帛了。」

趙疏頷首，他的目光在受傷的高子瑜身上掠過，沒多作停留，聲音十分溫和：「能化解是好事，既然如此，妳帶著諸位臣眷先回竹影榭吧。」

章元嘉應是，帶著人欲走，然而佘氏竟不動。

青唯看佘氏一眼，她似乎因為曲茂的話而難堪，臉色煞白，垂在身側的手緊握成拳，雙唇幾乎繃成了一條線。

章元嘉直覺不好，低聲喚了句：「表姐。」

佘氏恍若未聞，她看著嘉寧帝，剎那間像是下定決心，邁前幾步，在嘉寧帝身前跪下：「官家。」

「官家，臣女嘗聞，翰林詩會，無論士子白衣，官員百姓，皆可暢所欲言，有疑答疑，有惑解惑。臣女心中有一惑，困擾多時，不知官家可否賜臣女一解？」

趙疏看著她，「妳且說來。」

「臣女近來聽到一個傳聞。」佘氏垂著眸，「說是昭王殿下早也病癒，眼下已康泰無恙，臣女想問官家，這則傳聞是真是假，若是真的，殿下他為何至今不曾露面？」

這話一出，在場諸人神色各異。青唯心中微微一沉，目光不由落在佘氏身上的素衣上。

趙疏沒吭聲。

佘氏繼而拜下：「官家，當年家父為殿下所救，臣女一直感念在心。洗襟臺坍塌，殿下遇劫，臣女報恩無門，多年來難以釋懷。而今臣女家中強為臣女與高府的二少爺定親，臣女知道婚姻大事，父母之命，媒妁之言，由不得臣女反抗。臣女自知聲名狼藉，並不求什麼好的歸宿，唯這一個心願，還望官家成全！」

當年佘父做尚書前，被一樁案子纏身，辯說無門，佘氏是個烈脾氣，情急之下寫了血書，等在宮門口，攔下小昭王的轎子。

那是個雨天，小昭王撐傘立在雨裡，看過佘氏的血書，說：「好，我幫妳轉呈給舅父。」這事對小昭王來說就是個舉手之勞，佘氏卻記在心裡。

事後佘父平冤，佘氏一家登公主府致謝，便捎上了佘氏的庚帖。庚帖長公主沒有收，那年小昭王才十七，即將啟程去洗襟臺督工，長公主以一句「容與年紀尚輕，且等他回來，問過他的心意」婉拒了佘氏。

佘氏聽出了這話的辭拒之意，仍舊執意等小昭王回來，直到等來洗襟臺坍塌的噩耗。

趙疏看著佘氏，沉默許久，說道：「當年洗襟臺塌，表兄傷重，妳為他素衣齋戒，祈福四年，再大的恩情，也該是償清了。他今日若是沒醒，那只能是天道不公，醫術有失，絕非福澤不至；反之，他今日若是病癒，上天有道，庇佑蒼生，那只能是人心殊途了。」

趙疏這話說得委婉，佘氏卻聽得明白。

小昭王醒來與否，病癒與否，都與她無關。

嘉寧帝與小昭王最是親近，他的意思，便該是小昭王的意思了。

佘氏的目色黯然下來，她朝趙疏拜下：「多謝官家，臣女明白了。擾了諸位的興致，臣女在這跟諸位賠不是了。」她行完大禮，又朝章元嘉福了福身：「娘娘，臣女今日不該來。」

她請辭離去，章元嘉自也不攔她，喚來一名宮婢為她引路，由著她往曲池苑外去了。

青唯看著佘氏的背影，目光不由得移向不遠處的江辭舟。

江辭舟就立在人群當中，他似乎並沒有在意剛才發生了什麼，唇角帶笑，正低聲與身旁一人說著話。

月色灑銀一般，混在燈色裡，流瀉在他的身遭，將他的身姿襯得無瑕，似乎那張掩藏在面具下，傳聞中被火燎著的臉，也該無瑕。

青唯想起來，那張臉本就無瑕。

曲池苑的詩會章程繁複，聽說席到一半，還要聽士子暢談策論。青唯跟章元嘉回到竹影榭，吃完席，想起留芳說過可以提前與皇后請辭，起身說要先走。

章元嘉並不留她，溫聲道：「虞侯夫人大病初癒，是該早些回府。夫人病好後，若覺得煩悶，不拘著時辰日子，進宮來與本宮說話就是。」

青唯謝過她的好意，由宮婢引著到了曲池苑外，只見墩子迎上來道：「虞侯夫人要走了？」

青唯稱是。

墩子於是掃了掃拂塵，任引路的小宮婢退下，自行領著青唯往宮外去了。

曲池苑離曹昆德的東舍很近，拐過兩條甬道就到。

墩子引著青唯出了苑，來到寂無人的甬道裡低聲問：「姑娘的病可大好了？」

「好多了。」

「日前公公聽聞姑娘病了，十分擔憂，那日姑娘一醒，公公聽聞姑娘去了玄鷹司，立刻藉口過去探望。姑娘今日進宮也好，讓公公仔細瞧一眼，他好放心。」

墩子說著，見東院到了，上前叩了叩門，「公公，姑娘到了。」

門被推開，曹昆德一見青唯，聲音仍是細沉悠緩，「可憐見兒的，瘦了這麼多。」他指著一旁的椅凳，「站著做什麼，快坐吧。」

青唯謝過，自去椅凳上坐下。曹昆德細細打量著她，片刻，笑道：「瘦是瘦了些，氣色瞧著倒好，江府倒是不曾虧待妳。」

青唯道：「是，江家上下把我照顧得很好。」

「可不？」曹昆德道：「咱家在宮裡都聽說了，什麼名貴的藥材都緊著妳用，連宮裡的太醫都給妳請了去。妳可知道給妳看病的吳醫官，醫術高明得很，他在宮裡，只看疑難雜症，當年洗襟臺下受傷的小昭王，就是他醫治的。」

「義父。」青唯喚了曹昆德一聲。

她垂著眸，心中非常猶豫，「當年洗襟臺坍塌，小昭王他，傷得重嗎？」

「重？」曹昆德似乎意外，「妳這話問的，陷在那樓臺下，哪有傷得不重的？都是九死一生，能活下來，便是撞大運。不過要說身上的傷，小昭王不算最重的，他真正傷的地方，」曹昆德抬起一手，撫住胸口，「在這兒呢。」

曹昆德盯著青唯，語氣悠悠的，「怎麼問起他？」

青唯語氣平常：「沒什麼，只是在宴上聽佘氏提起他，以為是什麼重要的人，所以問一句。」

「原來是這樣。」曹昆德道，隨即一笑，「說起這個小昭王，妳該是見過他的。當年妳父親回去為妳母親守喪，不就是他親自到辰陽，請妳父親出山的麼？妳對他可有印象？」

「沒什麼印象了。」

青唯沉默許久，說道。

曹昆德笑道：「妳適才提的那個佘氏，對小昭王倒是難得的一往情深，不過這不稀奇，當年上京城中，想嫁小昭王的可不只她一個。咱家記得小昭王十五歲那年，跟著長公主去大慈恩寺誦經，寺中新到的住持見了他，覺得清毖如玉，恍如天人，還當是觀音大士蓮花座畔的侍立童子現了形，鬧了一場笑話。多麼難得的一個人物，可惜……」曹昆德掃青唯一眼，「妳竟對他沒印象。」

青唯沒吭聲。

曹昆德見她不願接這話頭，另起了個話頭，「寧州瘟疫的案子，妳查得怎麼樣了？」

青唯起身，拱手稟道：「回義父的話，已快水落石出了。」

她頓了一下，思及此前江辭舟主動把扶夏的線索告訴她，就是為了讓她交差，便也不瞞著曹昆德，「當年林叩春囤藥，是何鴻雲授意的。何鴻雲從五戶藥商手裡收購夜交藤，後來東窗事發，他為防消息走漏，滅了林叩春的口，又殺了一家藥商以儆效尤。他從餘下四戶裡各挑了一個人質軟禁起來，祝寧莊的扶夏館，就是他關人質的地方。再後來事情敗露，他把人質轉移到陽坡校場滅口，好在天網恢恢，四個人質中我們救下來了一個。這個人質手裡有本帳本，似乎可以證明何鴻雲囤藥的惡行，不過瘟疫案明面上還是由玄鷹司追查，我是暗中跟的，至於玄鷹司眼下為何隱而不發，我就不知道了。」

她隱去了帳本與洗襟臺的關聯，這條線索事關重大，她不知該不該告訴曹昆德。

然而曹昆德盯著她，逕自就道：「那帳冊上，用來囤藥的銀子，是當年何家從洗襟臺昧下的吧？」

「妳不必瞞著咱家。」曹昆德悠然道：「咱家讓妳查瘟疫案，就是為了洗襟臺。咱家也知道，如果這案子不是跟洗襟臺有瓜葛，妳不會這麼賣力。」

青唯解釋道：「青唯不是瞞著義父，只因這銀子由來不明，我也沒找到實證，不敢貿貿然揣測。」

她又問，「何家從洗襟臺昧銀子，這事義父是怎麼知道的？」

他怎麼知道的？

曹昆德笑了笑。

原本也不知道，但他在宮中這麼多年，瞧不清旁人，難不成還瞧不清趙疏麼？嘉寧帝跟昭化帝一樣，心中最大的結就是這個洗襟臺。他韜光養晦了這麼久，除了復用玄鷹司，就是任命小昭王為虞侯，能勞動小昭王查的案子，怎麼可能與洗襟臺無關？

自然曹昆德還有別的門路，但他何須與她多提。

曹昆德對青唯道：「江辭舟將這案子隱下不發是對的。區區一個瘟疫案，哪能制得住何家？就說此前折枝居、陽坡校場，鬧得這麼大，罪名不都一股腦兒讓巡檢司擔了麼？這是何家的本事，當年先帝病危，要靠何拾青輔政，眼下就得自食這個惡果。妳不在朝堂，所以妳沒感覺，但妳這個官人肯定知道，要是這會兒拿瘟疫案去治何鴻雲，何鴻雲退一步，認個錯，緩個小半年，這事兒就跟落入海中的石子兒，一點聲響都聽不到了。除非找到它與洗襟臺的關聯。」

青唯也以為然。

何鴻雲買藥的銀子透過一趟暗鏢運來京城，只有查到這趟暗鏢是怎麼洗的錢，才能真正治何鴻雲的罪。

曹昆德不疾不徐道：「要查銀子的由來，太難了，五年過去，當初那些洗銀子的人，誰知道活的死的？咱家呢，有個更快的法子。」

青唯一愣：「義父有辦法？」

曹昆德含笑點了一下頭，「過來，咱家教妳。」

青唯依言湊得更近了些，曹昆德於是以手掩唇，低語了幾句。

青唯聽著聽著，臉色隨即一變，她退後幾步，拱手道：「義父，此事不可，那些藥商都是無辜之人。」

「不將事情鬧得沸反盈天，何家哪這麼好動？」曹昆德道，為青唯指點迷津，「欲成大事者，心得狠吶。」

他端詳著青唯的神色，見她垂眸不語，目光落在她腰間的玉墜子，竟似有點意外：「妳這墜子哪兒來的？成色這樣好，從前怎麼不見妳佩戴過？」

青唯沒提江辭舟，只說：「記不清了，應該是這回受傷，別人送的。」

曹昆德道：「拿得出此等好玉，那該是個身分極尊極貴的人吧。」

青唯不便在東舍多留，與曹昆德一席話敘完，很快辭去。

青唯一走，墩子掩上門，問：「公公適才為何不告訴姑娘，那江家小爺正是小昭王？」

屋中燈色發昏，曹昆德一張臉上的笑意已盡褪了，他垂著眼，目光渾濁又蒼老，慢悠悠掀開桌上的楠木匣子，「你以為她不知道？她不傻，凡事一點即通，否則她一個溫氏女，怎麼能安穩地活過這麼多年？那都是她的本事。今夜佘氏在筵上質問小昭王是否病癒，你當她瞧不出來這是誰設的局呢？她早瞧出來了，否則今夜她不會到我這來。」

小昭王的病情，這在禁中一直是祕密，就算朝中少數人猜到了江辭舟的身分，因為尚不確定，等閒不會對外言說。

眼下祕密尚未流傳開，佘氏一個閨中女忽然聽聞小昭王病癒了，這不蹊蹺麼？

青唯正是覺察到這點蹊蹺，才到了曹昆德這裡。

「她懷疑她夫君的身分，想到咱家這兒來試探究竟，可是咱家呢，」曹昆德撈起匣子裡的糕石，剜了些碎末在金碟子裡，「別的事可以幫她，只這一樁，要任她落在這江海裡才好。」

小昭王想要起勢，利用姻親是最快的法子。佘氏是兵部尚書的千金，佘尚書一直記著當年小昭王的相救之恩，如果江辭舟能在此刻認下身分，攔下佘氏與高子瑜的親事，並且迎娶佘氏，假以時日以他的才智，必把兵部大權統攬在懷。

但他沒有這麼做，這說明什麼？

說明至少在謝容與心中，他和溫青唯，並不是假夫妻。

墩子道：「既然小昭王看重姑娘，何鴻雲追查姑娘的身分，公公何必幫她隱下，將麻煩扔給小昭王不是更好？」

曹昆德冷笑一聲，「咱家當年費這麼大工夫保下她，豈是為了一時痛快？餌扔進江海裡，是為了引大魚上鉤，不是什麼蝦蟹咱家都能瞧得上眼的。」糕末被小爐熏得灼熱，散發出陣陣青煙，曹昆德捉住細竹管一吸，緩緩閉上眼，「你且去吧，官家今夜在詩會上待不長久，你還得伺候呢。」

青唯從東舍出來，到了宮門口，還沒尋到自家馬車，身後便傳來一聲：「去哪兒了？」

她回身一看，江辭舟正立在不遠處，身旁德榮提著風燈。

「跟皇后請辭，在竹影榭西面的林子裡迷路了。」青唯道，跟著江辭舟步至馬車前，又問，「你怎麼這麼早就離席了？」

江辭舟沒答，挑簾上了馬車，伸出手將青唯拉上來，將備好的湯婆子遞給她暖手，等到馬車轆轆行起來，才說：「何鴻雲沒來，詩會的意義不大，就先離席了。」

他似乎有點累，靠在車壁上養神。

佘氏在詩會上詢問嘉寧帝的那一席話一石激起千層浪，自然有好事者來詢問江辭舟小昭王的病情。

青唯想起曹昆德的話：說起這個小昭王，當年就是他請妳父親出山的，妳對他可有印象？

玉墜子握在掌心溫潤沁涼，要說當真沒印象麼？

也不是。

她記得離家那日，她在山間看到過一個異常好看的少年，清恣如霜，像這玉一樣，只是模樣記不清了。

江辭舟不是江辭舟，青唯嫁去江府後幾日後就知道了。

她從前並不關心他是誰，所以不曾多想。

那日他喚她小野，面具半摘，眉眼之間驚鴻初現，卻由不得她不往深處想。

車室裡燭燈昏昏，馬車顛簸了半路，江辭舟養好神，睜開眼，入目的就是青唯一雙灼亮的眸子，「看著我做什麼？」

青唯遲疑了一下，還是問出口，「官人從前跟小昭王很熟悉麼？」

江辭舟語氣如常：「怎麼提起這個？」

「今日在筵上，佘氏說，小昭王的病已好了。病既好了，不見佘氏，難道連外人也不見？」青唯道：「無端好奇，所以問問。」

「無端好奇？」江辭舟重複著這四個字，倚著車壁，「凡事有因就有果，哪來無端？」

他問：「娘子與小昭王有淵源？」

青唯看著江辭舟，心想，他都知道她是溫小野了。

「是有一點。」

然而江辭舟聽了這話，竟是不吭聲了。

他似乎又在養神，車室太昏沉，他帶著面具，她連他的目色都看不清。

很快到了江府，江辭舟挑開簾子，拉著青唯下了馬車。

這幾日天寒，青唯剛病癒，江辭舟擔心她受涼，命人在浴房裡添了個浴桶。他二人夜間慣常不讓人伺候，回到屋中，爐子已將室內熏得如暖春一般，兩桶沐浴的水也備好了。

青唯站在妝奩前解髮飾。她今夜的髮飾看似簡單，實則十分繁複，留芳為了幫她掩飾左眼的斑紋，在額前挽了小髻。青唯解不好，到後來幾乎是胡亂拉扯一通。

江辭舟看她這樣，覺得好笑，說：「過來，我幫妳。」

青唯點了點頭，抱著妝奩在桌前坐下。江辭舟立在她身後，幫她將髻中的髮針一支一支摘出來。其實要解這髮飾並不困難，只是需要點耐心，青唯對她這一頭長髮慣來沒有耐心，如非必要，平日裡只草草梳一個馬尾。

可她的頭髮竟這樣多。

可能這世上的事便是如此，越是無心插柳，越能碧樹成蔭。

江辭舟握著青唯的髮，問道：「妳和小昭王，有什麼淵源？」

青唯在銅鏡中看著自己的頭髮一點一點披散下來，說：「一面之緣。」

「何時見過？」

「……好幾年前吧。」

江辭舟「嗯」一聲，「那妳如今見了他，能認得他嗎？」

青唯仔細想了想，記憶中只殘存一抹青山中的玉影，要說模樣，實在記不清了。

青唯如實道：「不認得。」

他就知道。

江辭舟解開青唯的髮，「去沐浴吧，仔細一會兒水涼了。」

兩個浴桶下都支了銅板，底下還熏著暖爐，浴水分明熱氣騰騰的，哪這麼容易涼？他分明是為了打發她。

他瞧出她的心思，明擺著不願意多提。

青唯應了一聲，逕自去了浴房，他不願提，她也不能硬問，本來可以揭他的面具看看，但上回揭了一半，心中便覺得不自在，眼下要再揭，竟有點束手束腳了。青唯左思右想，忽然憶起曹昆德說「陷在那樓臺下，哪有傷得不重的」。

是了，倘不揭面具，看看身上是否有傷也是可行的。

青唯沐浴完，很快出來，江辭舟正要去浴房，這時，青唯喚道：「官人。」

江辭舟「嗯」一聲。

青唯道：「官人，我伺候你沐浴吧。」

江辭舟動作頓了頓，回過頭來：「妳要做什麼？」

上回為了夜探祝寧莊，她也說過要伺候他沐浴，但青唯今日的語氣，明顯與上回的虛情假意不一樣。

江辭舟的外衫解到一半，撤開手：「那妳過來。」

浴房比屋中還要熱些，四下都氤氳著水氣，青唯只著中衣，半乾的髮就披散在肩頭，她鎮定自若地為江辭舟取下腰封，寬去外衣，指尖剛觸及他的內衫，忽然聞到一股酒香。

今夜翰林詩會，他在筵上吃了點酒，這很正常。

青唯記得剛嫁來江府時，他也是日日喝得酩酊，身上的酒氣終日不曾消散。

要讓酗酒的人戒酒，其實是很難的，但江辭舟這酒，幾乎是說不嗜就不嗜了，今夜他只是淺酌了幾口，身上的酒味非常淡，融在他周身原有的清洌裡，像霜雪一般。

這樣隱約的、幾乎帶著克制的酒氣，讓青唯忽然覺得不自在。

她適才說要伺候他沐浴，根本就沒多想，眼下才發覺自己真是糊塗。

哪怕他身上有傷，又能說明什麼呢？

小昭王在洗襟臺下受過傷，江辭舟就不曾受過嗎？那麼多人受過傷，她褪下他的衣衫，又能辨明什麼？

浴房裡靜得落針可聞，江辭舟一直沒吭聲，他低眉看著青唯，她的手就停在他襟前的內扣。浴房很熱，所以她穿得單薄，青絲也沒擦乾，幾縷鬢髮黏在頰邊。透過氤氳的水霧，他從她的目色裡，看出她輾轉的心思。

江辭舟於是握住青唯的手，從自己的襟口撤開，「不會伺候沐浴，伺候出浴會麼？」

他順手從木架上取下一塊布巾，罩在青唯肩頭，「去外頭等著。」

青唯轉身就走。

江辭舟沒讓青唯伺候出浴，他從浴房出來，中衣已經穿好了，青唯擦乾了頭髮，早已歇在榻上，見他掀開紗帳進來，又聞到很淡的酒氣。

房中留著一盞燈，闌珊的燈色潑灑進帳中，虛無且朦朧。

青唯一點都不睏，她這幾日休息得很好，等江辭舟在身邊躺實了，她轉過身，在昏暗裡看著他的側影。

她有點後悔，說來說去該怪德榮，若不是那日他進屋打擾，她一鼓作氣就把江辭舟的面具揭了。

她也說不清自己是怎麼了，這麼裹足不前，實在不像平日的她。

青唯悄無聲息地撐起身，湊近了些，見江辭舟似乎已睡沉了，心中又道，不就是揭個面具認個身分麼，有什麼大不了的。

青唯的手剛伸到半空，忽然就被江辭舟握住了。

他睜開眼，驀地翻身撐在她上方，語氣幾乎是不耐：「妳到底要做什麼？」

青唯：「嗯？」

江辭舟緊盯著她。

這一夜，從坐上回府的馬車起，她就開始意圖不軌，適才躺在他身邊，像隻屏息凝神、蓄勢待發的貓一樣，這讓他怎麼睡？受不了。

「要揭面具還是脫我衣裳？」江辭舟道：「選一個。」

青唯也看著他：「你選。」

江辭舟沉默須臾，一手撐在她身側，另一隻手逕自扶上自己的襟口，扯開一枚內扣。他身上的酒氣明明很淡，眼下忽然縈繞過來，潑霜撒雪一般，青唯卻覺得這酒氣是熱的。

青唯覺得這不對勁，究竟哪裡不對勁，她又說不上來，她忽然有點亂，見江辭舟襟前三枚內扣全解，鎖骨乍然間袒露眼前，她驀地想起自己早先嫁過來，是打算尋到簪子的線索就立刻離開的。

她怎麼留下了呢？

還跟這個人夜裡同榻了這麼久呢？

青唯十九年來，腦子從沒有這麼糊塗過，見江辭舟衣衫已要褪下，她想也不想便坐起身，拽住他的手：「還是算了。」

江辭舟注視著她，「真算了？」

「算了。」

江辭舟問：「為什麼？」

青唯也不知道為什麼，想了想，「眼下這個時機不對，改日咱們另挑時候。」

江辭舟沉默不言地看了她許久，隨後躺下，語氣居然有點涼：「還要擇吉時。」

青唯的話就是信口糊弄的，被他這麼一說，反倒像成親要挑好日子一樣。

或許因為佘氏對小昭王的餘情，今夜兩人多少有些不自在，經這麼一番折騰，反倒放鬆了許多。

青唯默躺了一會兒，轉過身，問江辭舟：「今夜何鴻雲沒來詩會，我們接下來怎麼辦？」

江辭舟道：「妳可知道他為何沒來？」

「為何？」

江辭舟道：「倒不是他不想來。」

眼下藥商幾乎被玄鷹司守著，人質也在江辭舟手中，何鴻雲巴不得能藉著詩會從江辭舟這裡打探線索。

但他不來，不是因為不想，是因為張遠岫回京了。

「妳還記得當年寧州瘟疫初發，朝廷起先讓戶部的一名郎官收購夜交藤？後來因為這郎官沒有把差事辦好，寧州的府官狀告他，郎官就被革了職。」

青唯「嗯」一聲。

江辭舟道：「說來也巧，這郎官後來去寧州一個縣城成了一名主簿，而寧州的府官因為誤判一樁案子，被下放成了當地縣令，兩人湊在一塊兒把當年的事一說，才知是誤會了對方，他二人冰釋前嫌，因此結成莫逆之交。」

「此前張遠岫不是在寧州試守麼？他此番回京前，縣令找到他，說想幫自己的好友翻案，還辭了官，隨張遠岫一塊兒回京。張遠岫昨日將這案子報給了京兆府，京兆府是故重新徹查瘟疫案。瘟疫案本來就與何鴻雲有瓜葛，京兆府接了案，自然要傳他，所以何鴻雲今夜沒來，是被傳去問話了。」

青唯道：「這不是很好？眼下我們正愁沒好的契機重提瘟疫案，那張二公子把這案子一報，我們就可以正大光明地重翻舊案了。」

江辭舟「嗯」一聲，「不止，我夜裡已派人去何府，邀何鴻雲明早在京兆府一敘。」

青唯一愣，「為何？」

江辭舟道：「把帳本的線索告訴他。」

帳本這個證據固然重要，但是單靠這一個帳本，朝廷治不了何鴻雲的罪。

還是那句話，除非找到帳冊上的銀兩與洗襟臺的關聯。

何鴻雲當年從洗襟臺昧下的銀子是靠暗鏢運來京城的。時隔經年，線索幾乎都被抹乾淨了，如果順著源頭一點一點查，未必能有結果，時間也來不及。

但是銀子究竟怎麼洗的，別人不知道，何鴻雲難道也不知道麼？

何鴻雲得知江辭舟手裡有了這麼一個帳本，一定會有動作。

縱虎歸山雖然冒險，如果能順藤摸瓜，卻是最快見成效的辦法。

江辭舟道：「明早京兆府一敘，妳與我同去？」

青唯眼神一亮：「好！」

江辭舟看著她，赭粉說到底還是傷膚的，自從被他見了真容，她夜裡便會將斑紋卸了。躺在他身側的女子很好看，太好看了，所以這些日子她瘦了些，又沒了斑紋掩飾，他便會覺得她單薄易碎。

他知道她沒那麼嬌弱。

可他一想起那日她躺在自己懷裡，沒有聲息的樣子，心中便是空蕪的。

江辭舟拉過被衾，仔細為她掖好，伸手很輕地撫了撫她的腦後，說：「這裡還疼麼？」

「不疼。」青唯道。

吳醫官醫術高明，她病中被人照顧得很好，醒來後就沒疼過。

江辭舟「嗯」一聲，聲音也很輕，「睡吧。」

早上，德榮端著碗湯食，往院外走去。

剛到府門口，看到朝天一臉神傷地立在馬車前，問道：「天兒，怎麼了？」

朝天道：「我刀沒了。」

德榮往他腰間一看，佩刀果然不見了，「刀呢？」

朝天痛心道：「老爺在後院栽了一片湘妃竹，也不知怎麼，日前被砍了一根，老爺讓公子查，公子懶得查，打發我去跟老爺認錯，說是我得了新刀，高興忘形，失手砍了一根。老爺聽了，二話不說，把我刀扔後院枯井裡去了。」

德榮眨了眨眼：「昨天公子把你留在書齋，就說這事？」

朝天點了點頭。

德榮覺得他該，嘴上敷衍著安慰：「沒事，公子你還不知道麼？幾曾虧待過你，過幾天你又有新刀了。」

話雖這麼說，刀處久了，也是有感情的，不防著他神傷。

巷子外近日來了幾隻野貓，冬來了，牠們找不著吃的，瞧著怪可憐的，德榮發現後，每天早晚端著湯食來餵。他將湯碗擱在府門口，不一會兒，野貓就尋著味來了。德榮看牠們吃完，摸了摸其中一隻黑貓的腦袋，收了碗，溫聲說：「去吧。」

正往府裡走，迎面看到江辭舟從東院過來了。

主子今早要去京兆府，德榮知道。瞧見江辭舟身側，罩著厚氅，戴著帷帽的青唯，德榮見怪不怪。左右主子自從成親後，上哪兒都要帶著少夫人，少夫人也黏著主子，兩個人像是一刻都不能離分似的，德榮擦了手，很快過來，對江辭舟道：「公子，湯婆子已經給少夫人備好，擱車室裡了。」

江辭舟「嗯」一聲，「走吧。」

第十六章 押解

京兆府在城西，與江府隔著大半個上京城，到了府衙，已經快辰時了，青唯下了馬車，老遠瞧見京兆府尹迎著一名穿著襴衫的書生從衙裡出來。

待他別過臉來，眉眼溫潤如遠山之霧，青唯愣了一下，竟然是昨夜她在詩會上扶過的那個人。

初見是在夜裡，眼下再看去，他倒不盡然像個書生，神情裡沒有書生的青澀，與京兆府的齊府尹並行，舉止十分穩重。

齊府尹與書生也看到江辭舟了，兩人一同揖道：「虞侯。」

江辭舟回了個禮，問書生：「張二公子到京兆府來，是為了寧州的案子？」

原來這就是張遠岫。

張遠岫道：「是，證人另寫了供狀，下官拿過來給齊大人過目。」

張遠岫在寧州時，任的是地方節度推官，眼下提前結束試守，朝廷尚沒來得及給他安排差事，他近日不掛職，由老太傅帶著在翰林修書，因此朝中人見了他，便稱一聲張二公子。

江辭舟問：「跟張二公子回京的兩位大人，住處已安排好了？」
張遠岫說好了，「那主薄本就是京裡人，有自己的住所。」
江辭舟頷首，待邁入衙署，張遠岫又喚道：「虞侯。」
他立在衙門口的冬日清光裡，目光微微落在青唯身上，很快移開，「下官回京是倉促間的決定，聽聞令夫人生病，備禮匆匆，禮不周，還望莫怪。」
江辭舟道：「張二公子客氣了。」

江辭舟帶著青唯在公堂裡稍等了片刻，齊府尹送完張遠岫，很快回來了。近日京兆府諸事繁雜，齊府尹也忙得焦頭爛額，只這麼一會兒工夫，他的額頭就出了一層薄汗，提著袍，引著江辭舟往衙裡走，「今日虞侯過來，也是為了寧州的案子吧。」
江辭舟稱是，「我約了小何大人在此相見。」
「小何大人一早就到了。」齊府尹說，「下官讓景泰，就是高子瑜在偏堂陪著。他是通判，行走各個衙門到底方便些，寧州瘟疫的案子，涉及從前的朝官府官，最後不一定就是京兆府審，此前張二公子把訴狀遞來衙門，下官也是讓高通判接的。虞侯不是在陽坡校場找到一個證人麼，要有什麼想知道的，盡可以問高通判，到時兩邊把證據一整合，一齊奏去御前。」
江辭舟道：「齊大人說的是，就是玄鷹司地方敏感，江某想找小何大人問話，只能借用貴寶地了。」

齊府尹連忙拱手：「虞侯客氣。」

偏堂的門是敞著的，高子瑜正在裡頭陪何鴻雲說話，他昨夜剛被曲茂打過，臉上還有瘀青，見了江辭舟，想到他是芝芸的姐夫，不免有點難堪。

江辭舟要跟何鴻雲敘話，高子瑜自知不便多留，說道：「下官先出去了，虞侯待會兒要過問案情，差人喚下官一聲便是。」

高子瑜一走，何鴻雲擱下茶盞步上前來：「子陵，別來無恙。」

他穿著淺紫常服，襯得他的眉眼有些清豔，數日不見，他身旁的扈從換了一個方臉短眉的，這人青唯知道，叫單連，她跟他交過手，是何鴻雲一眾扈從裡功夫最好的一個。

何鴻雲對江辭舟道：「日前祝寧莊上那點摩擦，在我心裡早就過去了，我擔心你因此與我生了嫌隙，心中正是懊悔！玄鷹司要查莊，說到底是為了辦差，我不該意氣用事將你攔著的。昨夜接到你的口信，我實在高興，一宿沒怎麼睡，早上竟還很精神。」

江辭舟道：「念昔這話實在言重了，公是公，私是私，何況玄鷹司後來也沒查出什麼，真要論過錯，該我跟你賠不是。」

他二人你一言我一語，甚是和睦，彷彿何鴻雲沒有設計將青唯禁閉在水牢，江辭舟也沒有去陽坡校場搶奪過人質。

何鴻雲關心地問：「聽說弟妹日前病了，她眼下身子可好？」

「已好多了。」江辭舟道：「言歸正傳，我今日約念昔到此，是有要事與你相談。」

何鴻雲比了個「請」姿，撩袍先一步在左首坐下，「子陵且快快說來。」

江辭舟道：「我日前在陽坡校場救下個人質，念昔可曾聽聞？」

何鴻雲點了一下頭。

「五年前，寧州有一場瘟疫案，正是念昔督辦的。這案子中，有個巨賈叫林叩春，他哄抬藥價，耽誤遏制瘟疫的時機，事後畏罪自焚。」

「我後來查到，林叩春的夜交藤是從京城幾戶藥商手裡收購的，我此前在陽坡校場找到的人質，就來自其中一戶。不過這都不重要，要緊的是，這人質向我招供，說他手裡有一本帳冊，正是當年囤藥時，銀子的出庫紀錄。」

何鴻雲吃茶的動作一頓：「子陵找到了帳冊？」

江辭舟道：「瘟疫案是陳年舊案，一本舊案的帳冊，我原也沒當一回事。前日一翻，才知是不得了，這帳冊明明是林叩春的，可每每銀子出庫，上頭署名的都是劉闔。京中諸人，誰不知道劉闔是念昔你的扈從，且劉闔的署名旁，還有何家的私印！」

江辭舟說到這裡，語氣沉然：「念昔，你與我說實話，這是怎麼回事？」

何鴻雲垂下眼，沒回答。

江辭舟繼而道：「總不至於當初授意囤夜交藤，哄抬藥價的人是念昔你？我粗略算了一下，要囤那些夜交藤，至少要二十萬兩，這麼一大筆銀子，林叩春這樣的巨賈都難以拿出，念昔你是怎麼弄到的？」

何鴻雲沉默許久，問江辭舟：「那這案子，子陵眼下預備怎麼辦？」

「正是不知道怎麼辦，才來問念昔。」江辭舟道：「念昔的人品，我向來是信得過的，哪怕這案子眼下指向你，我絕不信是你做的。我原想暫且壓下去，待細查過後再說，但是張遠岫回京，從寧州帶回了當年被冤的戶部郎官，上報給了朝廷。瘟疫案眼看是要重審，我正是著急，才壞了規矩，先來問一問念昔你。」

何鴻雲聽了這話，將茶盞放下：「子陵你真是——你待我這樣誠心，叫我以後該如何報答才好！」

他倏地起身，負著手，來回踱了幾步，像是下了什麼很大的決心，長嘆一聲，「事到如今，子陵我也不瞞你了，我與你說實話！當初囤藥材，的確是我授意林叩春幹的。我那會兒初入仕，年輕氣盛，聽聞寧州鎮上鬧了瘟疫，授意林叩春囤藥，一是因為我想升官，其二，也是為國為民，想做點實事。囤藥的銀子，我掏空家底，湊了大概五萬兩，全部交給了林叩春。我原本想著寧州市面上纏莖夜交藤稀缺，讓林叩春早日收購了，給寧州發去，後來朝廷將這案子交給了戶部的賀郎中，我以為林叩春會跟賀郎中接洽，就沒管這事了。沒想到這個林叩春，掉錢眼子裡了！非但沒把夜交藤給賀郎中，還暗自哄抬物價，高價出售。我事後得知這事，懊悔不已，只覺是自己錯信了人，這才向朝廷請旨，督辦此案，以便亡羊補牢。」

「子陵我與你說實話，那時為了將這案子辦好，我成宿睡不好覺，投進去的幾萬兩，我一個銅板兒沒要回來，正是因為於心有愧！我覺得縱然囤藥的是林叩春，縱然是他與鄒家勾結，牟取暴利，但這事的起因在我。這案子藏在我心中，這麼多年了一直是個結，沒承想天網恢恢疏而不漏，眼下竟被翻出來了。翻出來了也好，真相大白，我也能得以解脫。既然如此，子陵，那你這就將你找到的證據上報朝廷吧。」

江辭舟聽了何鴻雲的話，為他不平，「念昔當初既然是好意，這事的過錯不在你，朝廷問起來，把事情說清楚不就行了？」

何鴻雲道：「你說得容易，這案子我當年沒說實話，有隱瞞之過，再者，我拿給林叩春買藥的銀子，是從我私庫裡出的，我那時極其信任林叩春，字據、帳本一概沒留，朝廷如果問起銀子是怎麼來的，我作何解釋？」

江辭舟安慰道：「你不必急，左右這事急也急不來。當年瘟疫一發，朝廷讓戶部的賀郎中買藥，他沒買到藥，被寧州的府官一紙訴狀告到御前，眼下這案子重審，旨在為賀郎中平冤，並不在銀子的由來上。這樣，帳本在我手裡，我幫你壓一陣，你趁這些日子，趕緊去找能證明清白的證據。」

何鴻雲感慨萬千：「子陵你是真心為我著想！」

這裡到底是京兆府的地盤，不是說私話的好地方，兩人把事情捋清楚，何鴻雲便與江辭舟辭去，趕著「自證清白」去了。

高子瑜就候在公堂裡，見江辭舟出來，知道他還要過問案情，把他引到自己值房，從鎮紙下取出一份訴狀，遞給江辭舟，「當年那位寧州府官姓常，後來在寧州宿縣做縣令，賀郎中被革職後，不能入流，就成了他的主薄。兩個人說起來都是好官，因為瘟疫案，這兩年他們一起走訪了被這案子波及的百姓與藥商，請求他們原諒，常縣令送來的訴狀裡，後頭也附上了這些百姓的供詞，另有一些寧州百姓願出面為二位大人作證，虞侯稍後可以傳問。」

高子瑜見江辭舟看狀子看得認真，又道：「當年朝廷革賀郎中的職，本來就是為了平息民怨，他到底有沒有罪，狀面上其實很清楚。眼下要為賀郎中平冤，不難，只要把案情重新梳理一遍即可，只是下官聽說，虞侯在陽坡校場救下的證人，手裡似乎有新的線索，不知……」

高子瑜話未說完，忽聽外頭有衙役亟亟叩門：「高大人，您家裡似乎出了點事，府上來人，說是——」

一語未盡，門被推開，一名高府廝役幾乎是絆了進來：「二少爺，府上出事了，您快回去看看吧！」

高家近來亂作一團，江辭舟與青唯都有耳聞，府上的廝役這麼闖進值房中，若是尋常也罷了，今日恰好有高官在，高子瑜神色難堪，斥道：「慌慌張張不成體統，什麼大不了的事竟然找來衙門！」

廝役急道：「早上大夫來為小夫人診脈，說她動了胎氣，腹中胎兒有恙，後來也不知怎麼，小夫人就與表姑娘吵了起來，眼下愈吵愈厲害，一個鬧著要上吊自盡，一個收拾了行囊，說要搬去尼姑庵住，大娘子根本攔不住，二少爺您快回去看看吧，要是再驚動了老爺，事情可就了不得了！」

高子瑜一聽這話，臉色也變了。他不好請辭，看向江辭舟，江辭舟擱下訴狀，「家事要緊，案子擇日再議。」

高子瑜遂點頭，與江辭舟拱了拱手，疾步出了值房。

高子瑜一走，青唯逕自跟了幾步，她擔心芝芸，回頭與江辭舟道：「我也得去看看。」

江辭舟「嗯」一聲，看她一身廝役打扮，走過來，把她身上素氅褪了，將自己的絨氅裹在她肩頭，「讓德榮把馬卸了給妳。」

青唯上馬跑了沒幾步，看到街口高府的馬車，縱馬奔過去，鞭子挑開馬車的側簾，斥說：「家裡都鬧成這樣了，還乘什麼馬車？換馬啊！」

說著，也不等高子瑜，亟亟揚鞭，朝高府的方向奔去。

高府果然鬧得厲害，府門口居然沒人守著，青唯還沒下馬，府中就傳來惜霜的哭訴聲：「自從表姑娘住進府中，妾身何時不忍，何時不讓？妾身母子二人，自知身分低微，一直委曲求全，可我自己委屈便罷了，這事關係到妾身腹中孩兒的安危，叫妾身如何嚥得下這口氣？昨晚那碗羹湯，分明是表姑娘端給妾身的，妾身吃過後，就覺得不舒服，早上大夫來看，才知……才知那羹湯有異，許是傷到了胎兒，眼下妾身不過是問問表姑娘加害妾身的緣由，要真是妾身哪裡做錯了，妾身日後再忍讓便是，表姑娘卻惡人先告狀……」

「那羹湯是我要端給妳的嗎？」崔芝芸道，她聲音哽咽帶著淚意，「這些日子，我哪日不是避著妳走？昨晚妳離那膳房只有幾步，非說身子不適，讓我幫妳取羹湯，我若不是見妳身子沉，不好走路，何須理會妳！」

羅氏道：「好了，事情還沒鬧清楚，妳何必責怪芝芸？那羹湯若是真有異，找廚子來一問便是，妳是有身子的人，最忌心緒起伏！」

或許因為惜霜腹中有子，又或許因為惜霜是羅氏自幼養在身邊的丫鬟，羅氏並不像從前那般向著崔芝芸。

惜霜道：「大娘子這話說得正是了。日前大娘子領妾身上廟宇，那廟中住持便說，妾身腹中的孩子，是個小福人兒，若仔細養大，必能助少爺平步青雲，仕途亨通。我得知此事，哪一日不在精心照顧這孩子，我平日裡吃的用的，都是由貼身的萍如精心準備的，昨晚那羹湯也不例外，萍如會害我麼？那只能是旁的動了這羹湯的人。」

青唯立在府外聽了一陣，惜霜說到這裡，她只覺得是沒法忍了，剛要進宅，高子瑜也到了，他一把推開府門，闊步來到堂中，將崔芝芸掩去身後，對惜霜道：「沒有憑據的事，妳少在這裡胡攪蠻纏，芝芸人品如何，我最是清楚明白，她不可能害妳腹中的孩子！」

羅氏一見高子瑜，愣了，「子瑜，你怎麼回來了？」

高子瑜目色難堪：「妳們在家中鬧成這樣，我不回來，難道讓爹回來？」

崔芝芸瞧見高子瑜身後的青唯，黯淡的目色稍稍有了些神采，喚了聲：「阿姐。」

青唯這才將高府堂中的亂象盡收眼底，地上攤著條白綾，一旁還有踩翻的小杌子，惜霜被好幾個丫鬟攙著立在左首，她有了身子，多日不見，體態豐腴了許多，衣飾也不是從前的丫鬟樣子了，反是崔芝芸提著行囊，形銷骨立，看上去十分憔悴。

惜霜聽了高子瑜的話，抽噎著道：「少爺說這是我腹中的孩子，難道這孩子就不是少爺的麼？他若有恙，少爺就一點不心疼麼？再說表姑娘是主子，妾身一個下人，哪敢冤枉了她，早上大夫為妾身診過脈，原話是妾身昨晚吃壞了身子。妾身昨日胃口不適，一整日，只吃了一碗羹湯，若不是那碗羹湯出了問題，還能是什麼！」

她說到這裡，聲音又緩下來，抬起手絹拭了拭淚：「且眼下是妾身在吵麼？是妾身在胡攪蠻纏麼？妾身不過是問了表姑娘幾句，表姑娘便說這家容不下她，收拾了行囊要走。」

惜霜看向羅氏，倏地跪下，淚水漣漣：「大娘子，妳得為妾身做主啊，妾身追到這前堂來，都是為了攔下表姑娘，少爺剛回來，不知情，還當是妾身在逼著表姑娘走！」

羅氏聽了惜霜的話，只道是事實如此。

這事的確是芝芸先鬧起來的，眼下不肯息事寧人的也是芝芸。

自然羅氏也知道惜霜未必安了多少好心，途中因為爭執，也說氣話，甚至鬧過自盡，到底家醜不可外揚。

羅氏對崔芝芸道：「芝芸，算了，她一個下人，又有了身子，妳何必與她斤斤計較。」

崔芝芸看著羅氏，目中盡是失望，「姨母也覺得我是在跟她計較？」

惜霜抹著眼淚，「眼下二少爺已與兵部的千金定了親，表姑娘這麼三天兩頭地鬧著離家出走，等真正的少夫人過了門，家宅豈有——」

她話未說完，倏地一聲尖叫，青唯幾步上前，捉住她手腕，將她往一旁的椅凳上一帶，讓她幾乎是跌坐在凳子上。

青唯將她的手腕牢牢按在几案上，俯下身：「羹湯傷了妳肚子是嗎？」

不待惜霜回答，青唯高聲道：「高子瑜！找大夫來給她診脈！一個不行找十個，十個不行，把上京城中所有大夫都找來！只要一個能診出毛病，我立刻讓芝芸給她賠不是！」

她盯著惜霜：「要是妳肚子沒毛病，妳現在跪下跟芝芸道歉，妳敢嗎！」

「妳不敢。」青唯道：「因為這孩子是妳在高府安身立命的根本，妳不敢讓他有任何閃失。那碗羹湯有無異樣，妳拿它做了多少文章，又或者給為妳看診的大夫塞沒塞銀子，妳心裡最清楚！妳知道我妹妹早生了離家的心思，想拿這孩子做壓死駱駝的最後一根草，我也奉勸妳一句，多行不義必自斃！妳府上的人緊著妳肚子裡的孩子，由著妳折騰，但對不住，我妹妹不是高府的人，不伺候了！」

當初青唯住在高府，便治過惜霜一回，惜霜一直怵她。眼下看她這副凶神惡煞的樣子，臉色一下慘白，淚珠斷線似地滑落而下，悽楚地喚了聲：「二少爺……」

青唯見她這副模樣，只覺厭惡，鬆開她的手，看向崔芝芸：「愣著做什麼，還想留在這跟這樣的人周旋麼？」

崔芝芸含淚點了點頭，追著青唯，逕自往府外走去。快到府門口，她頓住步子，喚了聲：「阿姐，等等。」

崔芝芸垂著眼，快步回到廊下，攤開手裡的行囊，也不知是對羅氏說，還是對高子瑜說，「當初上京，一路坎坷，身上幾無長物，來到高府後，承蒙姨母與表哥照顧，這行囊裡，多半是二位所贈。眼下芝芸想明白了，既然要走，就該走得乾淨，二位所贈，芝芸盡數歸還，收留之恩，還待來日再報。」

她從行囊裡揀了一枚香囊，這枚香囊是崔弘義給她的，其餘物件一概沒動，隨後垂淚朝高子瑜與羅氏福了福身，回到青唯身邊，低聲說：「阿姐，走吧。」

高子瑜聽崔芝芸語氣決然，心一下慌了。他匆匆步至府門口，抬手攔在崔芝芸面前：「芝芸，妳要去哪兒？妳、妳總不能跟著她去江家！」

當初要嫁去江府的本該是崔芝芸，青唯是替嫁，這事無論是江逐年還是江辭舟，都心知肚明。眼下芝芸在高府待不下去，又要跟著青唯去江府，那江家父子豈肯情願？

崔芝芸聽明白高子瑜話中深意，含淚憤然看著他：「天大地大，難道還沒有我的去處麼？我便是寄住去尼姑庵，也好過待在你府上！」

「妳——」住去尼姑庵，難不成要剃頭成姑子？高子瑜覺得自己心裡是真有崔芝芸，也是真的為她著想，他拂袖道：「不行，妳哪兒也不能去，妳若在高府住不慣，我為妳另找住處，總之……」

高子瑜話未說完，街口忽然傳來轔轔車馬聲。

他抬目望去，只見德榮驅著一輛馬車往這裡趕來，後頭跟著的幾匹駿馬上，居然是祁銘幾人。

到了近前，德榮下了馬車，朝青唯行禮，「少夫人，公子聽聞堂姑娘在高府受了委屈，少夫人要帶她回家，特地讓小的與祁大人來接。」

祁銘道：「是，屬下幾人今日休沐，聽聞堂姑娘要回府，不知可有行裝，屬下可代為搬送。」

青唯道：「她沒什麼行裝。」帶著崔芝芸下了府前石階，步子一頓，回過頭，看向高子瑜，「高大人，今日一走，來日你我恐怕再無交集了。當初承蒙收留，容我提醒你一句，上京城中的公子少爺裡，家中有三妻四妾的，不只您一戶，有的人外室通房齊全，也不見得鬧出什麼么蛾子，怎麼獨獨您一家這麼雞飛狗跳呢？問題究竟出在哪兒，您追本溯源，一樁一件仔細想清楚了，否則來日您的千金娘子進了門，日子只怕更不安生。」

說罷這話，青唯將崔芝芸拽上車室，落了簾，「我們走！」

夜深，書齋裡點著一盞燈。

何鴻雲坐在桌案前，聽單連回話。

「……已經查清了，小昭王的話不假，玄鷹司此前的確從藥商王家取走一本帳冊，正是扶夏這幾年的保命符。」

何鴻雲冷笑一聲：「還真有這本帳冊。」

「是。這帳冊原是由林叩春昧下的，林叩春對扶夏用情至深，死前將帳冊的下落告訴了她。後來洗襟臺事發，扶夏帶著帳冊去找王元敞，王元敞將它藏在了自家祠堂裡。如果屬下記得不錯，帳冊上，除了劉閶的署名，還蓋著何家的私印，這是鐵證，一旦小昭王將它遞呈朝廷，囤積藥材的罪名，四公子必然跑不了。屬下不明白，小昭王手上已有了這樣的證據，怎麼都能壓四公子一頭，為何按下不表，還要將線索透露給四公子？」

「為何將線索透露給我？」何鴻雲的語氣涼涼的，「你適才不也說了，他眼下將證據呈遞朝廷，只能壓我一頭，但他要的不止於此。他是要我伏誅，他是想要我死。」

「死」之一字出口，何鴻雲的神情無波無瀾，繼續說道：「把線索告訴我，是因為時間過去太久了，他不好查買藥的銀子和洗襟臺的關聯，故意賣個破綻給我，等著我親自去抹除證據。他的人正盯著我呢，只要我一有異動，他立刻聞風而至。」

「照四公子這麼說，我們眼下按兵不動豈不最好？」

「如何按兵不動？」何鴻雲反問道。

倘若銀子的由來被查清楚，等著他的只有「伏誅」二字。陽坡校場的一場火燒得旺盛，似乎燒乾淨了他與謝容與之間的所有爭端，但他心裡清楚，風平浪靜只是假象，暗湧已似離弦之箭，只待一聲金鳴，就要振風而發。

他按兵不動，謝容與也能按兵不動麼？玄鷹司的人恐怕早已奔赴在去往陵川的路上。

「查，必須查。」何鴻雲道。

那趟暗鏢由魏升與何忠良所發，運送了整整二十萬兩白銀，便是五年過去，就能確保萬無一失？何鴻雲賭不起，任何一個疏漏被抓住，他都萬劫不復。

「就從當年的暗鏢查起，只要碰過這趟鏢的人，但凡有活口，你知道當怎麼做。」

單連拱手稱是。

書齋裡靜了片刻，何鴻雲倚在椅背上，十指相抵，忽地問：「崔青唯的身世，你查明白了嗎？」

「回四公子的話，屬下無能，僅僅查到崔青唯是今秋八月，城南暗牢的劫匪。至於她的身世，她背後似有大人物，屬下每每查到緊要處，線索便被抹去了。」單連道：「不過屬下已找到昔日尾隨崔青唯上京的袁文光，他能證明崔青唯初到京城，在京兆府公堂上說了謊。只要他作證，崔青唯劫匪的罪名跑不了。」

單連說到這裡，想到日前何鴻雲拿佘氏試謝容與，「四公子，小昭王不願與兵部聯姻，足以說明崔青唯在他心中是有分量的，既然如此，何不將崔青唯的罪證呈報朝廷，打亂小昭王的陣腳？」

「不急。」何鴻雲悠悠說道：「我聽說，今夏天朝廷在各地捕獲的洗襟臺嫌犯快被押送上京了。」

今年開春，章鶴書提出重建洗襟臺，得到嘉寧帝應允。朝廷為防重蹈覆轍，重啟洗襟臺卷宗，命欽差奔赴各地，將與案件相關的一應漏網之魚通通抓獲審查。

「薛長興是當年洗襟臺下工匠，崔青唯費這麼大工夫救他，定然也是隻漏網之魚。左右這些嫌犯快到京城了，過幾日等他們到了，再把證據拿出來，順道拖幾個墊背的，這樣才能讓謝容與內外交困。」

崔芝芸在江府住了幾日。少了惜霜攪擾，少了許多閒言碎語，她的心靜了，吃睡也都安康，把氣色養好了許多。

這日一早，天地間落了雪，雪很細，沾地即化，崔芝芸站在廊下，伸手去接雪，青唯路過，見她有這樣的閒情逸致，知道她已緩過來，說道：「芝芸，妳跟我來一趟。」

青唯將芝芸帶到東院的花廳，掩上門，在上首坐下：「我問妳幾句話，妳老實回答。」

崔芝芸眼下十分敬重這位阿姐，見她神色肅然，立刻道：「阿姐只管問。」

「當日妳離開高府，究竟是自己情願，還是厭煩惜霜，與高子瑜賭氣？」

崔芝芸聽了這話，苦笑了一下，說道：「我不比阿姐，感情上到底有些優柔寡斷，阿姐這話若問的是我對表哥還有沒有情意，我一時間恐怕難以回答，但阿姐問我是否還想回到高府，阿姐放心，我早就想走了，眼下既已離開，絕沒有想過回去。」

青唯頷首。

她遇事不會拐彎抹角，雖然知道接下來的話有些殘忍，但有的利害，還是得趁早說清楚。

「既然如此，以後要怎麼辦，妳得自己打算好。江家不是妳的久留之地，可以收留妳一時，不可能任妳長居於此。」

其實當日青唯帶崔芝芸離開高府，是打算為她另尋住處的，最後會帶著她回江家，只因為江辭舟派了德榮來接。

江府上下待青唯無微不至，青唯感念在心，但她與江辭舟這一對夫妻是真是假，彼此心中都很清楚，有一天她會離開，他……應該也會離開，所以她沒有立場，也沒有資格為他增添這麼一個負擔。

崔芝芸聽了青唯的話，只當是江家介意替嫁的事，連忙起身回道：「這一點不需阿姐說，我也明白的。阿姐出嫁那日，教過我一句話，我一直銘記在心。阿姐說，未能自立前，擅自依附於人，那人反會成為我的附骨之疽。而今我食髓知味，再不敢靠他人而活了。」

「不瞞阿姐，早在高家跟那佘氏提親前，我就動了回岳州的念頭。我在心中算過，縱然家裡被查封，但爹爹的老鋪子還是在的，我回去學著打理鋪子，再不濟也能養活自己。後來留在高家，只因為聽說爹爹被押解上京了，想著再等一等，等爹爹的案子審結了，指不定能與爹爹一起回呢。」

青唯聽了這話一愣：「叔父被押解上京了？」

如果她記得不錯，崔弘義被疑的罪名縱是與洗襟臺有關，一點都不重，為何竟會被押解上京審查？

崔芝芸點了點頭：「我初聞這事，也是不解。阿爹是個老實人，洗襟臺坍塌之前，他只是河道碼頭的工長，連大字都不識一個，後來到岳州做買賣，發了家，那也是因為本分不貪便宜。他這麼一個人，能犯下什麼罪，值得被押上京審問呢？」

崔原義和崔弘義是兩兄弟，都是陵川生人。崔原義是木匠，後來跟著溫阡各地務工。崔弘義是工長，因為不識字，帶著人蹲在河道碼頭，幫人跑腿卸貨。

要問崔弘義為什麼會獲罪，說起來實在是冤。

當年徐途採買的那批次等木料運到陵川時，是崔弘義幫忙從船上卸的。洗襟臺坍塌後，朝廷還找崔弘義過問過此事，但他就是跑個腿，卸個貨，別說徐途了，連徐家管事的都不認得，朝廷知他清白，也就放了他。

而今洗襟臺風波再起，欽差趕到岳州，重新緝拿了崔弘義倒也罷了，而今這是審出了什麼，竟要押解來京城？

青唯問崔芝芸：「妳知道叔父為何會被押送上京嗎？」

崔芝芸搖頭：「不知，我此前託表哥去問過，表哥倒是問到了一些，說爹爹在招供時，招出了一個魏什麼的大人。」

青唯心中一凝：「魏升？」

當年的陵川州尹。

利用木料差價貪墨銀子，就是魏升與何忠良的手筆。

崔芝芸道：「那大人叫什麼名，我並不知道，我印象中，爹爹並不認得什麼朝廷命官，不知他究竟招了這個魏大人什麼。」

青唯聽了崔芝芸的話，心緒難寧。

她在崔家好歹寄住了兩年，與崔弘義稱得上熟識。崔弘義不過一名普通商人，連字都不識幾個，怎麼會認得魏升這樣的人物？且當年洗襟臺坍塌，朝廷就傳崔弘義問過話，怎麼那時平安無事，眼下就被押解上京了呢？

青唯直覺此事有異，想找江辭舟商量，但江辭舟這幾日都去衙門上值，最早要申末才回來。青唯不願尋曹昆德，強迫自己耐心，一直等到戌正，遠天暮色漸起，江辭舟連影子都不見。

青唯步去前院，正要打發人去衙門問問，府門口忽然傳來車馬聲。

馬車是空的，青唯問躍下前座的德榮：「官人呢？」

德榮道：「公子今夜被曲家的小五爺拽去東來順吃酒了，特意讓小的回來與少夫人說一聲。」

青唯愣了一下，折枝居一事後，江辭舟幾乎不怎麼出去吃酒，怎麼今日破例了？

德榮瞧出她的心思，解釋道：「曲侯爺為小五爺謀了份差事，今日是小五爺的鶯遷之喜，只請了公子一個，公子推不掉，這才去的。」

青唯道：「好，那過會兒你到了東來順，告訴你家公子，別吃得太醉，多晚我都等他。」

德榮聽了這話，想起公子今日去東來順前，千叮嚀萬囑咐讓他早點去接，不就是擔心少夫人等久了麼。

東來順麼，又不是什麼亂七八糟的地兒，若少夫人肯親自去接，指不定公子還高興呢。

德榮看了眼天色，說道：「少夫人若是急著見公子，不如跟小的一併前去，等到了那兒，公子大約已吃好了。」

青唯想了想，覺得自己等在家中也是消磨耐心，遂點頭道：「也好。」

馬車走了小半個時辰，很快到了東來順。此時天已黑透了，愈發顯得酒樓裡燈火通明，喧囂不絕於耳。

東來順的掌櫃的對德榮十分熟悉，眼下見他引著青唯前來，面色有些奇怪，似乎想攔，又不怎麼敢攔。

青唯不曾在意他，逕自到了江辭舟常去的風雅澗，剛要叩門，忽聽裡頭傳來靡靡絲竹之音，間或夾雜著嬌滴滴一聲：「公子，你掐疼奴家了……」

青唯手上動作一頓，臉色倏地涼下來，幾乎是下意識，併指為掌，「砰」一聲把門震開。

管弦聲戛然而止，四下望去，竹舍裡豈止曲茂與江辭舟兩人？左下首坐著兩名懷抱琵琶的歌姬，曲茂環臂，左右各攬著一名衣著清涼的女子，江辭舟身邊也有個姑娘，正在為他斟酒。

江辭舟看到青唯，稍稍怔了一下。

曲茂吃酒吃得酩酊大醉，見來了人，端著酒盞，搖搖晃晃地走過來，湊近細看一陣，乍然笑了：「喲，這不是弟妹麼？」他回頭看江辭舟一眼，含糊不清地說醉話，「弟妹——弟妹這是捉姦來了？」

青唯適才拍門拍得急，幾乎用了蠻力，眼下立在門前，意識到自己是不請自來，竟覺得困窘。

她握了握火辣辣的手掌，目光落在江辭舟身上，見他身邊的妓子還在給他遞酒，想起曲茂的「捉姦」二字，心中沒來由著惱，轉身就走。

江辭舟追出竹舍，在後頭喚了聲：「娘子。」

青唯不為所動。

江辭舟又喚：「青唯。」

他甚少叫她的名字，青唯聽到這一聲，頓了頓，停下步子。

江辭舟問：「青唯，妳怎麼來了？」

青唯回過身，冷眼看著他：「我不能來嗎？這東來順許你來，就不許我來？我來吃席不成麼？」

她心中竄火，卻不知這火氣從何而來，彷彿是為了證明自己說的話，她倏地越過江辭舟，折返竹舍裡，在江辭舟適才的位子上坐下，對一旁的妓子道：「倒酒！」

她這一聲擲地鏗鏘。

一旁的妓子嚇了一跳，握著酒壺的手一抖，酒水灑出來幾滴。

青唯涼涼道：「怎麼，適才斟酒斟得嫻熟，眼下換個人，連奉酒都不會了？」

妓子低聲道：「姑娘哪裡的話。」心驚膽戰地為青唯滿上杯盞。

青唯又看向角落裡的兩名琵琶女，「愣著做什麼，不是要唱曲麼？什麼仙曲旁人聽得，我聽不得？」

她一副凶神惡煞的樣子，兩名琵琶女怵她怵得緊，喏喏應是，撥彈琵琶，顫巍巍地唱起來。

德榮拴好馬車，趕到風雅澗，看到公子立在院中，竹舍席上已換了少夫人，人頓時傻了。

他怯生生地步去江辭舟身邊，喊了聲：「公子。」解釋道：「少夫人在家中等了您一整日，小的回家時，她正著急尋您，小的想著，左右您近日去哪兒都帶著她，所以……」

「所以你就把她帶到這來了？」江辭舟問。

德榮自知有錯，將頭垂得很低，如果不是在外面，他恨不能立刻跪下，把頭磕進地縫裡，「公子，殿下——小的錯了。」

「去備馬吧。」江辭舟吩咐道。

德榮「啊」一聲，指著一屋子衣香鬢影，美食餚饌，「公子不吃酒了？」

這還怎麼吃？

他原本也沒想著吃！

江辭舟無言以對地看德榮一眼，德榮心知自己又說錯話了，低垂著眼，不敢再多嘴，「小的知道了，小的這就去。」腳底抹油，一溜煙跑了。

江辭舟再回到竹舍，大醉酩酊的曲茂已經跟青唯攀談上了，「弟妹，這就是妳的不是了，妳管子陵管得也太嚴了！就說今日，他死活不肯跟我去明月樓，非得我把人請到這東來順來！妳是不知道，當年妳江小爺，也是縱橫流水巷的一匹野馬，打從沿河大道上一過，香粉帕子不知要被砸多少條！後來他去了那什麼……洗襟臺，回來後受了點傷，不知怎麼好起了潔淨，但也不是不近女色啊！就說兩年前，他跟我去明月樓，面具都不用摘，明月樓的畫棟姑娘，光聽他聲音，光看他身姿，就喜歡上他了。那姑娘我買一夜，還得花五百兩銀子，可妳猜怎麼著？畫棟姑娘放話，說只要恩客是妳江家小爺，一個銅子兒都不用出！妳說說，這是多大的豔福，常人做夢都不敢想！常言道，哪家少年不風流，哪家公子不好色，妳不能這麼——」

不待曲茂說完，江辭舟大步跨上來，拽著曲茂的後領，逕自將他拎去一邊，對青唯道：「娘子，回家吧。」

青唯聽了曲茂的話，心中正是不快。但眼下是在外頭，江辭舟又是三品虞侯，她縱然不痛快，也得給他留些顏面，她不看他，「嗯」一聲，站起身就往外走。

江辭舟將氅衣搭在手腕，正要走，袖口忽地被曲茂拽住了，「子陵，你要回家了？」

曲茂吃醉酒便是這樣，忽喜忽悲，話也多，一個不慎就鬧脾氣。

他生得一張圓臉，眼形也圓，雙眼皮很寬，此刻瞪大眼，目光悽楚又迷離，「說好了今夜要和我不醉不歸，你怎麼扔下我不管了？」

江辭舟覺得頭疼，問趕來風雅澗的掌櫃：「派人去侯府通稟了麼？趕緊讓人來把他接走。」

掌櫃的為難道：「去是去了，不過江公子，曲侯爺在營中，回不來，小五爺的脾氣您是知道的，除了侯爺，誰也管不住他，他打定主意要纏著您，就算侯府的人來了，未必弄得走他。」

曲茂在一旁迷迷糊糊地聽了一陣，明白江辭舟這是要打發自己走，徹底犯了渾，指著江辭舟道：「江子陵，你變了！有了娘子，你徹底變了！」

他說著，忽地委屈起來，「幾年前我們說好都不做官，一輩子一起浪蕩。你說話不算話，當上了什麼玄鷹司虞侯。這事我不怪你，你有個好前程，我也高興。可我眼下痛下決心，做了這個校尉，一半都是因為你，你卻連一頓酒都不陪我吃完。」他拽著江辭舟的袖子不撒手，「我不管，你要回家，要麼帶上我一起回，否則我就上街上鬧去——」

曲茂見江辭舟不說話，直愣愣地就往外衝，剛走到門口，後領又被青唯拽住。

青唯把曲茂扔給趕過來的德榮：「把他塞馬車裡去。」

他吃醉了，嘴上沒個把門，任他這麼上街上鬧去，一晚上什麼都能說出來。

曲茂上了馬車，醉意絲毫不減，被車軲轆顛得一忽兒樂，一忽兒悲，喋喋不休，說什麼他平生最看不慣章蘭若，眼下巡檢司幾個掌事的被革職問罪，他趁機補缺，當上這個校尉，就是為了假公濟私，他要在巡街時，專找章蘭若的麻煩，他要氣死他。

青唯被曲茂吵得腦仁疼，下了馬車，江辭舟便也沒把他往東院帶，吩咐人在西跨院收拾出一間廂房。

曲茂到了西院，拽著江辭舟的袖子，四下張望，覺得此地陌生得很，「不是要帶我回江府嗎？你又騙我！」

江辭舟將他攙到屋中榻上坐下，喚跟著的德榮朝天去打水為他擦臉，說道：「沒騙你，這是江家的西院。」

曲茂呆了一下，忽地福至心靈：「我知道了，這是你金屋藏嬌的地方！」

江辭舟：「……」

曲茂提醒他：「你忘了，你去修那個樓臺前，在沿河大道邊放過話，等你回來，你要納十八房小妾，全都安置在西院裡，左右西院空著！」

青唯聽了這話，轉身就走。

江辭舟把曲茂扔給德榮，說：「給我盯緊了。」隨即跟出去，喚了聲：「娘子。」

他也不知說什麼才好，金屋藏嬌這事，他今日也是頭一次聽聞。

半晌，只道：「娘子，妳要回房了？」

「不回房又怎麼，這是你藏嬌的地方，我怎麼好多留？」

青唯回過頭來，看著江辭舟：「哪家少年不風流，哪家公子不好色？」

江辭舟：「……」

「還有明月樓的畫棟姑娘——」

「朝天。」不待青唯說完，江辭舟喚道。

朝天扶刀而立，「公子？」

江辭舟吩咐：「明早請匠人來，把西院拆了。」

青唯道：「你拆院子做什麼？」

江辭舟淡淡道：「為夫沒甚本事，成親這麼久了，金屋沒修成，嬌也沒藏進來半個。這西院要來，有什麼用處，不如拆了，給我娘子修個演武場。」

留芳和駐雲給曲茂送了醒酒湯來，曲茂吃過，精神又好了許多，在屋中嚷嚷道：「他們倆在外頭說什麼悄悄話呢？德榮，你起開，我必須去看看，今夜我語重心長地勸你家主子，說兄弟是手足，女人如衣服，問他手足和衣服哪個重要，你猜他怎麼回我的，他說他娘子重要，你摁著我做什麼，走開走開，我必須得敲打敲打他！」

曲茂說著，掙扎起來，德榮死命摁住他：「祖宗，求您了，給小的一條活路吧！」

曲茂的話落到青唯耳裡，青唯稍稍一愣。

她與江辭舟在外人面前一貫恩愛，縱然知道江辭舟說這話，大約是為了敷衍曲茂，心頭的無名火竟消去許多。

江辭舟見她神色和緩，沒說話，勾唇很淡地笑了笑。

月亮悄悄地從層雲裡探出頭，駐雲留芳無聲退回房中，朝天本來地筆挺地立在一旁，等候拆院的吩咐，被德榮一個拖拽，拽進房中，「吱呀」一聲掩上門。

院中本來冬意蕭條，幾乎是一夜之間，枝頭紅梅竟綻開一朵。

院子裡只剩江辭舟與青唯兩人，江辭舟走到青唯面前，溫聲道：「讓我看看妳的手。」

她的手是習武人的手，不似一般女子的柔嫩，手指纖長，指腹和掌心卻有厚厚的繭。掌心早不疼了，但手掌還是微微發紅，這一路上握拳握出來的。

江辭舟道：「以後我都不出去吃酒了，好不好？」

青唯眼下也冷靜下來了，其實他身上並沒有什麼酒味，她知道他是硬被曲茂拽去的。

她一本正經道：「倒也不必。曲茂待你誠心，數度為你出頭，是個講義氣的人，他若邀你吃酒，你偶爾也是該去的。只一點，你眼下有正經差事，吃酒就去正經地方，做正經事，不要帶什麼不正經的人。」

江辭舟險些被她這一連串的正經不正經繞進去，片刻，笑了笑：「好，聽娘子的。」

他低垂著眼看她，喚她：「青唯。」

青唯頓了頓，「嗯」一聲。

「最後一個問題。」他道：「妳老實回答我。」

「你問。」

「妳今夜，為什麼這麼生氣？是不是——」

江辭舟唇角噙著一個很淡的笑，笑意在月色下流轉，「吃味了？」

第十七章　替罪

——妳是不是吃味了？

青唯的腦子懵了一瞬，回過神，想也不想就道：「不是，你想錯了。」

吃味？她吃什麼味？她才不會吃味，他們又不是真夫妻。

青唯思索了一番事由，非常認真地解釋：「我有很要緊的事找你，在家中等了你大半日，到了東來順，你卻招了妓子吃酒，我這才生氣的。」

「真的？」江辭舟問。

「真的，是我叔父的事，我聽芝芸說的。你知道的，我這人性子急，遇到大事，一刻都等不得。」

江辭舟聽她說完，沒說什麼，又去牽她的手。

青唯下意識往回一縮，警惕地看著他：「你做什麼？」

「帶妳回房。」江辭舟溫聲道：「不是有事要與我商量？」

青唯：「……哦。」

「……事情就是這樣，我叔父早年就是陵川河道碼頭的一個工長，大字不識幾個，怎麼可能認識什麼高官？他眼下招供，卻招出了一個魏大人，這不奇怪麼？當年的陵川除了魏升，還有哪個魏大人？」

青唯隨江辭舟回到房中，洗漱完，盤腿坐在床上，把崔弘義被押解上京的事與江辭舟說來。

江辭舟也洗好了，他留了一盞燭燈，掀帳進床中，見青唯中衣單薄，將一件乾淨褂衫罩在她肩頭，「崔弘義的案子，我此前派人問過，徐途那批次等木料運到陵川，是他帶著人搬送去洗襟臺的。後來樓臺塌了，木料的問題暴露，朝廷很快傳審了他。審他的原因有二，其一，那批木料是他搬送的，朝廷找他問事情的枝節；其二，他和工匠崔原義是兄弟，朝廷懷疑，崔弘義、崔原義，還有徐途三個人勾結，偷換木料。不過後來，魏升與何忠良的罪證很快被找到，當即被先帝斬首，朝廷也就放了崔弘義。至於眼下崔弘義為何獲罪——」

江辭舟靠著引枕，略微沉吟，「今春章鶴書提出重建洗襟臺，朝廷擔心覆車繼軌，所以將此前案子的遺漏重新審查。偷換木料這樁案子中，崔原義不在了，魏升、何忠良，還有徐途也伏誅了，所以沒人能證明崔弘義與這案子無關。我和妳一樣，都相信他的清白，不過有一樁事，妳可能不曾聽聞。」

「什麼？」

江辭舟道：「崔弘義認識魏升，這不奇怪。當年木料運到陵川，是魏升讓崔弘義搬送的。」

江辭舟說著，見青唯困惑，解釋道：「那批木料雖然是徐途的，朝廷當時已經跟徐途訂下了，怎麼搬送，自然由朝廷說了算。魏升那時是陵川州尹，他職責所在，督辦此事。崔弘義未必見過他本人，一定見過他的手下，應該是魏升命他的手下，僱崔弘義搬送木料的。」

崔弘義常年在碼頭跑腿卸貨，哪條路好走，怎麼運送東西，他很有經驗，魏升出錢僱他，這在情理之中。

然而江辭舟說著，語氣不由遲疑起來，「照道理，欽差去岳州提審崔弘義，應該是知道魏升僱崔弘義搬送木料這事的，眼下忽然要把崔弘義押解上京，應該不僅僅為此。」

「還能因為什麼？」青唯連忙問。

江辭舟搖了搖頭：「我也不知。洗襟臺的案宗是由大理寺與御史臺重啟的，欽差辦案，等閒不會對外透露，明早我讓孫艾去打聽。」

青唯點點頭，說：「多謝。」

江辭舟看著她。

她眼下乖乖坐著，已沒有適才張牙舞爪的樣子了，或許是因為心中裝著事，她此刻很靜，去了斑紋的臉在這幽色顯得格外明淨。

江辭舟溫聲問：「在想什麼？」

青唯抬眼看他，過了會兒，才問：「你當初為什麼要娶芝芸？」

崔弘義的案子他這麼清楚，一定不是眼下才查的，早在章鶴書提出重建洗襟臺的時候，他就知道崔家會出事。那不正是他寫信給崔家議親的時候？

青唯又問：「我嫁過來，和芝芸嫁過來，有什麼不一樣嗎？」

江辭舟聽了這一問，頓了頓，稍稍傾身，靠近了青唯一些，在幽色裡注視著她的雙眸：「妳想知道？」

「你會說？」

青唯憶起成親那日，挑蓋頭時，他手裡那支猶豫不決的玉如意。

涉及到他的身分，他一直諱莫如深。

江辭舟道：「如果妳真想知道，我就告訴妳。」

他沉默許久，似乎不知該從何說起，好半晌，才道：「我……」

青唯一下子伸手掩住他的口。

靜夜裡，她挨他很近，藉著房中的殘燈，她能看清他清淺的眸色。

其實此前對他的身分有諸多揣測，她也大概知道他是何人。

然而這一刻，青唯忽然不想知道答案了。

雖然不想承認，洗襟臺坍塌後，她寄住過好幾戶人家，在江家的這段日子雖然短暫，卻是她最開心的，有一天他做回那個高高在上的王，她也該離開了。

一個人自由自在，沒什麼不好，可她私心裡，希望這段日子能長一些。

「別說了，我不聽了。」

江辭舟低眉看她：「真不聽了？」

青唯撤開手，垂眸搖了搖頭：「不聽了。」

江辭舟仔細看著她，過了會兒，聲音很輕地問：「又吃味了？這回是因為妳妹妹？」

青唯：「……」

江辭舟：「娘子，妳怎麼總是吃味？」

他語氣帶著半分調侃，青唯知道他是在逗她。

她張嘴要辯，算了，辯什麼，辯多了他也不聽，直接動手吧。

左右溫小野就是這樣，嘴上要是討不著便宜，那就靠拳頭！

幾乎是一瞬之間，江辭舟就見青唯朝自己撲來，他抬手去擋已經晚了，堪堪捉住她一隻手腕，就被她撲倒在榻上。青唯一手揪著江辭舟襟口，跨坐在他身上，居高臨下，聲音冷冷：「我最後告誡你一次，以後不許說我吃味。」

江辭舟不由笑，笑聲很溫柔：「我這不是見妳不開心，想要讓妳開心些麼？」

他又道：「好，不提了。」

「記住了？」青唯俯下身，揪在江辭舟襟口的手不放，語氣狠厲，像個女土匪。

「……記住了。」

他最後這三個字帶著一絲暗啞，青唯緊盯著他，總覺得他語氣有異。

兩個人對看了那麼一會兒，江辭舟忽然開口：「娘子，妳……是不打算下去了麼？」

青唯經這麼一提醒，忽然發現自己正跨坐在他小腹上，適才她撲他撲得急，他為防她摔了，有隻手還攬在她後腰。

青唯剎那間翻下身去，拉過被衾，逕自蓋住自己的頭：「睡覺！」

翌日江辭舟起得很早，天不亮便親自趕去大理寺，詢問崔弘義的案子。他沒讓青唯等太久，不到午時便回到家中，還帶回了祁銘。

祁銘立在書齋中，向青唯稟道：「當年崔弘義是怎麼在岳州做的生意，少夫人還記得嗎？」

青唯道：「沒什麼印象了，我只記得叔父開的是渠茶鋪子。」

「正是。」祁銘道：「渠茶這種茶，生長在劼北，中州一帶有的人很喜歡，願意出高價錢買，所以只要有門路，賣渠茶發家，一點都不難。什麼是門路呢？說白了，就是進貨的管道與商路。徐途當年買賣做得大，大周各地都有他的熟人，崔弘義當時不過是一個工長，他能發家，能到岳州做渠茶生意，最初用的正是徐途的門路。」

青唯愣了愣：「可我叔父並不認識徐途。」

「是，崔弘義也是這麼說的。」祁銘道：「今日屬下跟隨虞侯去大理寺問案，大理寺稱，崔弘義招供，當年介紹給他商路的人，是魏升的手下。」

青唯聽了這話，先是一愣，旋即明白過來。

徐途那批木料到陵川時，是魏升僱崔弘義搬送的。崔弘義因此結識了魏升手下，後來正是這個手下，把渠茶的門路介紹給崔弘義，崔弘義於是遷居到岳州，做起了買賣。

「崔弘義這麼一招供，朝廷自然要疑他是否與魏升、徐途，甚至崔原義勾結，一起替換洗襟臺木料，畢竟他從中得了好處不是？這案子欽差在岳州審不下來，故而把崔弘義押解上京。」

青唯聽祁銘說完，問道：「我叔父哪日到京中？」

「應該就這一兩日了。」祁銘道：「等他到了，少夫人若想見他，大理寺那邊……」

祁銘話未說完，只聽外頭一陣喧嘩，曲茂一路從西院過來，嘴上念叨著：「壞了，壞了壞了！」逕自推開書齋的門，問，「子陵，這都日上三竿了，你怎麼不叫我起身？」

江辭舟道：「你哪一日不是睡到日上三竿才起？」

「可是今日與往日不同了！」曲茂急得團團轉，「你忘了，我有了官職，眼下已是巡檢司的新任校尉了！」

江辭舟問：「你今日有差事在身？」

「正是！」曲茂道，他一拍腦門，「也怪我，吃酒吃糊塗了，忘了跟你提這茬！」他步來書案，說道：「早前老章說要重建洗襟臺，朝廷不是在各地捕了一批犯人麼？眼下這批犯人裡，有幾個要被押解上京，昨日樞密院將差事交給我，讓我今天一早去校場點兵，準備這兩日帶人出城，去接這幫犯人！」

曲茂這話說完，一屋子的人全都轉頭看他。

曲茂怔道：「怎、怎麼了？」

江辭舟道：「為何讓你去？」

「我哪兒知道？我昨日到衙門點卯，他們就跟我交代了這事兒。哦，有個叫吳什麼的掌事說，他請示過官家，官家的意思就是讓我去。」

江辭舟明白了。

趙疏知道崔弘義是青唯的叔父，順口行的方便。再說洗襟臺的嫌犯到了上京地界，押送是由大理寺負責的，巡檢司跟去，主要起個護衛作用，這差事簡單，交給曲茂，也是看在曲侯爺的顏面。

曲茂焦急道：「不說了，德榮，你去套馬車，快快把我送去校場，要讓我爹知道我誤了差事，能扒下我一層皮！」

他提袍要走，江辭舟在他身後道：「你眼下去校場已經晚了，兵中法紀嚴苛，說幾時點兵就幾時點兵，難不成還會等你？再者你初到任，便是去了校場，那些兵你也不認識，交給你，你能點出個丁卯？上頭把這差事給你，說白了，是看在你父親的面子，你今日沒到，兵肯定有人幫你點好了，過兩日你帶兵出城，仔細護衛著就是。」

曲茂聽江辭舟說完，眨眨眼：「那、那我現在怎麼辦？繼續歇個午覺去？」

江辭舟道：「去巡檢司衙門。祁銘，你陪他一起去，到了以後，跟他們掌事的說，昨夜停嵐吃完酒，受了點寒，歇在我這裡，早上我給他請大夫看病，他因此誤了點兵。」

「好好好，這樣好！」曲茂搓著手，「你眼下是玄鷹司虞侯，有你幫我打馬虎眼，巡檢司那幫孫子不敢找我麻煩！」

他說著，催促祁銘快走，江辭舟把他喚住，道：「你到了衙門，哪一日出城接人，接的犯人是誰，還有接人的章程，弄清楚後與我說一聲。」

曲茂滿口答應。

他覺得江子陵簡直救了自己的命，感激之情溢於言表，一時間想起自己昨夜邀子陵吃酒，立刻就要報恩。

「弟妹。」曲茂喚住青唯，說道：「昨晚我吃醉了，沒說什麼胡話吧？我這個人，一吃醉，話尤其多，但是，半句都不能當真！我跟妳說，子陵自幼就是一個上進好學的人，兩耳不聞窗外事，我往常叫他吃酒，叫十回，他能來一回就很不錯了！他這樣的人，從流水巷路過，不穿官袍，還當是哪家清白書生，明月樓外提起江家小爺，那些姑娘卻要奇怪，這是誰呀？聽都沒聽說過！」

青唯：「……」

江辭舟：「……快走吧你。」

曲茂到了衙門，誠如江辭舟所言，底下的人已經幫他點好兵了。點兵的人叫史涼，是一名巡衛長，在巡檢司幹了十年，十分有經驗。除此之外，曲茂還自帶一名貼身護衛，叫尤紹，尤紹出身正經軍營，從前在曲侯爺麾下，很能打。

史涼將兵士名錄呈給曲茂看，「屬下一共點了一百二十人，明天傍晚整軍，後天天不亮就出城，屆時，大理寺有高官領行，我們隨行，首要的職責是護衛。另外，交接犯人時，為防地方州府調換嫌犯，我們還要比對犯人的指印、模樣。待會兒大理寺會把犯人的畫像與指印送來，出城當日，大人記得帶上就行。接犯人的地方不遠，就在京郊五十里外，吉蒲鎮驛站。」

曲茂靠在官椅上，稀裡糊塗地聽他說著，半晌，只抓住了一個重點：「大理寺有高官領行？誰啊？」

「正是章庭章大人。」

「章蘭若？」曲茂一下清醒了，坐直身，有點氣惱，「怎麼讓我跟他一起？」

「校尉大人有所不知，洗襟臺案重啟後，本來就是由大理寺主審的，眼下嫌犯到京，小章大人是大理寺少卿，自該由他領人去接。」

曲茂聽了這話，非常不快，什麼叫由章庭領人去接，難不成他還成了給章庭打下手的了？

可他早上已誤了點兵，眼下要是撂挑子不幹了，說不過去。曲茂煩悶地擺擺手，將史涼打發走，在椅子上默坐一會兒，忽地靈機一動，是了，他當這個巡檢司校尉，不就是為了藉著巡查之責，假公濟私，找章庭麻煩麼？

他朝身旁的尤紹招招手，讓他附耳過來，低聲道：「你去找幾個地痞流氓，隨便塞點銀子，到時候我們出城了……」

尤紹聽完，愣道：「五爺，這樣不大好吧……」

「怕什麼，嚇他一嚇罷了！等把他嚇住了，我們就把那些地痞打發走，指不定到時我爹還誇我護衛有功呢！」

曲茂一想到章庭驚慌落馬的模樣，心裡頭美滋滋的，催促尤紹：「快走快走，把這事辦好，到時候爺賞你個大的！」

尤紹走了沒多久，史涼便把交接嫌犯的章程送來了。曲茂慣來不學無術，平生看的最多的書就是暗坊裡賣的春宮冊子，眼下密密匝匝的字一下鋪開在眼前，他讀了兩行就覺得頭暈眼花，靠著椅背，將章文往臉上一罩，心道子陵不是想知道這案子的枝節麼，到時候將這些玩意兒拿給他看就是。

長日漫漫，無酒無花，曲茂在公堂裡坐了沒一會兒，又瞌睡上了。

他說睡就睡，一夢白雲間，畫棟姑娘拉著他的手，正要與他共進春帳，外頭忽然有人叩門：「校尉，校尉大人——」

曲茂陡然驚醒，勃然大怒：「誰啊！」

壞了老子的好夢！

外頭史涼的聲音小了些：「校尉大人，是屬下。刑部來了位大人，說是有要事要見您。」

曲茂抬袖揩了一把哈喇子，自行消了會兒氣，「讓他進來吧。」

來人是張熟面孔，應該是哪回吃酒見過，自稱是刑部的底下典隸，姓劉。

劉典隸拿出一張指印，說道：「是這樣，刑部清查舊案，在一份案宗裡，找到這樣幾枚指印，與今春的案子一比對，發現這指印似乎屬於被押解上京的嫌犯，勞煩校尉大人幫忙分辨分辨，看看是哪個嫌犯的？」

曲茂覺得麻煩，不想幫這個忙，「你們刑部怎麼不去找大理寺啊？」

劉典隸賠笑道：「大理寺說，嫌犯的指印與畫像已經送來巡檢司了，縱然他們那裡留了底，但是小章大人不在，他們不好隨意拿出來。校尉大人您是知道的，小章大人這個人，辦事非常刻板，半點都不通融。」

曲茂深以為然地點頭。

他在公事上沒概念，反正誰罵章蘭若，他就跟誰投契。

他指著史涼：「你去把嫌犯的畫像和指印取來，這是小事麼，給人行個方便。」

史涼道：「大人，大理寺的文書尚沒到，應該還在路上。」

曲茂愣了下，正想大罵章蘭若的動作怎麼這麼慢，一旁的劉典隸連忙作揖，「哦，不急的，那下官便去衙門外等著，等過會兒文書到了，下官再來就好。」

史涼一路把劉典隸送到衙門外，劉典隸對他千恩萬謝過，稱是先去附近的茶樓，逕自拐入一旁的岔口了。繞過一條暗巷，他左右一看，見是無人，提袍上了一輛無人驅使的馬車。

馬車裡坐著一個方臉短眉的武衛，正是何鴻雲身邊扈從，單連。

單連一見劉典隸，立刻問：「怎麼樣？」

「那曲五爺厭惡章庭厭惡得厲害，小的一提章庭，他立刻就答應幫忙驗指印了。只是指印眼下還沒送到，單護衛恐怕要再等等。」

劉典隸說到這裡，不由得問：「單護衛，小何大人為何這麼急著要驗這指印，有這指印的嫌犯……是牽扯了什麼了不得的案子麼？」

單連沒吭聲。

劉典隸見他這副模樣，知道此事不小，在馬車裡稍坐了一會兒，很快出去了。

單連沉在車室的暗色裡，眉頭漸漸皺起來。

當年何鴻雲從洗襟臺昧下銀子運來京城，打的是運藥的名義。

是林叩春從陵川的一家大藥鋪子採買了藥材，僱鏢局運到京城。

那麼照道理，這趟鏢明面上的發鏢人就該是這大藥鋪子的掌櫃不是？

何鴻雲手上有張單據，正是當年這趟鏢的憑證，上頭還有發鏢人的指印。

何鴻雲當年沒在意這張單據，留下它，只是因為他謹慎慣了，為防事出有異，以備不患。

眼下單連重查這趟暗鏢，一一比對指印，才發現這指印竟不屬於大藥鋪子的任何一個人！彼時他還不著急，畢竟這趟鏢在發鏢前，鏢箱裡的藥材被魏升替換成了紋銀，真正的發鏢人應該是魏升。

可是魏升本人，包括他當年所有的手下與家眷，也沒有這樣的指印。

後來單連是在哪兒找到這指印的呢？

在當年洗襟臺案發後，一本審問名錄上，洗襟臺坍塌，朝廷審問過的人實在太多了，所以這本名錄上翻到後面，名字與手印對不上號。

換言之，當年暗鏢的真正發鏢人，是一個與魏升、大藥鋪子皆無關，卻在洗襟臺坍塌後，被朝廷審問過的人。

眼下朝廷重啟洗襟臺案，將當年有疑的人、有疑的地方重新審查，單連於是起了意，決定先從即將被押解上京幾個犯人查起，如果找不到，再去地方州府。

畢竟這個發鏢人若活著，那麼他手裡極可能握著何鴻雲最大的罪證。

單連在馬車裡等了一會兒，忽然聽到外頭急匆匆的腳步聲。

劉典隸一下掀了車簾，還沒坐進車室中，氣喘吁吁地就道：「知道了，知道了！」

真有這麼一個人？

「誰？」單連緊盯著他，問。

「叫崔、崔什麼來著？」劉典隸一拍腦門，「哎，我這一著急，把名字給忘了！」

「……崔弘義？」

「對對對，就是他！崔弘義！」

「你確定？」

「確定！」劉典隸點頭道：「曲五爺派他身邊的史巡衛跟我一起查的，那巡衛做事細緻，我倆一起比對了好幾遍呢！」

單連的腦子空白了一瞬。

崔弘義？怎麼會是他？他與替換木料的案子沒有任何瓜葛，魏升怎麼會讓他發鏢？

單連的心中又困惑又惶然，他只知道，崔弘義一旦上京，那麼不光是何鴻雲，連他也要死無葬身之地。

劉典隸見單連臉色蒼白，小心翼翼地問：「單護衛，您怎麼了？」

單連一搖頭，說：「你下去吧，我今日還有要事，就不送你了。」

何鴻雲今夜在會雲廬擺席。

他慣來長袖善舞，此前事出有因，沒去成翰林詩會，得知張二公子已回京幾日了，便在會雲廬設宴，邀了張遠岫與數名文士。

單連駕車疾行，到了會雲廬，已是暮色四合，他匆匆上了二樓雅間，也顧不得合適不合適，推門而入，拜道：「四公子，老爺有要緊事交代。」

何鴻雲擱箸，對張遠岫幾人笑道：「諸位，我去去就來。」

兩人一起步出酒樓，到了一條四下無人的暗巷，何鴻雲問：「查到了？」

「查到了。」單連道：「四公子，那發鏢人的確還活著。正是……崔弘義。」

暗巷裡極靜，好半晌，只聽何鴻雲道：「怎麼回事！」

他將聲音壓得極低，卻不難聽出語氣裡隱含的怒火。

他負手，來回走了幾步：「不是說都殺完了嗎？木料是徐途換的，銀子是暗鏢洗的，鏢是魏升發的，收銀子的是林叩春！」

滅口滅得無隙可乘，何家摘得乾乾淨淨，怎麼會憑空出現一個崔弘義！

單連也急，他拱手躬身：「是，屬下也覺得奇怪，照道理，崔弘義跟運銀子、換木料，毫無關係，這鏢怎麼可能是他發的呢？不過，屬下在來路上倒是想起些枝節，不知道與這事有沒有關係。」

「快說！」

「四公子此前不是讓屬下查崔青唯麼？這個崔弘義，是崔青唯的叔父，屬下就順道查了查他。崔弘義最初只是陵川河道碼頭的一個工長，幫人跑腿搬貨。他勤快，路也熟，所以無論商船、官船，都愛僱他。但是洗襟臺修築後，他就不做工長了，他去了岳州做買賣。他賣的是渠茶，起初很艱難，好在有些門路，過了一兩年，到底還是發家了。屬下查了查他的門路，發現……原來他用的是徐途留下的人脈。」

單連說到這裡，看了何鴻雲一眼，見他沉著臉，似在思索，繼續道：「至於他眼下被押解上京的原因——崔弘義跟朝廷承認，他做買賣的門路，最初是魏升的手下介紹的，所以朝廷懷疑他與魏升徐途等人勾結，一起替換洗襟臺的木料，畢竟他從中拿了好處，又是崔原義的弟弟。」

單連抿抿唇：「其實五年前，洗襟臺坍塌那會兒，官府也懷疑過崔氏兄弟，不過，當時崔弘義還沒發家，魏升手下給他介紹買賣這事被揭過去了。」

何鴻雲聽單連說完，咂摸著「崔原義」這三個字。

溫阡是洗襟臺的圖紙修改以後，被小昭王請去當總督工的，但崔原義一開始就在。

何鴻雲來回走了幾步，忽地頓住，他振袖一拂，壓低聲音惡狠狠地道：「這個魏升，我著了他的道了！」

單連聽了這話，十分莫名。

魏升都死了快五年了，且還是幫四公子背罪死的，四公子怎麼會著他的道？

何鴻雲一時間按捺不住怒火，再沒了在人前言笑晏晏的模樣，「我為什麼不知道崔弘義參與其中？當年，從魏升幫我替換木料開始，他壓根就沒打算讓我知道這個人！」

「這個崔弘義，他是魏升的替罪羊！」

單連聽了這話，原本有些不明白，可「替罪羊」三個字一入耳，他驀地大悟。

這事說白了非常可笑。

魏升與何忠良兩名官員，只是何鴻雲與商人徐途之間的橋梁罷了，銀子明明不是他們貪的，他們為什麼會死？

因為他們是何鴻雲的替罪羊。

木料被替換的內情被爆出，何家把官商勾結的罪名往他二人身上一推，何家就能摘得乾乾淨淨。魏升與何忠良當年為什麼那麼快被處斬？背後正是何家在推波助瀾。

同理，何鴻雲會找替罪羊，魏升難道不找嗎？

那時的何家如日中天，幾乎是一人之下萬人之上，在何鴻雲何拾青眼裡，魏升與何忠良這樣的人是螻蟻，死不足惜。但是在魏升眼中呢？在他的眼裡，崔弘義這樣的平頭百姓，就成了螻蟻。

魏升的主意，是一旦事發，就把替換木料、貪昧錢財的罪行全都推到徐途與崔弘義身上——貪銀子的是徐途，是他拿次等木料欺瞞官府，他與洗襟臺的工匠崔原義勾結，崔弘義從中斡旋，官府也是被他們騙了——只要這麼說，魏升就能保住自己。

他給自己留了這麼一手，他從一開始就籌劃好了。

所以次等木料一到陵川，他故意讓崔弘義搬送，不是因為崔弘義勤快，而是因為他跟崔原義的兄弟關係；不僅如此，崔弘義不識字，他便讓打發他去發鏢，隨後把徐途的商路介紹給崔弘義，讓他去岳州做買賣，這一切的一切，都是為了有朝一日東窗事發，拿出來作為證據，保住自己一命。

到那時，魏升可以辯說，你看，崔弘義與徐途是認識的，徐途還給他介紹生意呢？你們看，鏢銀的事我根本不知道；發鏢的又不是我，一定是徐途把銀子交給崔弘義的；崔弘義的哥哥不就是修築洗襟臺的工匠麼？他們三人勾結，替換個木料，很容易的。

他把自己摘得乾乾淨淨。

單連想到這裡，一時間覺得心裡涼颼颼的。

魏升最終死在了這一場強弱角逐裡。

在他不把崔弘義的命當作一回事的時候，上頭自也有人看輕他的命。

螳螂捕蟬，黃雀在後，洗襟臺坍塌得太突然，突然到魏升與何忠良還沒來得及抬出崔弘義，便被趕來的何家推到明面上，當場斬首。

而崔弘義，竟就這麼隱匿又不自知地逃過大劫，活了下來。

他是被螳螂保下來的蟬，是螳螂藏在一片葉下盤中餐，黃雀目視太高，滅了螳螂的口，沒有看到他。

而今葉落蟬出，黃雀驚枝而起，竟要防著被蟬咬了尾巴。

暗巷中靜得幾乎沒有聲息，過了許久，何鴻雲似乎終於冷靜下來，問道：「這個崔弘義眼下在什麼地方？」

「上京路上，這一兩日應該就到了。」單連道：「四公子，我們可要立刻——」

何鴻雲不等他說完，問，「這事還有多少人知情？」

「除了屬下與四公子，應該沒有任何人知道，崔弘義恐怕也被蒙在鼓裡。只是今日屬下為查此事，託劉典隸去曲五爺那裡比對了指印，這個曲五爺是個不省事的，應該不至於到小昭王那裡胡言亂語，哪怕說了，小昭王也不至於聯想到這麼多。」

何鴻雲冷哼一聲：「你可別小看了謝容與，如果不是他，巡檢司還是鄒家的，我們在巡檢司打聽個消息，何至於費這許多周折！」

他思忖著道：「謝容與把帳冊的線索告訴我，就是為了盯著我的動向，你動得太明顯，反而會引起他的警覺。」他頓了頓，「不過崔弘義不能不殺，你去安排，先打聽出巡檢司接人的章程，只要躲過謝容與的耳目，即刻派殺手出城。」

「是。」

「還有一點。」何鴻雲道：「袁文光不是在你手上麼？你明日一早，便去刑部告發崔青唯，說她正是此前城南劫獄的在逃劫匪。一旦朝廷派人拿她，告訴我，我親自——」

話未說完，身後忽然傳來清潤一聲：「念昔。」

何鴻雲驀地回頭望去，只見巷子口立著一個白衣襴衫，眉目溫潤的人。

何鴻雲頓了一頓，適才目中的肅殺一掃而空，笑盈盈走過去：「忘塵，你怎麼到這來了？」

張遠岫道：「沒什麼，念昔出來太久，有些擔心罷了，如何？家中沒什麼事吧？」

他語氣溫和，聽之讓人如沐春風，說到末了，還看了單連一眼。

單連不比何鴻雲，壓抑不住心緒，滿目鬱色被張遠岫瞧見，倏地垂下頭。

何鴻雲笑道：「沒什麼，一些瑣碎小事罷了，走，繼續吃酒去。」

入夜時分，江辭舟坐在書齋裡，聽祁銘稟事，青唯也在一旁。

「那幾戶藥商，還是不願意揭發何鴻雲扣押人質的惡行，其中有戶姓祝的人家，反對得十分厲害，應該是拿過何家的好處。我們的人在宅子附近守著，何鴻雲的手下就扮作小販，流連在街口，他們並不滋事，我們也不好捉拿。」

江辭舟思忖一番，吩咐道：「明天一早，讓章祿之把王元敞送回家。」

王元敞是他們闖火場，好不容易救下的人質。

祁銘聽了這話，愣道：「王元敞太重要了，他是何鴻雲案子的關鍵證人，就這麼讓他回家，只怕……」

話未說完，外頭德榮稟道：「公子，曲五爺來了。」

江辭舟抬手截住祁銘的話頭。

幾人在書齋裡等了一會兒，曲茂很快進來了，他把幾份文書擱在江辭舟的書案上，往圈椅裡一癱，「你看著，我先補個覺。」

這些文書是巡檢司接犯人的章程，白天曲茂去衙門，江辭舟問過他這事兒，曲茂懶得翻看，連帶著嫌犯的案錄一併送來了。

江辭舟看了文書一眼，道：「你怎麼把案宗帶出衙門了？」

曲茂「啊」了一聲，「你不是想知道嗎？」

洗襟臺是大案，嫌犯案錄是最機密的卷宗，便是江辭舟親自去大理寺過問，孫艾也只敢口述案情，斷不敢直接將文書拿給江辭舟看的。

祁銘問：「小五爺把案宗帶出衙門，有誰知道嗎？」

「沒誰啊，就一個跟我辦事的巡衛長，叫史……史什麼來著……」曲茂靠在椅背上，有些氣惱，「都怪那個章蘭若，說好了後日去接嫌犯，他非要改成明天一早，明日接後日接，不都一樣麼？憑的多跑三十里路。我眼下睡不了多久了，過會兒要去營裡，天不亮就得出城。」

他這話說完，江辭舟幾人竟沒有應聲。

曲茂覺出不對勁來了，「怎麼了？這、這文書，真不能帶出衙門？」

祁銘道：「小五爺有所不知，這是大案案宗，與案情無關的人，等閒是不能翻閱的。」

「這不對啊。下午刑部來了個人，還找我比對嫌犯指印呢，他也沒說不能看文書。」

青唯在一旁聽到這裡，倏地警覺，刑部的人又不負責這案子，她問：「誰？」

「……好像姓劉。」曲茂敲敲腦子，「哎，記不清了，這事我讓史涼辦的，要不你們找他問問去？」

江辭舟看祁銘一眼，祁銘會意，立刻離開書齋。

曲茂見江辭舟沒發話，只道是自己沒犯錯，他心大，閉上眼瞌睡起來，沒一會兒就打起呼嚕。

江辭舟把崔弘義的案錄挑出來，單獨拿給青唯看。案錄上，崔弘義被押解上京的原因大致與江辭舟說的差不多，只是細節更詳盡一些。

青唯還沒看完，外頭德榮又在叩門：「公子，少夫人，高家的二少爺來了。」

高子瑜來了？

青唯拉開門：「他來做什麼？」

「稱是堂姑娘遺留了一個十分重要的東西在高家，他專程送來，順便還有幾句話，」德榮看江辭舟一眼，跟青唯揖了揖，「他想單獨跟少夫人說。」

江辭舟沒攔阻，青唯想了想，她和高子瑜之間沒什麼深仇大怨，並不到登門不見的地步，便問：「他人呢？」

「就等在府外，小的請過，但是高二少爺辭說不進府。」

青唯一點頭：「行，我去會會他。」

亥時近末，夜色很深，青唯出了府，見高子瑜正等在巷子口，獨自提燈走過去，開門見山道：「什麼事，說吧。」

高子瑜手上握著一個匣子，躊躇半刻才道：「敢問青唯表妹，芝芸她……近日可好？」

青唯如實道：「你不在身邊，她好多了。」

高子瑜苦笑了一下，把手中匣子遞給青唯：「還請表妹代為轉交。」頓了頓又說，「表妹，借一步說話。」

青唯皺了下眉，這巷口四下無人，有什麼話大可以在這裡說，她本想拒絕，見高子瑜神色沉肅，似乎話裡有話，稍一思忖，跟了過去。

兩人到了一條背巷，高子瑜回過身，忽地跟青唯一揖，他沒說話，默不作聲地朝巷末退去，與此同時，巷子的另一端傳來很輕的腳步聲。

青唯沒動，她提著燈，緊盯著另一端巷口，暗色裡，慢慢行來一道身影，離得近了，只見來人身著襴衫，溫潤清朗，正是張遠岫。

「姑娘。」張遠岫喚青唯，「事出突然，不得不以這樣的方式請姑娘相見，還請姑娘恕在下冒昧。」

青唯蹙了蹙眉。

她明白了，什麼芝芸落了東西在高府，那都是幌子。

今夜不是高子瑜找芝芸，是張遠岫託了高子瑜，來江府找她。

她盯著張遠岫：「你見我做什麼？」

張遠岫道：「敢問姑娘，近日可是在追查何鴻雲的案子？」

青唯沒吭聲。

張遠岫繼續道：「在下知道這案子牽扯重大，眼下手上有條線索，不知對姑娘是否有用。」

「今夜在下與何鴻雲同在會雲廬吃席，途中，何鴻雲身邊扈從單連來找，像是有非常要緊的事。在下擔心驚動何鴻雲，沒能聽到他二人說了什麼，事後，在下讓人去查了查單連，發現他似乎是從巡檢司的方向來的。」

青唯聽張遠岫說完，沉默半晌，卻問：「這麼重要的線索，你為何要告訴我？」

她並不認得他，陽坡校場大火過後，瘟疫案明面上是玄鷹司在跟，張遠岫有任何線索，都應該去找江辭舟而非是她。

何況聽張遠岫這話的意思，他竟像是知道瘟疫案與洗襟臺的關係的。

張遠岫沒答，他笑了笑，只問：「日前聽說姑娘在陽坡校場受傷，不知傷勢可好些了？」

青唯道：「……好多了。」

張遠岫道：「在下回京突然，聽聞這事，匆匆備禮，禮不周，還請姑娘莫怪。」

說罷這話，他朝青唯揖了揖，「太晚了，今日不便多叨擾，改日再敘。」

青唯回到書齋，曲茂已經離開了，他還要去營裡，再過一個時辰就得帶兵出城。

江辭舟見青唯面色沉沉，溫聲問：「怎麼了？」

青唯搖了搖頭，她倒不是不想與江辭舟提張遠岫，只是目下有更重要的事，沒必要將精力放在旁人身上，她只問：「你讓人去查單連了嗎？」

江辭舟道：「吳曾的人盯著他，他有異動，玄鷹司應該會來回稟。」

正說著，祁銘很快回來了，他目中有急色，再沒了素日的溫和，一進書齋，便向江辭舟稟道：「虞侯，屬下已去問過巡檢司的史涼，他說，今日去對指印的是刑部的劉典隸，他查的指印……是崔弘義的。」

江辭舟與青唯的臉色同時一變。

有人去比對崔弘義的指印？

祁銘接著道：「回來的路上，屬下還碰到了吳校尉，吳校尉說，今日申末，單連曾在巡檢司附近出現過。屬下粗略算了算，單連出現的時間與劉典隸離開的時間差不多。」

青唯心中一頓，張遠岫沒騙她，單連今日果然有異動。

如果劉典隸與單連出現在同一地點不是巧合，也就是說，比對崔弘義的指印，是何鴻雲授意的。

何鴻雲做事一貫謹慎，能讓他這麼冒險的，必然與洗襟臺有關。

可崔弘義身上，還有什麼與洗襟臺有關呢？江辭舟只能想到一樁案子。

他看向青唯，還沒開口，青唯已經知道他要說什麼，立刻道：「我去喚我妹妹過來。」

崔芝芸到了書齋，見裡頭除了青唯，還有江辭舟與幾名玄鷹衛，被這陣仗鎮住，半晌，怯生生地喚了聲：「阿姐、姐夫……」

江辭舟道：「我有事要問妳，妳如實說，莫要害怕。」

崔芝芸點了點頭：「姐夫只管問就是。」

「我聽青唯說，當年叔父本來是陵川河道碼頭的工長，後來才遷居到岳州，做起了渠茶買賣，妳可記得他為何忽然做起了買賣？」

崔弘義遷去岳州時，崔芝芸大概十一二歲，已經是記事的年紀。

她道：「記得，爹爹說，他受了高官指點。」

「那高官是誰？」青唯問，「可是魏升？」

「不，不是。」崔芝芸竟是知道魏升是誰，「魏大人是陵川州尹，爹爹怎麼會認識這樣的人物？我記得，似乎是……魏大人手下的一名吏胥。」

江辭舟順著她的話往下問：「魏升手下的吏胥為何願意把商路介紹給叔父？」

崔芝芸道：「因為爹爹幫他跑過腿，搬送過貨物，他感激在心，所以指點爹爹做買賣。」

案宗上也是這麼說的，欽差問崔弘義魏升為何給他介紹買賣，崔弘義也說，因為他幫魏升手下跑過腿。

崔芝芸見青唯與江辭舟俱是沉肅，意識到自己交代的話十分重要，眼下爹爹就要被押解上京，指不定阿姐和姐夫能夠救他呢？她仔細回想，一點細節都不敢漏掉，「我記得……當時爹爹，好像幫那名吏胥搬送的是一批……一批藥材。」

「妳說什麼？」青唯愕然問，「叔父搬的是藥材？」她頓了頓，「不該是木料嗎？」

崔芝芸聽了這話也是詫異，想明白以後說道：「阿姐弄混了，木料是官府讓爹爹去搬送的，洗襟臺剛修建那會兒，有批木料送來陵川，爹爹接了這個活，因此才結識了魏大人的吏胥。後來這個吏胥似乎有什麼事走不開，託爹爹幫忙搬了一批藥材。」

她絞盡腦汁地回想，「好多箱呢，每一箱都很沉，那吏胥告訴爹爹，那是因為藥鋪子擔心藥材不新鮮，在箱子裡裝了泥。」

青唯怔住了。

她沒有弄混，她只是不知還有這一層因果罷了。正如她千算萬算都想不到，何鴻雲這案子的癥結，到最後竟在崔弘義身上。

江辭舟問：「當時叔父可是把那些藥材送去了鏢局？」

「姐夫怎麼知道？」崔芝芸點點頭，「正是鏢局，因為這些藥材似乎是京中商人買的，鏢局收了藥材，還要送來京裡呢。」

江辭舟心下一沉。

原來何鴻雲從洗襟臺貪墨的銀子，在洗乾淨以後，竟是經崔弘義之手，送到鏢局手上的。

崔芝芸見江辭舟不吭聲了，不由得問青唯：「阿姐，是不是爹爹他出什麼事了？」

青唯也不知說什麼好。

崔弘義攤上的事太大了，她總不能騙芝芸。

崔芝芸看青唯神情複雜，一下子也急了，眼淚湧上眼眶，她驀地跟青唯跪下：「阿姐，姐夫，求求你們救救爹爹，爹爹他就是個老實人，什麼都不知道，後來做買賣發家，靠的也是誠信。」

她說著，一咬牙，解下腰間的香囊，遞給青唯：「我眼下身無長物，這枚香囊是母親臨終前給我的，可以保平安，給人帶來好運，還請阿姐收下，一定、一定幫我救救爹爹。」

青唯原本不想收，但不收崔芝芸便不能放心。崔弘義待她有恩，加之他眼下是何鴻雲貪墨銀子最重要的證人，她不可能不管他。

青唯接過香囊，對崔芝芸道：「妳安心，我一定會救叔父的。」

江辭舟吩咐道：「德榮，讓留芳和駐雲送堂姑娘回房歇息。」

子時已過了大半，但是青唯絲毫沒有睡意，崔芝芸一走，她立刻問：「那批鏢銀為何竟是我叔父發的？」

江辭舟閉了閉眼：「這個崔弘義，他是魏升的替罪羊。」

青唯不懂官場那一套，然而「替罪羊」三個字入耳，她驀地明白過來。

誠如何鴻雲的替罪羊是魏升一樣，魏升也給自己拉了個墊背的。

青唯急問：「那何鴻雲他——」

正是這時，朝天忽然進得書齋：「公子，吳校尉底下來人了，說有急事要稟報。」

話音落，只見一名玄鷹衛緊跟著朝天進屋，「虞侯，屬下是從藥商家裡過來的，何家安插在街口的眼線，今夜換班時，忽然少了一小部分人，吳校尉稱此事不對勁，讓屬下來稟明虞侯。」

換班調人，這其實是一個微乎其微的變化，但吳曾從前是帶兵的良將，在調度、用兵上非常敏感，可以管中窺豹。

鄒家沒了以後，何鴻雲能用的人馬少了大半。

眼下在藥商家附近盯梢的人雖然撤走了一小部分，說明——

江辭舟語氣一凝：「何鴻雲動了。」

他回過身，從木架上取過絨氅，逕自推門而出，一看天色，丑時了，曲茂應該已經帶兵出城了。

「朝天，你去找吳曾，讓他從大營調一半人手回衙門，守好王元敞與扶冬梅娘幾名證人。」

「祁銘，你立刻去玄鷹司，調衛玦、章祿之及鶚部手下隨我出城，人不必多，都要精銳，一個時辰之內跟我在城南驛站匯合，快，何鴻雲要劫囚車！」

第十八章　塵煙

「怎麼還不來啊？」

子時末，曲茂坐在城南的官驛外，吃下第三杯濃茶，「說好了丑時正刻，你瞧瞧，眼下都什麼時辰了？改日子的是他，眼下晚到的又是他。」

曲茂氣不打一處來，從來都是旁人等他曲五爺，哪有曲五爺等別人的？

一旁的尤紹道：「五爺，丑時還沒到呢，小章大人應該快來了。」

史涼也道：「是，小的跟小章大人辦過幾回差，大人他向來守時，等閒不會遲的。」

正說著，不遠處傳來馬蹄聲，曲茂打眼望去，章庭果然到了。

夜色很暗，曲茂身後的巡衛高舉火把，來人除了章庭，還有兩個大理寺的辦事大員。

提早一日出城接人，是因為除了崔弘義，他們還要到近郊的驛館接另一名犯人，章庭只道乾脆多走三十里，把崔弘義一併接了。

章庭一副公事公辦的樣子，掃曲茂一眼，並不理會他，問旁邊跟著的史涼：「兵點好了嗎？」

「回小章大人，已點好了。」

章庭點點頭，高聲對一眾巡衛道：「諸位，我等今日要接的嫌犯一共兩名，分別來自陵川與岳州，岳州的這個，與洗襟臺重犯有牽扯，待會兒你們比對嫌犯畫像與指印，必須瞧仔細了。」

一眾巡衛稱是，章庭於是吩咐：「起行吧。」很快翻身上馬。

冬夜很黑，從城南官驛走到第一個驛站，要一個來時辰。

曲茂沒吃過苦，平常出行都是乘馬車，眼下掐著時辰趕路，一眾人幾乎是跑馬前行，他在馬背上顛久了，發覺原來騎馬是樁苦差事，走到半程，夜空還飄起雪來，雪很細，幾粒落入他後襟，激得他哆嗦。

都這麼辛苦了，到了地方，還不能閒著。

押送嫌犯的囚車已經等在驛館外了，章庭立刻帶著辦事大員交接審查，又吩咐巡檢司比對指印，章程十分繁瑣。

好在有史涼這個老巡衛在，這些都不用曲茂操心。

曲茂下了馬，連連叫苦，說：「曲爺爺我這輩子都不想騎馬了。」

尤紹連忙解下腰間的羊皮囊子，遞給曲茂：「五爺，您吃點水。」

曲茂「哎」一聲，扶著腰在驛館外坐下，吃了幾口水，抬頭看天。天烏漆墨黑的，雪粒子像是從一個偌大的黑洞裡灑下，曲茂一想到眼下寅時才過半，往常這個時候，他不是在睡大覺，就是在春帳裡登人間極樂，覺得後悔極了，閒著沒事，做什麼官呢？這會兒又累又睏，骨頭都快散架了。

曲茂叫來尤紹：「我吃不消了，你去跟章蘭若說，讓大夥兒歇一會兒。」

尤紹是曲茂的貼身護衛，章庭見他來請示，便知道這是誰的主意。

他的目光落在曲茂身上，見他一副沒骨頭的樣子，十分不齒，別過臉問史涼：「指印比對好了嗎？」

「回小章大人，比對好了。」

章庭甩袖往回走，「比對好就上馬。既然想要享樂，何必出來帶兵，跑個十幾里路就要歇著，不如趁早回家去！」

他這話明眼人一聽就知道在罵誰，曲茂登時惱火，站起身，將水囊子扔回給尤紹，「怎麼著？你五爺大半夜送你出城，還給你臉了，你以為——」

話未說完，尤紹就勸道：「五爺，算了，這是您頭一份差事，要是辦砸了，仔細老爺責罰。」

史涼也道：「校尉大人，小章大人急著趕路，是為了能早點回，這雪一看就沒個消歇的意思，要是路上慢了，回程的時候雪大了，在外頭耗一日，人都得凍壞。」

這話曲茂雖然聽進去了，但他並不能消氣，他還不明白了，歇一會兒怎麼了，能耽誤多久？他看章庭一眼，翻身上馬，心道罷了，先忍他一時，尤紹不是找了幾個地痞流氓麼，待會兒有他好受的。

雪一落，天亮得也比尋常晚，接到頭一個嫌犯，章庭讓一名辦事大員與數名巡衛先送囚車回京裡了。

交接崔弘義的地方，原定在京郊五十里的吉蒲鎮驛站，眼下提早了一日，要順著官道，往岳州方向再走三十里，一直到樊州的界碑處。這是一片開闊地帶，遙遙望去，官道兩旁，零星分布著幾個土丘與矮山。

到了界碑，已經是早上了，冬日的清晨，四下裡沒什麼人，雪大了些，天際浮白，因為頭頂上墜著一團厚厚的雲霾，天地間是很暗的水藍色。

這一路上雖然很趕，章庭卻把時辰掐得準，一到界碑，官道另一頭也出現了押解犯人的囚車。

曲茂這回倒是沒瞌睡，等章庭審查嫌犯，立刻親自上去比對指印。

崔弘義就在囚車裡。他年近不惑，穿著單薄的裘襖，帶著頸枷，或許是遭受牢獄之災，人很瘦，單看眉眼，倒是十分端正。曲茂仔細瞧了瞧他，眼上也沒斑啊。也不知道弟妹那斑是怎麼長的，可惜了子陵嘍。

曲茂眼下已知道崔弘義是青唯的叔父。他這個人，有一點好，就是絕不扒高踩低，上至高官望族，下至平頭百姓，他既不阿諛奉承，也不擺貴公子的架子，只要投契就結交，反之，像章庭這樣自恃清高的，他就討厭。

曲茂一面比對著指印，一面跟崔弘義搭腔：「冷麼？京裡這天兒就這樣，說涼就涼了。你放心，也就野外這麼冷，等回了京裡，我讓人給你囚室裡送個爐子去。」

崔弘義反應了半晌，才驚覺眼前這個高官是在跟自己說話，他惶恐得很，且驚且疑地問：「官、官爺，小的是又犯了什麼事麼？」

曲茂擺擺手，只道是這會兒不宜跟崔弘義寒暄。

他心裡頭的主意厲害著呢，看那頭章庭馬不停蹄地催促著返程，一刻也不讓人多歇，他也不惱火，看了尤紹一眼，意示是時候了。

俄頃，官道一頭走來幾個衣衫襤褸的流民，看到這裡有一行官兵，頃刻湧上來，說：「官爺，行行好吧！」

「官爺，草民是從劼北來的，家鄉遭了災，一路流落到京，還望官爺行行好，給點吃的。」

章庭身邊的吏胥道：「大人，這幾個流民不對勁，哪有流民大早上走官道趕路的？」

史涼也警覺，正要喝令巡檢司攔人，曲茂將手一抬，說：「不就是幾個要飯的麼？讓他們過來，天寒地凍的，行個好麼。尤紹，我包袱裡有點乾糧，你去拿出來分給他們。」

今日出城雖然是章庭領行，但曲茂才是這幫巡衛的頭，他這麼吩咐了，底下的也不敢攔阻，只好放這幾個「流民」到曲茂身前。

「流民」掬著手，一副討吃的模樣，就在尤紹取出乾糧的一刻，他們目光忽然一轉，居然同時不要命地向一側的章庭撞去。

這個變動來得突然，以至於連最近的史淙都來不及反應，章庭與他身邊的吏胥被一齊撞到在地，衣擺上登時拂上了髒泥。

曲茂見狀，幸災樂禍的同時又有點遺憾，這幾個地痞時機把握得不夠精準，要是等章庭上了馬再出現就更好了。

他面上做驚異狀，吩咐道：「愣著做什麼？快保護小章大人！」

可旁人豈是沒長眼的，離得近的史淙瞧出曲茂這是在拿小章大人尋開心，心中十分氣惱，但他不能表現出來，匆匆帶著人把章庭扶起，又吩咐人去追那幾個「流民」。

這頭正是一團亂，只見附近的幾個土丘上，忽然竄出數十道黑衣身影。

曲茂只道這是尤紹的布置，訝異地挑眉，低聲道：「你安排得還周到，人分成兩撥來，只怕要嚇壞了章蘭若。回去五爺有賞！」

尤紹的臉色卻變了，他張了張口，說：「五爺，這、這些人不是小的安排的，小的請的，只有適才那一撥。」

曲茂還沒聽明白這話的意思，只見黑衣人速度極快，從四面八方掠到官道上，手中刃光一閃，頃刻割斷了當先一人的喉嚨。

曲茂就站在這人身後，鮮血迸濺出來，直直澆了他一身。

他看著面前倒下的人，腦中一片空白。

這人……這就死了？

他這是……真遇上劫匪了？

曲茂瞬間跌坐在地，與此同時，尤紹拔刀飛撲上來，格擋開黑衣人的下一招，拽著曲茂的胳膊，逕自把他後拖十數步，將他扔在章庭身邊，再度飛身而上。

史涼摘下長矛，高聲吩咐：「快！保護兩位大人，保護嫌犯──」

巡檢司今日來的人不多，適才送回頭先一名嫌犯，人已撤去小半，眼下餘下不足百人，還要分神保護崔弘義與曲茂章庭，而殺手儘管只有數十，他們只管攻，不必守，巡檢司與他們交手，很快落了下風。

尤紹殺了此前突襲的殺手，很快回到曲茂身邊，他軍營出身，功夫好，見曲茂這裡有人保護，觀察了一下局勢，只道不好，「五爺，我去幫他們！」

曲茂哪裡見過這陣仗，先訥訥地點點頭，等反應過來，驚慌失措，「不、不行！你不能走。你走了，我怎麼辦，我……我又打不過這些殺手……」

「尤護衛。」這時，章庭道。他和曲茂一樣，臉色已被駭得煞白，但他到底比曲茂冷靜一些，說道：「這裡有巡衛，這些殺手看樣子是衝著嫌犯來的，還請尤護衛一定幫忙保住嫌犯。」

尤紹只當一切以大局為重，立刻點頭：「好。」

巡檢司的巡衛在囚車周圍列陣，形成一道道盾牆，可惜他們並非久歷沙場的兵將，這道盾牆並不堅實，饒是有尤紹的加入，很快被殺手的利刃破開。

這些殺手似乎深知此地不宜久留，他們分出一小部分人去突襲曲茂與章庭，分散巡檢司的兵力，餘下的人專攻囚車車頭。尤紹看出他們的目的——巡檢司的人牆再不堅實，人數到底放在那裡不如奪了車頭的馬，讓囚車跑起來，這樣這些殺手才有足夠的空隙對嫌犯下殺手。

殺手招招致命，不多時，已在車頭撕出一道口子，尤紹要攔卻來不及，眼見著一名殺手在同伴的掩護下躍上馬背，正是這時，遠處忽然傳來奔馬之聲。

尤紹驀地轉頭望去，漫天雪粒子裡，數十人策著駿馬狂奔而來，身上的玄鷹袍在這暗白世界裡格外醒目，明明隔得很遠，尤紹似乎瞧見了他們衣擺上的雄鷹暗紋，在玄鷹司最鼎盛之時，雄鷹的怒視足以令任何一個人望之畏然。

祁銘目力好，最擅觀察，遙遙瞧見一名殺手已攀上囚車的馬背，高聲道：「衛掌使！」

衛玦點頭，在馬背上張弓搭箭，隔著紛紛揚揚的雪，箭矢破風而出，一下子扎入殺手的胸口。

殺手悶哼一聲，當即摔落馬下。

巡檢司見玄鷹司到了，氣勢大振，趁著空檔，重新補上車前缺漏，可惜黑衣殺手的動作更快，見形勢突變，立刻更改對策，幾乎不顧防守，以血軀開路，從四面八方直襲囚車。

青唯帶著朝天亟亟打馬，還沒到近前，手中軟劍揮擲而出，當先纏住一個殺手的脖子，她藉著這股力道，騰空躍起，拔出腰間的彎刀，身形快如一道殘影，掠至馬車前，斬斷一條襲向崔弘義的胳膊。與此同時，朝天單手扼住馬前一名殺手的咽喉，逕自將他飛拋出去，撞開再度襲來的一干殺手。

江辭舟見局勢已得到控制，在曲茂邊上停下馬，提劍順手幫他擋去殺手襲來的一刀，調度道：「衛玦，你帶人去保護嫌犯，章祿之，今日劫殺囚車對何鴻雲太重要，他不可能任這些殺手單獨前來，單連一定在附近，你帶著幾名邏卒去附近找一找。」

兩人同聲應道：「是。」

雪愈下愈大，玄鷹司到來，殺手頃刻間落了下風，兼之江辭舟調度有方，崔弘義很快被保護下來，殺手們見劫殺無望，撤退的撤退，撤退不了的，咬破後槽牙的毒自盡。

今日玄鷹司雖然來得及時，巡檢司還是有少許傷亡，祁銘領著一眾玄鷹衛打掃戰場，青唯來到囚車前，將兜帽掀了，「叔父，是我，您沒事吧？」

崔弘義歷經一場生死之劫，心中慌亂難平，見是青唯，怔然道：「青唯，怎麼……怎麼是妳？」

他知道她會功夫，沒承想功夫好成了這樣，好在他只是個普通商人，看不出她本事真正高低，只問：「妳在這，那芝芸呢？」

「芝芸在家，這裡太危險，我沒讓她跟來。」青唯道。

她語焉不詳，崔弘義聽不出個所以然，但他知道此處不是敘舊的地方，隨即問：「怎麼來了這麼多殺手？」

「此事說來話長。」青唯道：「我們先回京裡，我還有許多事要跟叔父求證。」

崔弘義連連點頭：「好。」

見了青唯，崔弘義到底放心了些，這個小丫頭雖然只在崔府住了兩年，話也少，但崔弘義看得出，她主意很正，關鍵時候十分可靠，否則彼時欽差上門，他不會將芝芸託付給她。

玄鷹司很快打掃完戰場，與巡檢司一起勻出幾匹馬來馱屍身，不多時，章祿之也回來了，他向江辭舟回稟道：「虞侯，屬下帶人在四處找了找，附近果然有人監視這些殺手的行動，這人警惕得很，見殺手失手，早跑了，不知是不是單連。」

江辭舟頷首，回身步至章庭面前：「小章大人，此地不宜久留，既然接到人質，還請速速回京。」

章庭沉默一下，沒過問玄鷹司為何能預知危險，及時趕來。左右玄鷹司這個衙門只聽天子一人之命，有些內情，也不是他該問的。

他合袖朝江辭舟俯身一揖：「今日多謝虞侯了。」

曲茂這會兒已緩過來些許了，他被尤紹攙著，灰頭土臉地立在一旁，聽江辭舟與章庭說完話，嚥了口唾沫，「子陵，我剛剛看你……」

他的目光落在江辭舟腰間的劍上，這是玄鷹司都虞侯的佩劍，他知道。

可是，在他的印象中，江子陵和他一樣不學無術，既不會文也不會武，更不會調度用兵，可是適才，他策馬到他身前，從容幫他擋開殺手的一招，絕不是一個不會功夫的人用得出的。

曲茂自認在武學上是個廢物，但他出身將門世家，他看得出。

江辭舟頓了頓，只道：「這事回頭再說。」

這會兒天已徹底亮了，雪粒子紛揚不止，一行人上了馬，沿著官道剛走了一程，忽然齊齊頓住。

只見官道上，迎面一行官兵行來，當先一人竟是刑部郎中，而他身側除了何鴻雲，還跟著左驍衛的中郎將及左驍衛輕騎。

到了近前，刑部郎中下馬，先跟江辭舟與章庭行了個禮：「江虞侯，小章大人。」

章庭也下了馬：「不知梁大人到此有何貴幹？」

「是這樣，刑部一大早接到報案，稱是……」梁郎中猶豫著看了江辭舟一眼，「稱是江虞侯的夫人崔氏，是日前城南劫獄案的劫匪。目下刑部已查實，崔氏確係劫匪無疑，且有證人袁文光供狀證詞，小何大人也提供了崔氏日前闖祝寧莊的證據。因為事關朝廷命官的家眷，此事在下已請示三司，奏明朝廷，朝廷疑玄鷹司與崔氏有勾結，又聽聞玄鷹司異動，著令左驍衛中郎將率輕騎，與在下一起出城，緝捕崔氏。」

江辭舟握著韁繩的手微微收緊。

他知道何鴻雲不好對付，今日來救崔弘義前，他就猜到他備了後招，原來在這等著他呢。可是青唯劫囚是事實，誰都無法幫她抹去罪證。

這時，祁銘道：「城南的劫囚案一向是由玄鷹司負責的，刑部既然要管，也該與衛掌使交接，就這麼把人帶走，不合適吧。」

左驍衛的中郎將是個直脾氣：「祁護衛這話說得很是，那麼就請衛掌使解釋解釋，明明嫌犯就在跟前，玄鷹司為何就是不拿？莫不是看在是自家人，故意袒護吧？」

「不拿嫌犯，是因為沒有實證，絕非玄鷹司故意袒護。」衛玦道，他歷經了陽坡校場一場大火，看得出何鴻雲一行人的目的絕非帶走青唯這麼簡單，「梁大人既然稱是有了罪證，敢問梁大人可知，這個袁文光在公堂上再三更改證詞，他的供狀，朝廷可用得？再者，梁大人說，手上還有小何大人提供的崔氏闖祝寧莊的證據？敢問崔氏闖祝寧莊，說明了什麼？到底是她功夫好，足以劫獄，還是說明祝寧莊本身有異，梁大人查實了嗎？既然是三司的意思，刑部要管劫獄的案子，不是不行，但是要把袒護嫌犯的罪名扣在玄鷹司身上，還等回京後，請刑部到玄鷹司把事由說清楚。」

中郎將被衛玦堵得啞口無言，何鴻雲看他一眼，緩緩道：「衛掌使說的是，沒有實證，誰都不好貿然拿人。」他目光掠至青唯與她身邊的囚車，忽地詫異道：「這不是弟妹麼？這可奇怪了，今日本該是巡檢司出城接人，玄鷹司莫名出現倒也罷了，怎麼連弟妹也跟著？」

他的目光最後停在馬匹上馱著的屍身上：「怎麼還死了人？諸位莫不是在這起了衝突，

又有人劫囚車？」

「正是！」左驍衛中郎將接過話頭，「還請玄鷹司解釋解釋，這些屍身是怎麼回事？」

章庭略作一頓，先行答道：「是這樣，適才的確有殺手劫囚車，巡檢司兵力不足，嫌犯險些為殺手所殺，好在玄鷹司及時趕到，助我等轉危為安。」

「及時趕到？」中郎將道：「怎麼會這麼巧？莫不是賊喊捉賊，有人跟殺手是一起的吧？倒也是，左右劫囚這事，一回生，二回熟麼？諸位也不是第一次做了，怎麼，如果我等沒來，玄鷹司預備在哪兒把人放了？」

這話一出，儼然是把青唯一人的罪過推到整個玄鷹司身上。

章祿之不忿，立刻道：「為何這麼巧！小何大人不如問問自己，你當初到底做了什麼，又是為何要僱殺手殺掉嫌犯，分明是你——」

不待他說完，江辭舟抬手，截住了他的話頭。

眼下崔弘義尚未審過，一切事由都是他們的推測，雖然八九不離十，但是沒有實證，說得越多，暴露得越多，反倒會給何鴻雲可乘之機。

且他也看出來了，何鴻雲是打定主意用青唯挾制玄鷹司，絕不可能將崔弘義交到他們手中。

他盯著何鴻雲：「小何大人想要做什麼？」

「不做什麼？」何鴻雲一笑，「我只是隨行前來，至於捉賊拿人，那是刑部與中郎將的差事。」

梁郎中再度朝江辭舟拜道：「虞侯。下官此番緝拿劫匪，是奉命行事，還望虞侯莫要攔阻。」

與之同時，中郎將下令：「拿人！」

江辭舟策馬在青唯跟前一攔，齒間冷冷吐出兩個字：「不行。」

「虞侯再三阻止，只能說明玄鷹司袒護嫌犯，甚至當初劫獄，指不定就是玄鷹司與崔氏共同所為！」

江辭舟道：「我不管你們怎麼想，要帶走她，我便要攔阻。」

青唯如果落到何鴻雲手上，他不敢想會發生什麼。

何鴻雲這個人心狠手辣，手上鮮血無數，他不在乎多添一條，更會利用她，挾制她，看看最後被折磨得不成人形的扶夏就知道了。

中郎將動了怒：「玄鷹司便是替天子行事，可天子頭上還有天理，你們這麼枉顧王法，當真無法無天了嗎？難道你們還當玄鷹司是從前的玄鷹司？！」

他一揮手，逕自下令：「輕騎兵！」

「在——」身後數百騎兵同時拔劍，荒野之上，只聞鏗鏘一聲劍鳴。

江辭舟也道：「玄鷹司！」

「在！」

玄鷹司毫不退縮，同時拔劍，縱然他們人數少，氣勢不輸，雪紛揚，朔風烈烈，揚起雄鷹袍擺。

梁郎中一見雙方竟是要打起來，連忙下了馬，到兩方中間攔阻道：「虞侯，當初洗襟臺下，多少人傷亡？這個崔氏，她劫走的是洗襟臺下重犯，倘若不審，朝廷上定然異聲難平，還望虞侯讓下官把人帶走，下官向您保證，只要崔氏無罪，下官定然將她完好無損地還給虞侯。」

到了這時，青唯也看出此間利害了。

如果她不跟著刑部走，那麼何鴻雲必然會將袒護嫌犯，甚至共謀劫獄的罪名扣在玄鷹司身上。倘是這樣，玄鷹司今日就沒了一同押送崔弘義回京的資格，這不正是何鴻雲想要的嗎？

她怎麼樣不重要，事情到了這一步，只要叔父在江辭舟手上，何鴻雲的罪行遲早都能昭示天下，她這一路險難走來，要的不正是這個結果嗎？

當初薛長興投崖，她在斷崖前立下誓言，早已做好了付出一切的準備。

青唯翻身下馬，在江辭舟面前頓住：「我可以……」

江辭舟似乎知道她要說什麼，他也下了馬，「不行。」

中郎將見了這情形，在一旁譏誚道：「江虞侯，看來你這娘子倒是比你識大體，大局如此，人證俱在，你攔不住——」

一語未盡，江辭舟驀地轉頭看他。

隔了茫茫雪，隔了一張面具，中郎將竟是被這一側目的氣勢懾住，到了嘴邊的話全都嚥去喉嚨裡。

江辭舟沉默了許久，隨後轉過身，面向何鴻雲一眾人。

「你們說得對，江辭舟是攔不住。」

他聲線泠然，久立在荒原上，抬起手，慢慢扶上自己的面具。

這一刻天地很靜，似乎只餘落雪聲。

這張面具是怎麼戴上的，江辭舟已快忘了。

他只記得洗襟臺坍塌那日的漭漭急雨，與殘垣之下的暗無天日。在傷重回宮的一年時間裡，他無論清醒還是昏睡，每一日都反覆陷在鋪天蓋地的煙塵裡，耳畔不斷地迴響著自己的那一聲「拆吧」——那是這世上最深重的詛咒。

他無法踏出昭允殿，甚至不能立在這朗朗乾坤之下。

直到一年後，他帶上了這張面具，作為另一個人而活，才頭一回立在這白日青天裡。

但這也不是他，至少不是從前的謝容與。

江辭舟以為他會終身藏在這張面具之下，收斂起自己的性情與鋒芒，活得不再那麼像自己，可是，世事真是難料啊。

落雪無聲，謝容與此刻的心也很靜。

靜得像成親那日，他拿玉如意掀去她蓋頭，像陽坡校場的大火裡，她在箭樓坍塌時，抬手遮住他的眼，他抱著她，一起跌落高臺。

像一束光穿透暗無天日的煙塵，抵達殘垣斷壁的深淵。

從此，他的生命裡就有了更重要的。

他知道，江辭舟攔不住兵馬，可是，如果——

謝容與伸手，扶住面具，緩緩摘下。紛揚的大雪洗去天地塵煙，日色掙破雲層，他也該試著自深淵掙脫而出。

時隔五年，眉目初現。

「如果是本王呢？」

雪紛紛而下，天地在這一刻幾乎是寂靜的。

所有人，無論是左驍衛還是巡檢司，甚至玄鷹司都怔住了。他們當中，不是沒有人知道江辭舟就是謝容與，翰林詩會以後，朝廷上多多少少有些流言，但是誰都沒想到，這張小昭王戴了五年的面具，竟是這樣摘了下來。

片刻，還是章庭先反應過來，下了馬，朝謝容與躬身揖下：「見過昭王殿下。」

其餘人等隨即下馬，在雪天荒原裡，齊齊向謝容與拜下：「見過昭王殿下。」

所有人，除了青唯。

青唯看著謝容與。

那日她摘下他的面具，依稀見過他的眉眼，可惜她沒看清，只記得他低眸時的溫柔，而今再見，才發現他的眼尾是清冷的，甚至有些凜冽，像霜雪。

這一刻，青唯竟想起一些不相干的。

十七年前，士大夫張遇初帶著一眾士子投河死諫，小昭王之父謝楨也在其中，謝楨過世後，昭化帝就把謝容與接回宮中，放在身邊親自教養，是故在之後的許多年裡，禁中的宗室中，最尊貴的既非公主也非皇子，甚至不是當今官家，而是這個自小就被賜予王銜的昭王殿下。

青唯看著他，他的五官沒有絲毫瑕疵，像誤入人間的謫仙，卻又不盡然，因為仙人是出世的，而他周身的清貴之氣，只有那座巍峨深宮才能蘊養得出。

他是這樣的人，這樣的出身。

風揚起青唯的髮絲，雖然早有預料，直到此刻，青唯才真正意識到他究竟是誰。

謝容與道：「梁大人，敢問今早刑部接到報案後，除了袁文光的證詞，還有什麼其他證據嗎？」

「這……」梁郎中有些猶疑，「回殿下，要說有力證據，刑部除了證詞，確實沒有別的了。只是，這份證詞不是尋常證詞，它證明了崔氏在公堂上說謊，不惜以殺人罪來掩飾劫獄罪，十分可疑。何況崔氏是崔原義之女，她救薛長興的動機是有的，劫獄當日，也確實行蹤不明，單是這些，足夠刑部緝捕崔氏了。不瞞殿下，刑部在來前，已傳審了府上寄住的崔芝芸，之後只要把袁文光的證詞與崔芝芸的比對，真相如何，自然明瞭。」

一旁的中郎將也朝謝容與拱了拱手：「殿下，下官心眼子直，適才說話多有冒犯，還望殿下勿怪。只是下官今日出來，乃是奉了三司、中書，與樞密院的命令，這是今早廷議的結果，官家也應允了的，還請殿下行個方便。」

中郎將這話倒是不假，他此前懷疑玄鷹司，無非是因為江辭舟一介紈褲子弟做了玄鷹司都虞侯，又多次不按規矩辦事。眼下發現都虞侯原來是小昭王，便沒什麼可質疑的了。

謝容與聽他提及中書，明白過來，青唯這案子，必然是何拾青在廷議上發難，以玄鷹司辦案不力為由，當眾要求三司接手，趙疏勢單力薄，無力相爭，調梁郎中與左驍衛這兩名純臣過來，已是他能爭取到的極致了。

這是此消彼長的弄權之術，謝容與很清楚。

而今他的軟肋被敵方勘破，一味求進不是上策，但他可以退而求其次。

謝容與道：「二位大人所述確係事實，本王不是不理解。但是——」他一頓，語鋒一轉，「城南劫獄案是事實，今日崔姓嫌犯險些被刺殺，難道不是事實？如果二位記得，本王日前在陽坡校場救回了一名人質，掌握了當年瘟疫案的重要證據，這名崔姓嫌犯與瘟疫案息息相關，本王不願將他假手於案情無關的人，誰知道你們是否被人利用，聲東擊西呢？」

他這話意有所指，梁郎中二人聽得明白，皆是垂下眼。

「本王不願意將崔氏交給任何人，也是這個原因，她與崔姓嫌犯有親緣，被人利用的可能性很大，一旦本王因此失了證人，你們拿什麼作賠？難道劫獄案要審，瘟疫案就不審了嗎？」

最後一句擲地鏗鏘，梁郎中二人齊稱不敢。

謝容與繼續道：「你們不信任本王，本王也不信任你們，那麼只剩一個辦法。」

他的目光落在何鴻雲身上。

他的軟肋被他用計試了出來，難道何家的把柄沒有握在他的手上？

此時此刻落於下風瀕臨深淵的又不是他！

「朝廷既然派了小章大人與曲校尉來接嫌犯，必是對他二人深信不疑。本王提議，此番護送嫌犯回京的差事就交回他二人手中。待到了京裡，從各個執法衙門，即大理寺、御史臺、刑部，與各個禁中軍司，各抽出三人看管嫌犯，相互監督，以確保嫌犯安危。至於崔氏的劫獄案，此事梁大人不必管，回宮後，本王自會給朝廷一個交代，屆時如果朝廷要令玄鷹司停職待審，本王自甘認罰。二位以為如何？」

梁郎中與中郎將互看一眼，片刻，一同向謝容與揖下：「就按殿下的意思。」

從樊州回到京城，要走大半日，到了城門口，已近申時了。

小昭王在京郊出現，左驍衛早派了人回宮稟報，城門口有御史官相迎，見了謝容與，疾步趕上來：「午前聽聞殿下辦完差，今日回京，官家高興得很，命下官早早來迎，可算把殿下盼回來了。」

他們這話說得很漂亮，既沒提謝容與扮作江辭舟的祕聞，也沒提玄鷹司出城的因果，只當是尋常辦差，把人迎回來就是。

「殿下有所不知，早上廷議上議了樁案子，與殿下的身邊人有關，雖然下官等已向官家稟明殿下回宮的喜訊，但中書那頭還是堅持請——」御史官的目光移向青唯，竟是不知稱呼什麼才好，說是王妃吧，可一介工匠之女，哪能做昭王妃呢？這二人明擺著是假夫妻，「請姑娘入刑部受……」

「她哪裡都不去。」不等他說完，謝容與打斷道：「她回江府。」

「刑部與中書有任何疑慮，讓他們來昭允殿尋本王。」

言罷，他看向青唯：「妳先回家，最遲明日，我讓人把妳妹妹從刑部放出來。」

青唯也看著他，她的眼眸非常清澈，目光裡透露著一絲不肯躲在任何人身後的倔強。

但她最終什麼都沒說，點了點頭。

謝容與笑了一下，她這副樣子，就像多年前，他在山間初見的那個小姑娘。

她怎麼一直都不變，不像他。

他道：「回吧。我把朝天留給妳。」

言罷，他沒再多說什麼，逕自走向停歇在城門口的馬車。

謝容與坐上馬車，德榮早已等在車室內，身邊還有昭允殿的姑姑阿岑與吳醫官。

馬車轔轔起行，謝容與靠上車壁，緩緩閉上眼，一口一口地吸氣吐氣。

漸漸地，他的呼吸一次比一次急促，明明是寒冬，豆大的汗液不斷地從他的額角滑落。

舊傷易解，深影難消，五年歲月，足以將深淵拓成天塹，這是時隔經年，他第一回摘下面具，以謝容與的身分立在白日青天裡，說是要釋懷，可是哪這麼容易釋懷？

德榮擰乾帕子，為他揩去額角的汗，輕聲喚：「殿下？」

半晌，謝容與才「嗯」了一聲。

吳醫官鬆了一口氣，忍不住責備道：「殿下也太心急了，便是想要摘面具，何必挑在這樣的時候。眼下宮中一團亂，殿下還把案子獨自攬下，只怕回了宮，幾日都沒得歇，對殿下的病情百害而無一利。」

謝容與閉著眼，啞聲回道：「我是心急了些，但那時……」他頓了頓，沒說下去，反是道：「左右我知道，我是病在心裡。」

「哪怕病在心裡，病了五年想要根治也是難上加難！」吳醫官輕斥道，見他額梢與手背已是細汗淋漓，默了默，自藥箱裡取出半碗藥，「殿下把這藥吃了，好歹能安神。」

極苦的藥味撲鼻而來，謝容與微微張開眼，看了藥湯一眼，半晌，抬手擋開了，「不了，我得自己好起來。」

第十九章　證物

青唯回到家中，天已經暗了。

江府靜極了，明明朝天在，駐雲留芳也在，她就是覺得空曠。

「昨晚公子臨行前交代過，少夫人只管安心住在江府，別的什麼都不必擔心。」駐雲把晚膳送入房中，說道：「奴婢與留芳也留在這陪著少夫人呢。」

青唯「嗯」一聲，埋頭吃東西。

原來他昨晚出城前，就把什麼都安排好了，青唯想。

其實不用解釋太多。

謝容與待她怎麼樣，她是知道的，哪怕不是夫妻了，她要住在江府，沒人會趕她走。他們在陽坡校場共歷生死，今日是他保她，但是，若換他陷於這樣的境地，她也會想盡辦法救他的。

青唯用完晚膳，很快停了箸，駐雲知道她有心事，本想留下陪她說話，見她一副不願開腔的樣子，將碟碗收了，福了福身：「少夫人，那奴婢出去了。」

青唯倒不是不願多說，只是她想打聽的事，駐雲並不知道。

眼下謝容與雖然保下了崔弘義，何拾青一黨拿住她的把柄，必將利用這一點打壓玄鷹司，兩方相持不下，反倒會給何鴻雲可乘之機。瘟疫案這案子，拖得愈久，能鑽的空子就愈多，怕就怕崔弘義一個不慎死在牢裡。

青唯不是朝廷裡的人，謝容與這一回宮，她兩眼一抹黑，什麼局勢都看不清，雖然可以找曹昆德問問，可她並不那麼信任他。

她眼下是嫌犯的身分，更不能接觸玄鷹司中的任何人。

除此之外，青唯就只認識一個高子瑜了。

想到高子瑜，青唯的思緒驀地一頓，是了，還有一個人。

青唯推開門，喚來留芳：「此前我受傷，那些人給我送的禮呢？」

留芳道：「回少夫人，奴婢幫少夫人收去後院庫房了。」

「帶我過去，順便把禮單拿給我。」

青唯到了庫房，屏退了留芳，對照禮單，翻出張遠岫送的那一份。

張遠岫回京後，她跟他一共見了三回，拋開翰林詩會的初遇不提，餘下兩回他都說自己備禮匆匆，還望莫怪。

他這樣的人，一看就是細緻沉穩的，凡事提過一次，若非有異，應該不會再提第二次，何況他昨夜為了何鴻雲的案子，特意來找她，言語間稱呼她「姑娘」，難不成他知道她和謝容與是假成親？

張遠岫的禮箱裡，除了一些名貴藥材，還擱著一個木匣子。青唯撥亮燈芯，將木匣取出看了看，沒什麼異處。她將木匣子打開，裡頭有一個錦囊。錦囊裡的東西摸著有些硌手，像是……簪子？

青唯飛快打開錦囊，裡頭竟然是一支飛燕玉簪。

當初薛長興投崖，將這些年查得的線索留給了她，斷崖下的木匣中，除了幾張洗襟臺圖紙，餘下便是一支雙飛燕玉簪。後來，青唯就是憑著這支玉簪找到了扶冬，查到了洗襟臺與瘟疫案的關聯。

眼前張遠岫所贈的這支玉簪，與薛長興留給她的十分相像。

這不可能是巧合。

青唯根本來不及多想，她疾步出門，拿了斗篷與帷帽，喚道：「朝天，備馬車，我要去會雲廬！」

昨晚張遠岫離開前，最後說了一句「改日再敘」，她跟他不熟，幾乎堪稱陌生人，寥寥幾句言語中，他只提過一個地點，便是會雲廬，所以「再敘」還能在哪裡敘？只能是會雲廬。

天已很晚了，好在會雲廬通宵掛牌，到了這會兒，正是客似雲來。青唯下了馬車，罩上帷帽，叮囑朝天在外等著，獨自進了樓中，對堂前掌櫃的道：「掌櫃的，我來赴張二公子的席。」

掌櫃的撥算珠的手一頓，從堂後繞出來，跟她拱了拱手：「客官這邊請。」

他把青唯帶至酒樓二層的一間雅舍前，「客官，就是這裡了。」

青唯推開門。

雅舍裡很寬敞，當中以一道竹簾相隔，分成裡外兩間。張遠岫正坐在外間的棋盤前跟自己對弈，見青唯來了，他起了身，十分有禮地一揖：「姑娘。」

青唯盯著他，從斗篷的內兜裡取出木匣，攤開放在桌上：「這是怎麼回事？」

張遠岫微微一笑：「姑娘果然聰慧。」

話音落，只聽雅舍裡間一陣動靜，竹簾一下被掀開，薛長興拄著杖，疾步出來：「小野。」

青唯一愣，立刻上前攙住他：「薛叔？」

她的目光落在他跛了的腿上：「薛叔，您怎麼在這兒？你這腿，是落崖時傷的？」

他二人說話間，張遠岫已收了棋盤，斟上三杯清茶，溫聲道：「二位久別重逢，不如坐下來一敘。」

「……事情就是這樣，我這幾年能這麼順利地逃脫朝廷的追捕，全賴忘塵相助。那日我的行蹤被玄鷹司發現，我選擇在孤山跳崖，也是因為忘塵在寧州試守，他聽說我從獄中逃出來，應該會派人接應我。」

張遠岫道：「薛工匠說的是，我一聽聞薛工匠被玄鷹司追捕，便派人在寧州與京城的交界地帶等待，好在有驚無險。」

「到了寧州後，我告訴忘塵，我把洗襟臺的線索留給妳了，他派人去打聽，發現妳居然嫁去了江家。我當時就想了，妳瞧著也沒個嫁人的意思，所以忘塵跟我說，那個江辭舟，是新任的玄鷹司都虞侯，我就明白了，妳應該是為了洗襟臺的線索，嫁過去與他做假夫妻的，左右天大地大，妳本事高，想要走，沒什麼人攔得住妳。」

「其實那時忘塵就跟朝廷遞了帖子，想要提前結束試守，早些回京，可惜我的傷沒好，暫沒法上路，直到陽坡校場起火的消息傳來，我們才發現妳在查瘟疫案。何家勢大，妳不可能無緣無故找他們麻煩，那麼只有一個可能，瘟疫案與洗襟臺有關。」

張遠岫道：「當初的瘟疫案就發生在寧州，想要把這案子掀到檯面上，必須得有個站得住腳的理由，恰好我在寧州當差，便尋到了當年被瘟疫案禍及的戶部郎官。」

青唯聽了這話，愣了愣：「所以那郎官與府官，是張二公子故意帶回京城的？」

她當時還道怎麼這麼巧，他們一找到人質，當年因為瘟疫案被革職的戶部郎官便上京平冤來了。

「倒也不是。」張遠岫笑了笑，「這郎官確實無辜，五年前，寧州府尹冤了他是事實，而今想要昭雪，也是他們自己的意思，我做的，只不過是在這個時機說服他們隨我回京。」

他說著，站起身，再度與青唯深揖一禮，「其實一回到上京，在下便想去尋姑娘，奈何姑娘明面上已嫁了人，在下不好叨擾，只得備禮一份，暗示姑娘相見。昨晚事出突然，在下不得不託高兄相邀，實在是冒昧了。」

青唯搖了搖頭。

她思忖片刻，道：「我知道薛叔十分信賴你，否則不會把我的真正身分與洗襟臺的線索告訴你。我有一問，可能說出口有點無禮，但是我這個人謹慎，如果存有疑慮，我便不能對公子放心。」

「溫姑娘只管問。」

青唯手握茶盞，目光注視著張遠岫，分毫不移，「當年洗襟臺坍塌，公子的兄長張正清喪生樓臺之下，而朝廷的海捕文書上，我的父親與薛叔皆是重犯，我也是總督工之女，身上有牽連之罪，按照文書，我們就是害了你兄長的人，你為何如此信任我們，不遺餘力出手相助？」

哪怕他眼下知道了何鴻雲的惡行，在此之前呢？

薛長興說了，他這些年能夠順利逃脫追捕，離不開張二公子的幫忙。

張遠岫道：「姑娘也說了，按照海捕文書，溫督工與薛工匠才是害了我兄長的人，是故在下也有一問，那份海捕文書，真的值得相信嗎？」

他說到這裡，垂下眸，樣子很靜，整個人像浸在一片月色裡，「姑娘不是朝中人，是以不知當年事。先帝大病以後，朝廷繁亂，餘後定罪，多是為了給那時義憤填膺的士子與百姓們一個交代。但是我們這些局中人，誰人不知洗襟臺修成前，雨水急澆三天三夜，溫督工不只一次喊停；洗襟臺建成那日，溫督工莫名不在，那根支撐的木樁，最後是小昭王下令拆除。種種疑點，究竟查清與否，尚未有解，我怎麼能這麼輕易地懷疑他人？」

「自然我知道，單是這一點，不足以讓我相助薛工匠。我相助諸位的原因還有一個。」他說著，安靜一笑，「老太傅。」

即前東宮太傅，昭化帝的恩師，當年士子投江時的翰林掌院。

此人在士人心中地位極高，幾乎是一言九鼎。

「老太傅？」青唯問。

「我兒時喪父，後來喪兄，是老太傅教養長大的。洗襟臺坍塌時，老太傅與我說，他相信洗襟臺坍塌，絕非令尊與諸位工匠之過。昭化年間，百廢待興，令尊在京城時，老太傅曾見過他一面，稱他舉止儒雅，清談暢和，謙恭有禮，乃當世大築匠之風。」

青唯愣了愣。

印象中，父親只是個會念書的工匠，常年在外奔波，不承想他竟有這樣的名望。

她道：「我知道了，多謝張二公子。」

既然都弄明白了，那麼就沒什麼好隱瞞的了，青唯道：「不瞞張二公子，我今日前來，除了見薛叔，另外還有兩個目的，其中之一……我想問問，小昭王怎麼樣了？」

「當初劫獄的人是我，罪過也是我犯下的，他將案子攬下，把我保下來，回宮後，必然會受人挾制。我生在民間，朝中沒什麼可信賴的人，所以不得已，只能跟張二公子打聽。」

張遠岫聽了這話，步去門前，喚道：「白泉，你進來。」

不一會兒，雅舍裡進來一個紮著方巾，身穿短襖的人，看樣子，應該是張遠岫的書僮。

張遠岫吩咐道：「把朝廷的情況告訴溫姑娘。」

白泉稱是，對青唯道：「小昭王回宮後，崔弘義已按照他的意思關押起來，由各個衙門調人看守。因為小昭王攬下了城南劫獄案，中書令何大人在朝堂上發難，要求徹查玄鷹司。儘管朝中有人深信小昭王絕非劫獄案的主使，但……溫姑娘劫獄的證據擺在那，玄鷹司必然會因此受到牽連，整個衙門可能會被擱淺徹查。」

青唯問：「擱淺徹查會怎麼樣？」

張遠岫道：「倘若單論玄鷹司這個衙門，應該不會怎麼樣，小昭王保住得它。但姑娘是知道的，何家的目的並不在此，他們想要的，只是崔弘義罷了。眼下崔弘義由各個衙門看守，何家暫動不了他，可是玄鷹司負責的案件全部擱淺，不能接觸任何嫌犯，也就意味著他們無法從崔弘義手上取得證據。朝廷每個衙門都有自己的差事，不可能一直這麼費時費力地守著一個犯人，短則三日，長則七日，如果崔弘義什麼都招不出來，又或是只有供詞，沒有證據，朝廷必然會將崔弘義轉移去普通刑牢看守，那時，就是何家的滅口之機。」

薛長興聽了這話，著急道：「那怎麼辦？我們辛苦查了這麼久，到了最後這一步，如果證人被滅口，前頭的工夫不都白費了麼？」

他知道青唯已找到瘟疫案相關的證人證據，然而只有崔弘義能把瘟疫案與洗襟臺聯繫起來，他是整樁案子最後，也是最關鍵的一環。

張遠岫道：「我也在想辦法，只是我剛回京，尚且沒有正經官職，便是尋人通融，暫進到牢中，崔弘義沒見過我，未必肯信任我，我沒有把握從他口中問出事由，浪費了這有且僅有一次的機會還是其次，就怕打草驚蛇。」

青唯略一沉吟，說道：「讓我去。」

「溫姑娘？」

青唯道：「張二公子說得很是，我叔父這個人十分小心謹慎，這一點，公子從欽差的案宗上便可窺得一二，他意識到是因為招出魏升才被押解上京，餘下的枝節，他怎麼都不肯詳說了。何況昨日殺手劫囚車，他受了驚，如果見他的人不是他信任的人，這麼短的時間內，他恐怕一個字都不會吐露。」

「再者，城南的劫獄案，本來就是我做的，若我此行成功，從叔父那裡取得證據，這是最好的結果；若我此行失敗，大不了兩樁案子一起招了，把玄鷹司徹底摘出來，這樣小昭王就不必受何家挾制，有充分的時間接觸嫌犯、尋找證據。我成敗與否，於大局而言都是有利的，我去見叔父，是當下唯一穩妥的決定。」

張遠岫道：「可是這樣一來，姑娘背負的風險太大，一旦被發現，兩樁大案纏身，姑娘怕是死罪難逃。」

青唯道：「當年朝廷的海捕文書，早就給我定了死罪。我這幾年可說是從刀尖上撿回來的命。我若想苟活，便不會去碰洗襟臺這案子，既然碰了，做什麼值得什麼不值得，我心裡自有衡量。」

她這話說得十分平靜，張遠岫聽了，心中卻是微微一震。

他看著青唯，燈色裡，她左眼上斑紋猙獰。

他不知道這塊斑是不是她用來掩飾身分的，但這一刻，他近乎能略過這斑，看清她真正的樣子。

張遠岫退後一步，朝青唯揖下：「溫姑娘放心，兩日之內，在下一定為姑娘安排妥當。」他頓了頓，聲音輕了些，「也請姑娘相信在下，在下雖然力量微薄，定然會竭力護姑娘周全。」

夜深，青唯回到江府，才發現自己忘了跟薛長興打聽徐述白的下落了。

事端千絲萬縷，她心神不寧，獨自躺在榻上，竟覺得這屋子十分空曠。後來閉上眼，也不知何時睡去，隔日醒來，只記得夢裡荒原落雪紛紛。

天還很早，屋外雪積了三寸厚，青唯踩著雪，去正屋跟江逐年請安，到了才發現江逐年已早早上值去了，正屋伺候的廝役說：「小昭王回宮，今晚宮中設宴為他洗塵，老爺被邀在列，所以一早就去衙門了。」

宮宴這事青唯知道，昨日張遠岫跟她提過。

小昭王回宮，宮中隱下了他這些年扮作江辭舟的祕聞，只稱他年初病癒，隨後外出辦案，近日方歸，是故為他設了接風宴。

青唯一面著急去見崔弘義，一面又說服自己要耐心，左右張遠岫已去安排，越是這樣的時候，越該靜下心來養精蓄銳。

到了下午，她正倚著榻邊小憩，忽然聽到外間有動靜。

留芳很快來稟：「少夫人，堂姑娘回來了。」

青唯立刻從榻上翻身而下，拉開門，迎面見駐雲將崔芝芸扶入院中。

謝容與說，最遲一日，便把崔芝芸從刑部放出來，竟是做到了。

崔芝芸見了青唯，哽咽著喚了聲：「阿姐。」

青唯快步上前，「刑部沒為難妳吧？」

崔芝芸搖了搖頭：「刑部把我帶去，問的是阿姐的事。」她眼眶已紅了，卻是拚命忍著淚沒有落下，末了，還竭力笑了笑，「阿姐，我什麼都沒說，真的，我這回撐住了。他們無論問我什麼，我都說不知道。問我傷沒傷袁文光，我說我太怕了，不記得了，問我妳是何時回來的，我說我暈過去了，醒來就見到了妳，當時天還亮著，我這回什麼都沒說錯，對嗎？」

青唯「嗯」一聲，「多謝。」

雪只停了半日，這會兒又細細地落下了，留芳在一旁溫聲道：「外頭涼，少夫人與堂姑娘不如回屋裡說話，奴婢給堂姑娘備了參湯，這就端來。」

自從青唯在陽坡校場受傷，她屋中的暖爐一日都不曾斷過，崔芝芸隨青唯回到屋裡，沒來得及吃參湯便急問：「阿姐，我爹爹眼下怎麼樣了？」

青唯將湯婆子遞給她暖手，只道：「叔父尚好，妳不必擔心。」她問，「今日刑部是哪位大人放妳出來的？」

青唯這一問，原本沒期待崔芝芸能回答，只是抱著一試的心態。

沒想到崔芝芸竟知道答案：「是刑部一位姓梁的郎中。」

梁郎中，那就是出城緝捕她的那位了。

青唯立刻問：「這位梁郎中可跟妳提過為何要放妳出來嗎？」

崔芝芸點了點頭：「我也正疑惑呢，他說，放我離開，是小昭王的意思。小昭王稱這案子與我和阿姐都無關，讓他們去找他。哦，對了，梁郎中還說，刑部因要去審查玄鷹司的案宗，很缺人手，所以不審我了。」

崔芝芸道：「阿姐，玄鷹司不是此前拿我的衙門麼，眼下怎麼要被審查了？姐夫呢？他知道這事嗎？還有小昭王，他平白無故為何要幫我們？」

青唯聽了這話，卻是沉吟。

這個梁郎中無端與芝芸說這許多，恐怕不單單是試探，還有懷疑之意。

他們還是認為她是真正的劫匪。

梁郎中的話，未必全然可信，然而可以確信的是，崔芝芸被放了出來，玄鷹司必然已陷了進去，誠如張遠岫所說，玄鷹司職能被擱淺，這正是何家想要的，不能再拖了，她必須盡快見到崔弘義。

青唯打發崔芝芸回房，換好夜行衣罩上斗篷，正預備直接去會雲盧等消息，這時，朝天在外叩了叩門，說：「少夫人，有您的信。」

信是張遠岫的，上頭只寫著一句話：「今夜宮宴，時機正好，望姑娘於戌時之前來會雲盧一敘。」

青唯看了眼天色，回屋將信函燒了，快步往外走：「朝天，送我去會雲盧。」

朝天應諾，把青唯送至樓館，青唯下了馬車，拋下一句：「你回吧。」快步入樓中。

朝天沒回，他在紛紛雪中扶刀而立，一臉困惑地望著眼前樓館。

會雲盧究竟是什麼地方，青唯不知道，但朝天是知道的，如果說東來順是流水巷最大的酒樓，那麼會雲盧就是上京城文人雅士最愛聚集的地方，樓裡雅舍分布，寬敞清靜，士子們若有餘錢，在此訂下一間，邀三五舊友清談暢飲，也是人間美事一樁。早年曲茂附庸過一陣風雅，邀江辭舟前來，朝天是跟著來過的。

後來曲茂煩了，原因無他，只因雅舍裡不能招流水巷的姑娘。

換言之，雅舍裡多是男子。

這樣的地方，少夫人昨晚來了一回，眼下又來一回。回回都去雅舍，這是怎麼回事？

朝天在雪中立了兩個時辰，見少夫人一直沒出來，心中一個詭異的念頭浮出水面，越來越清晰。

他垂目，在望向新刀的瞬間，那個念頭在腦中轟然炸開。

青唯到了雅舍，張遠岫已經等候在內了。

他一改平日的清雅模樣，穿著士大夫的寬袍，腳踏白靴，髮髻高束，整個人十分軒朗。

見到青唯，張遠岫略作一揖：「溫姑娘，今夜戌時正刻，刑部囚牢由御史臺看守，負責的鄭監察，正是在下的同年，待會兒姑娘扮作廝役，隨在下進宮，鄭監察會安排姑娘與崔弘義相見。」

青唯道：「今夜宮中不是擺宴麼，張二公子不必赴宴？」

「要赴的，不過去晚一些應是無妨。姑娘到了刑牢，在下會等在外間，方便接應姑娘。」

青唯想了想，搖頭道：「不必，張二公子把我帶入宮門，自去赴宴，千萬不要一同來刑部，左右我如果落難，誰都救不了，公子不如撇清干係，保全自己，這樣才能與何鴻雲周旋到底。」

青唯這話將利害說得清晰明瞭，張遠岫聽了，只能默允。

少傾，青唯在隔間換好廝役服出來，她擦去了斑，一身男裝非常俐落，明麗的五官帶著一絲秋冷之意，微翹的眼尾卻似桃花。

張遠岫稍怔了一下。

原來沒了那斑紋遮掩，她看上去只是個涉世未深的姑娘罷了。

他很快移開眼，步去門前：「溫姑娘，請。」

冬日的天暗得很早，兩人從會雲廬的後院離開，由白泉驅車，途中在一座府邸稍停，接上鄭監察，往紫霄城駛去。

外間落雪茫茫，車室內，鄭監察對青唯道：「崔弘義是重要嫌犯，眼下單獨關押在刑部西牢，待會兒到了刑部，姑娘需再換一身雜役服，以送牢飯的名義去見他。本官屆時會支開牢前看守，姑娘見到崔弘義，要問什麼盡快問，切記，妳只有半炷香的時間，半炷香後，左驍衛的中郎將就該回來了。」

青唯頷首：「知道了，多謝鄭大人。」

今夜紫霄城西側門十分繁忙，這個時辰，多是上下值與前來赴宴的，守衛見來人是張二公子與鄭監察，驗過魚袋，很快放他們入內。青唯到了刑部，照計畫扮作雜役，等鄭監察把看守支走，立刻下了甬道。

西牢不大，兩側的囚室已經空置了，只有盡頭一間還掌著燭燈。

青唯來到囚室前，擱下食盒，低聲喚道：「叔父，是我。」

崔弘義正蜷在牢門邊，聽到這聲音，立刻回過身來，「……青唯，怎麼會是妳？妳、妳臉上的斑怎麼……」

「這個日後再說。」青唯深知時間緊迫，打斷道：「叔父，我有要事要問你，當年你幫魏升搬送過一批藥材是嗎？」

「這事妳怎麼知道？」崔弘義一怔，警覺地朝四下望去，見是無人，扶著木欄急切道：「青唯，妳在京裡是不是打聽到什麼了？我正是因為招出了魏大人，才被押送上京的。他這樣的大官，我怎麼可能認得？我是受他底下師爺所託去搬藥材的，那藥材擱在木箱裡，我都沒掀開看過，我、我是冤枉的啊！」

青唯道：「叔父，您先別著急，您還記得讓您送藥材的師爺叫什麼名字嗎？」

崔弘義搖了搖頭：「我只記得他姓劉。」

他又問：「青唯，是不是這批藥材有問題？我當時只負責把藥箱從藥鋪子搬去鏢局，別的什麼都沒做，真的。妳不是認得京裡的官爺麼？妳幫我跟他們解釋，好不好？妳說叔父是個老實人，從不做傷天害理的事……」

鄭監察只給了青唯半炷香的時間，青唯心中著急，不得不直言不諱：「叔父，我實話告訴您，當初您幫那師爺搬送的不是藥材，而是一批贓銀。這是滔天大案，倘若不能昭雪，結果您應該猜得到，我眼下有且僅有這一次機會來見您，這會兒只剩下盞茶時間，所以我問什麼，您答什麼，別的什麼都不必多說，行嗎？」

崔弘義聽得「贓銀」二字，臉色一下白了。

他嚥了口唾沫：「妳、妳問……」

青唯道：「您說讓你搬送藥材的師爺姓劉，後來您去岳州做渠茶生意，那生意門路也是劉師爺介紹給您的對不對？」

崔弘義點點頭：「對，是他。他說是為了答謝我搬送藥材。」

「您還拿過他別的什麼好處沒有？又或者有別的證據，能夠證明那藥材是他指使您搬送的？」

「沒有，我什麼好處都沒拿。」崔弘義說到這裡，頓了頓，眼眶一下紅了，「青唯，妳的意思是，這批贓銀是劉師爺故意讓我搬送的？他們是不是一開始就打定主意要冤枉我，讓我幫他們背黑鍋？這麼大的罪，全都推到我身上，會不會、會不會牽連芝芸……」

青唯安慰道：「叔父，您冷靜下來仔細想想，您手上究竟有沒有證據？信函、銀票、字據，再不濟您當年回過他什麼禮沒有？」

崔弘義道：「真沒有了，遷去岳州前，我的確想要回禮給他，但他不收，我只好作罷。字據信函就更不可能了，妳是知道的，我字都不識幾個。」

青唯道：「又或者不是劉師爺，鏢局、藥鋪子、其他行商，他們可曾給過你任何憑證？」

崔弘義正是冥思苦想，外間忽然傳來一聲動靜。

鄭監察迎出院外，高聲道：「中郎將，這麼快就吃完席了？」

青唯暗道不好，左驍衛提前回來了！

罷了，半炷香的工夫，原本也問不出什麼，今夜是她沒把握好時機，還是回去另想法子吧。

青唯拿佩巾遮住口鼻，正欲提了食盒離開，崔弘義驀地道：「有、有！」

青唯步子一頓，回身急問：「什麼？」

「有一個東西，我也不知算不算得上證據，當初我幫忙搬送藥材，賣藥的掌櫃不想看我白辛苦，給我另結了一份工錢，還留給我一張存根。我覺得這掌櫃的做事厚道仔細，後來遷去岳州，時時引他為楷模，加之我是因為搬送藥材才發了家，那存根被我留了下來，當作發財符，送給芝芸的母親。我記得她母親把存根收在一個香囊裡，去世那年，轉贈給了芝芸……」

青唯聽到後面，只覺震詫無比。

香囊？

崔芝芸日前不是剛送了她一個香囊，她說那香囊是她母親留給她的，求青唯救她的父親。

青唯很快從袖囊裡取出一個香囊，「可是這個？」

不待崔弘義回答，她立刻扯開綢繩，將香囊中的東西全部倒在手心，裡頭果然有一張疊得小小的存根。

崔弘義不識字，所以這張存根，他這些年沒怎麼看過。

藉著昏黃的燭光，青唯展開存根一看，上頭的內容很少，只說明了崔弘義的工錢幾何，為何要拿工錢，以及他搬送的這批藥材，是由京中林叩春採買，於昭化十二年三月，裝箱百餘，一路從陵川送往京城。

但是夠了，足夠了。

加上他們此前找到的帳冊，足以證明這批藥材正是何鴻雲貪墨的官銀！

原來一直以來，最重要的證據竟然就在她的身邊。

鄭監察攔不住中郎將，身後，中郎將帶著驍衛巡視的腳步已漸漸迫近，青唯默不作聲地將香囊收好，提起食盒，低垂著頭轉身，與中郎將擦肩而過。

就在她快到牢門口時，身後忽然傳來一聲：「站住。」

中郎將轉過身，聲音如有實質，直直擊在青唯的後背，「怎麼瞧著面生得很？妳過來。」

青唯只道是不好，她眼下雖做雜役打扮，因為時間急迫，並未過多修飾，只要摘了佩巾，這中郎將一眼就能瞧出蹊蹺。

她身上還有重要證據，這是深宮，如果被困在這四方牢裡，她不知還有沒有機會見到謝容與。可是除了他，她不敢將證據交給任何人。

要離開只有趁現在！

中郎將見「雜役」的步子頓了頓，沒有回頭，反是快步往牢門走去，立刻反應過來：「左驍衛，給我擒住她！」

刑牢門口，兩名左驍衛手持長矛直面來襲，青唯一個偏身避開矛鋒，踩著矛頭往下一壓，矛尾直直彈起，她順手奪了矛，左右橫掃，將另趕來的三名左驍衛擊退。

她用不慣矛，除了軟玉鞭與一柄短匕，身上也沒有稱手的兵器，好在囚牢外的左驍衛尚未成勢，青唯很快突圍，逕自掠上宮牆。

可惜前來圍捕她的左驍衛只是最小的一撥，刑牢進匪的消息很快在這深衙宮院裡傳開，幾乎是頃刻之間，兩重宮門外，數十甬道齊齊亮起火把，火色將漫天紛揚的雪粒子照得清晰畢現，無數禁衛朝刑部這裡湧來。

青唯立在高牆上，見到這一幕，心中冰涼一片。

她不是沒來過這宮禁，但她所能到的地方，僅限於第三重宮門外的東舍小院。眼下她行蹤暴露，憑她本事再高，絕無可能逃出去了。

青唯的目光從宮外移向禁中。

也罷，既然逃不出去，就往裡走，今夜不是有宮宴麼，大不了在路上劫個人，逼他帶她去宮宴，只要能把這證據交到謝容與手中，她怎麼樣都行。

青唯說做就做，藉著夜雪掩護，飛身往宮禁內掠去。她不敢走甬道，擔心腹背受敵，只能落足於高牆與宮簷之上，這樣一來，她的行蹤更易暴露不說，這深宮越往裡走，越是曲折迂迴，她甚至辨不清方向。

短短一刻之間，她都不知自己身後多了幾撥追兵，抬頭往前看，不遠處幾個岔口，還有禁衛堵過來攔截她。

身後的喝令聲肅殺冷凜，青唯想，她今夜可能見不到謝容與了。

她正預備將腕間的軟玉鞭摘下，與香囊一起藏在某一個地方，待來日他來發現，正是這時，餘光裡忽然出現一個人影。

青唯微怔，側目一看，宮簷下疾步走來一人。

夜色混著紛揚的雪，太昏沉，她看不清他的樣子，依稀只分辨出他衣飾十分清貴，應該地位不低。

就是他了。

劫了他，然後逼他帶自己去宮宴，見小昭王一面。

青唯匍匐在宮簷上，一動不動，等著獵物逼近。直到他近到足以入網，短匕出鞘，青唯驀地從高簷上躍下，就在這時，獵物也似有所察覺，倏然退後一步，抬目看向她。

四目相對，青唯怔了一下，他也怔了一下。

青唯在半空中將短匕一收：「官人？」

謝容與幾乎沒有猶豫，抬手接住她，任她撞入自己懷中，隨後握住她的手腕，帶她折入宮牆後，壓低聲音道：「妳膽子也太大了！」

他的語氣沒有半分意外，似乎早已料到她會出現在這裡。

追兵聲已經迫近，這裡的宮牆是死角，青唯根本來不及問他是怎麼找到這裡的，立刻將香囊塞給他：「拿好。」

「什麼？」

「何鴻雲貪銀子的罪證。」

謝容與有些意外，朝天來向他稟報時，他只猜到她去見了崔弘義，沒想到這麼短的時間內，她真的找到了證據。

青唯見他將香囊收了，藉著雪光，看了他一眼，轉身便往宮牆外走，謝容與立刻拽住她：「妳做什麼？」

「我聽說玄鷹司被徹查，你動不了。」她道：「我去認罪，把你摘出來，你一定要讓何鴻雲去九泉之下跟我爹磕頭賠罪。」

這案子拖得越久越不利，她束手就擒，這是最快的辦法。

何況她這一身雜役打扮解釋不清，若被人發現與他一起，還會牽連他。

然而謝容與執意不肯讓她走，追兵的腳步聲就在宮牆後，似乎下一刻就要拐入死角，另一側的甬道口也出現一列身著鎖子甲的殿前司禁衛。

火光蔓延迫近，謝容與看著青唯，說：「別亂動，也別反抗。」

青唯不知他要做什麼，下意識「嗯」一聲。

謝容與抬手，摘下她束髮的方巾，讓長髮披散下來，隨後握住她的襟口，微頓了頓，狠狠一撕，他的動作幾乎堪稱粗暴，外衫被撕裾，連中衣的襟口都被拽開了些，隱約可見她單薄的鎖骨。

他任撕碎的衣衫落在地上，被落雪掩埋，鉗住她的手腕，把她抵在宮牆上，垂下眼看她。火光逼近的前一刻，天地都浸在一片昏沉沉的霜色中，青唯抬眸對上他的眸，他的眸色清淺，也像盛著半碗清冷溫柔的雪。

她聽見他沉沉的呼吸聲。

聽見有人喊：「找到了，在這——」

然而下一刻，她忽然什麼都聽不見了。

烈烈火光終於來襲，他抬手勾起她的下頷，閉上眼，俯下臉來。

唇上貼上一片柔軟。

青唯睜著眼，只能看見他高挺的鼻梁，葳蕤的長睫，火色映在他清冷的眼尾，像綴著月光。

「這裡有人——」

「中郎將，在這邊——」

腳步聲在耳畔停下，謝容與頓了頓，稍離了寸許。他看著她，目光似月下波濤，可惜還不待青唯看清，那波濤已歇止，覆上從容。

他別過臉，眉心微蹙：「你們做什麼？」

中郎將認出謝容與，立刻後撤三步，「昭王殿下。」

跟來的左驍衛與不遠處的殿前司聽到這一聲稱呼，齊齊頓住步子，拱手而拜：「殿下——」

謝容與沒吭聲，褪下自己的絨氅為青唯裹上，這才問：「怎麼回事？」

他語氣凜然，帶著一絲被打擾的責備之意。

中郎將自知撞破小昭王的好事，十分困窘，但是賊人的確是往這裡跑了，此處除了小昭王，只餘一個被他護在身後的女子，單是這一幕，並不能打消中郎將的懷疑。

「回殿下，適才有人扮作送飯雜役，接近囚在刑部西牢的嫌犯，下官發現後，聯合殿前司禁衛，追到了這裡。」中郎將道，頓了頓說，「殿下，下官職責所在，不知殿下能否讓下官認一認您的身邊人？」

這個請求合情合理，小昭王如果拒絕，便是欲蓋彌彰。

謝容與沒應聲，讓了一步，中郎將立刻手持火把上前，待看清眼前人，他竟是愣了一愣。

眼前女子長髮如瀑，明麗乾淨得像這霜雪天一般，若不是日前見過一回，他險些認不出她。

小昭王回宮，其餘人只道他是外出辦案近日方歸。

中郎將卻是知道內情的——那日他跟著刑部去緝捕城南劫獄案的嫌犯，小昭王為了保住崔青唯，親自摘了面具。

中郎將後退一步，將火把交給身旁兵衛，拱手賠罪：「原來是夫人，下官冒犯了。」

謝容與道：「既知冒犯，還不趕緊退下？」

中郎將猶豫了一下，卻道：「殿下恕罪，只是那送飯的雜役，下官並不知她是男是女，倘那雜役是夫人，未嘗沒有這個可能，夫人功夫過人，從刑牢的兵衛手中突圍不在話下。」他隨即揖得更深，言語中雖有歉意，卻分毫不讓，「下官實在罪過，能否請夫人脫去氅衣，讓下官看看夫人是否穿著雜役服，又或是在這附近找找有無碎衣、藏衣的佐證。下官記得，今夜宮宴，夫人並沒有被邀在列，忽然出現在宮中，未免可疑……」

「中郎將想要的憑證，明日一早，長公主會命人送到左驍衛衙門。」

這時，甬道那頭傳來一個持重沉穩的聲音。

中郎將循聲望去，只見此人一副宮中姑姑的打扮，四十上下年紀，正是長公主身邊的阿岑。

阿岑早先是伺候先皇后的，先皇后過世後，又到了長公主身邊，她在宮婢中地位極高，底下的見了她，無不尊稱一聲「阿岑姑姑」。

阿岑身後跟了數名內侍，到了近前，她先與中郎將行了個禮，隨後雙手交疊而垂，不緊不慢地道：「今夜的宮宴，被邀在列的都是朝中大員。中郎將要查夫人為何進宮，難道不該問後宮？實不相瞞，夫人是受長公主之邀進宮的，中郎將要查，明早長公主會差人將昭允殿的客訪錄親自送到您的手上。」

中郎將道：「多謝姑姑，只是在下循著賊人的蹤跡一路追到這裡，再往裡就是禁中，禁中把守森嚴，她沒有別的地方可逃，還請——」他頓了頓，朝謝容與揖下，「殿下行個方便。」

阿岑道：「中郎將既知道再往裡就是禁中，便該曉得哪怕眼下這個地方，也是左驍衛不該來的。宮中明令，兩重宮門內，皆有禁衛把守，除殿前司外，其餘兵衛不得出現在禁中。奴婢一個後宮中人，今日見到左驍衛已是逾矩，不過奴婢老了，從前又隨長公主出過宮，見了便見了，回頭跟皇后請個罪即可。但中郎將一個男子，口口聲聲要驗長公主貴客的衣衫，究竟是不把昭允殿放在眼裡，還是不把你眼前的昭王殿下放在眼裡？」

中郎將被她說得一震，立刻朝謝容與拱手：「殿下，下官絕非這個意思。」

阿岑道：「再者，夫人雖是受長公主之邀來到宮禁，後宮女眷的出入，皇后那裡都是知道的，中郎將信不過昭允殿，難道連皇后都信不過？」

「在下不敢。」

話說到這個分上，中郎將要查青唯就是得罪長公主得罪當朝皇后。雖然心中疑慮未除，只得作罷，他賠罪道：「殿下，下官今夜冒犯，實乃職責所致，還望殿下勿怪。」言罷，帶著左驍衛往外宮撤走了。

左驍衛一離開，被他們請來幫忙的殿前司亦去別處搜尋了。

阿岑待他們走遠，喚來幾名跟著的內侍，「把這裡收拾了吧。」

隨即與謝容與福了福身，「殿下，長公主已幫殿下在宮宴上請了辭，眼下正等在昭允殿，說想見一見——」阿岑看了青唯一眼，「姑娘。」

此處離昭允殿很近，徒步過去，不到一刻便至。

到了正殿前，謝容與頓住步子，對青唯道：「我陪妳把衣裳換了，再一起見過母親。」

青唯看他一眼。

其實直到中郎將找到他們，她都有些沒反應過來，他稍觸即分，可那柔軟的感覺卻一直留存，讓她很不自在。

眼下在雪裡走了一程，倒是冷靜些了。

青唯道：「不必，別讓長公主等久了，你先過去，我換好衣裳很快就來。」

他們不是一回兩回利用假夫妻的身分了，比個武還時時有摩擦呢，這沒什麼。

對，沒什麼。

阿岑早已把衣裳備好了，她在青唯的兩側鬢邊挑了幾縷髮，挽了一個很簡單的髮飾。這是未嫁女的髮飾，青唯在銅鏡中看得很明白。

昭允殿很大，宮室內，榮華長公主早已屏退了侍婢。

青唯四下望去，只見長公主端坐於一面山海屏風前，右側的七星宮燈將整座深殿照得通明透澈。

她不知怎麼，莫名有些緊張，見阿岑跟長公主行禮，也跟著見禮：「拜見長公主。」

榮華長公主沒吭聲，看著青唯。

是好看，若仔細打扮了，該是個少有的美人，可要論傾國絕色，談不上。

青唯被看得有些無措，謝容與見狀，起身道：「母親，小野第一回進宮，對宮中的禮數不熟悉，母親勿怪。」

長公主看他一眼，這才悠悠道：「坐吧。」

「聽說妳出生在辰陽？」待阿岑為青唯沏好茶，長公主問道。

「是。」青唯道，謝容與早就知道她是溫小野了，她沒必要在長公主面前隱瞞自己的身分，「我生在辰陽的一個小鎮上，那裡的人大都姓溫，多是匠人出身。」

長公主道：「本宮知道，妳父親正是其中翹楚。本宮聽聞他年輕時其實考中過舉人，但因志不在仕，放棄春闈，一心鑽研營造之術。」

青唯道：「是，父親既是匠人，也是讀書人。」

「妳呢？」長公主問，「妳念過書麼？」

青唯握著杯盞，垂眸道：「念過，就是念得很少。兒時只學了《論語》與《詩三百》，《孟子》僅會誦幾篇，我……不愛念書，父親便不逼著我學，他說只要讀過這幾本，通曉事理，便足夠用了。後來……」青唯抿抿唇，「後來我喜歡練武，父親便由著我跟師父和母親學武去了。」

「小野這個小名，就是岳紅英給妳取的？」

「是我師父取的，就是岳魚七。因為我很小的時候，撓壞過他的臉，他便叫我小野。」

長公主點點頭，語鋒驀地一轉：「妳可知道眼下無論是溫阡、岳紅英、還是岳魚七，都是海捕文書上的重犯？」

「我知道。」青唯道：「可是我相信他們是清白的。」

「單是妳相信沒有用。」長公主道：「妳能讓天下人相信嗎？」

「母親。」這時，謝容與道：「此事錯不在她，讓天下人相信，也不該是她的責任。」

長公主又看謝容與一眼。

她端起茶盞，收回適才的話頭，問青唯：「在京裡還住得慣嗎？」

「住得慣。」

「以後呢？打算在京中長住下去嗎？」

青唯沉默一下，行了個禮，「回長公主，我到京裡來，一是為了尋找師父，其二，也是為了洗襟臺的案子。待一切塵埃落定，我應該會繼續尋師父，上京繁華肅穆，不適合我，我生於江野，也只屬於江野。」

長公主看著她：「不忘初心，倒是難得。」

她道：「你二人且去吧，今晚夜闖刑牢，本宮雖助你們瞞過一時，來日左驍衛上奏朝廷，朝中當有人藉此發難，該怎麼應對，與兒，你要未雨綢繆才是。」

謝容與起身稱是，作了個揖：「今夜多謝母親為小野解圍。」

言罷，帶青唯離開殿中。

謝容與一走，一旁的阿岑將長公主扶起，兩人一起往內殿走，「那溫小野好不容易到昭允殿來，長公主怎麼只問了幾句？」

榮華長公主搖了搖頭：「妳且看看與兒都把她護成什麼樣了，生怕本宮為難了溫小野，本宮還能說什麼？」

「這倒是。」阿岑聽了這話，攙著她在妝奩前坐下，笑了笑，「奴婢從未見過殿下這麼在乎一個人。」

長公主沉默須臾，「這樣也好，有了在乎的人，才有了真性情。當年士子投江後，皇兄將他養在身邊，對他寄予厚望，讓他習文學武，到底太嚴苛了些。其實他父親本不是這麼拘束的人，他是個慕逍遙的性子，為與兒取名容與，也是希望他長大後逍遙自在。」

「乘舟辭江去，容與翩然。」阿岑念道：「連奴婢都記得駙馬爺高中那年，在酒樓上憑欄寫下的唱詞。可惜先帝把殿下教得束心束情，洗襟臺出事以後，殿下太過自苦，哪怕扮作江辭舟這幾年，也不過是表面逍遙，心中冷寂，而今遇上這個溫小野，終於放開了些，倒是有些駙馬爺希望的樣子了。」

長公主嘆道：「不是本宮非要提洗襟臺這案子，有的警鐘，必須敲在前面，真相一日未明，溫小野便仍是重犯，但是這真相，真的那麼好找嗎？樓臺坍塌了，煙塵太大，掩埋的東西太多太多，容與該知道，他與溫小野之間，橫著一道天塹。」

阿岑也道：「殿下心病未癒，近來執意不肯用藥，病勢時好時壞，這溫小野若是個普通姑娘倒也罷了，接來宮裡，陪著殿下也好，偏生她這麼與眾不同，奴婢看她的性子，與這深宮真是南轅北轍。」

「罷了。」長公主道：「且看他們自己的造化吧。」

——《青雲臺【第一部】洗襟無垢》未完待續——

高寶書版集團
gobooks.com.tw

YE 092
青雲臺【第一部】洗襟無垢（中卷）

作　　者　沉筱之
封面設計　張新御
責任編輯　楊宜臻
內頁排版　賴姵均
企　　劃　何嘉雯

發 行 人　朱凱蕾
出　　版　英屬維京群島商高寶國際有限公司台灣分公司
　　　　　Global Group Holdings, Ltd.
地　　址　台北市內湖區洲子街88號3樓
網　　址　gobooks.com.tw
電　　話　(02) 27992788
電　　郵　readers@gobooks.com.tw（讀者服務部）
傳　　真　出版部(02) 27990909　行銷部 (02) 27993088
郵政劃撥　19394552
戶　　名　英屬維京群島商高寶國際有限公司台灣分公司
發　　行　英屬維京群島商高寶國際有限公司台灣分公司
法律顧問　永然聯合法律事務所
初版日期　2024年09月

原著書名：《青雲台》由北京晉江原創網絡科技有限公司授權出版。

國家圖書館出版品預行編目(CIP)資料

青雲臺. 第一部, 洗襟無垢/沉筱之著. -- 初版. -- 臺北市：英屬維京群島商高寶國際有限公司臺灣分公司, 2024.09
　冊；　公分. --

ISBN 978-626-402-082-4(上卷：平裝). --
ISBN 978-626-402-083-1(中卷：平裝). --
ISBN 978-626-402-084-8(下卷：平裝). --
ISBN 978-626-402-085-5(全套：平裝)

857.7　　113013295

GOBOOKS
& SITAK
GROUP©